MAIG

L

Le

Georges Simenon, écrivain belge de langue française, est né à Liège en 1903. Il est l'un des auteurs les plus traduits au monde. À seize ans, il devient journaliste à *La Gazette de Liège*. Son premier roman, publié sous le pseudonyme de Georges Sim, paraît en 1921 : *Au pont des Arches, petite histoire liégeoise*. En 1922, il s'installe à Paris et écrit des contes et des romans populaires. Près de deux cents romans, un bon millier de contes écrits sous pseudonymes et de très nombreux articles, souvent illustrés de ses propres photos, sont parus entre 1923 et 1933… En 1930, Simenon rédige son premier Maigret : *Pietr le Letton*. Lancé par les éditions Fayard en 1931, le personnage du commissaire Maigret rencontre un immense succès. Simenon écrira en tout soixante-quinze romans mettant en scène les aventures de Maigret (ainsi que vingt-huit nouvelles). Dès 1930, Simenon commence aussi à écrire ce qu'il appellera ses « romans durs » : plus de cent dix titres, du *Passager du Polarlys* (1930) aux *Innocents* (1972). Parallèlement à cette activité littéraire foisonnante, il voyage beaucoup. À partir de 1972, il cesse d'écrire des romans. Il se consacre alors à ses vingt-deux *Dictées*, puis rédige ses *Mémoires intimes* (1981). Simenon s'est éteint à Lausanne en 1989. Il fut le premier romancier contemporain dont l'œuvre fut portée au cinéma dès le début du parlant avec *La Nuit du carrefour* et *Le Chien jaune*, parus en 1931 et adaptés l'année suivante. Plus de quatre-vingts de ses romans ont été portés au grand écran (*Monsieur Hire* avec Michel Blanc, *Feux rouges* de Cédric Kahn, ou encore *L'Homme de Londres* de Béla Tarr), et, à la télévision, les différentes adaptations de Maigret ou, plus récemment, celles de romans durs (*Le Petit Homme d'Arkhangelsk*, devenu *Monsieur Joseph*, avec Daniel Prévost, *La Mort de Belle* avec Bruno Solo) ont conquis des millions de téléspectateurs.

*Paru dans Le Livre de Poche :*

LES GRANDES ENQUÊTES DE MAIGRET

MAIGRET À PARIS

MAIGRET À PIGALLE

MAIGRET AUX ÉTATS-UNIS

MAIGRET DANS LES ENVIRONS DE PARIS

MAIGRET EN AUVERGNE

MAIGRET EN BRETAGNE

MAIGRET EN MER DU NORD

MAIGRET EN NORMANDIE

MAIGRET EN VENDÉE

MAIGRET ET COMPAGNIE

MAIGRET ET LA NUIT

MAIGRET ET LES CAÏDS

MAIGRET SUR LA RIVIERA

LES PREMIÈRES ENQUÊTES DE MAIGRET

GEORGES SIMENON

# Maigret et l'au-delà

L'Ombre chinoise

Le Fou de Bergerac

PRESSES DE LA CITÉ

*L'Ombre chinoise* © 1932 Georges Simenon Ltd.
All rights reserved.
*Le Fou de Bergerac* © 1932 Georges Simenon Ltd.
All rights reserved.
GEORGES SIMENON ® ⌫Simenon.tm. All rights reserved.
MAIGRET ® Georges Simenon Ltd. All rights reserved.
ISBN : 978-2-253-00461-5 – 1ʳᵉ publication LGF

*L'Ombre chinoise*

# 1

## *L'ombre chinoise*

Il était dix heures du soir. Les grilles du square étaient fermées, la place des Vosges déserte, avec les pistes luisantes des voitures tracées sur l'asphalte et le chant continu des fontaines, les arbres sans feuilles et la découpe monotone sur le ciel des toits tous pareils.

Sous les arcades, qui font une ceinture prodigieuse à la place, peu de lumières. À peine trois ou quatre boutiques. Le commissaire Maigret vit une famille qui mangeait dans l'une d'elles, encombrée de couronnes mortuaires en perles.

Il essayait de lire les numéros au-dessus des portes, mais à peine avait-il dépassé la boutique aux couronnes qu'une petite personne sortit de l'ombre.

— C'est à vous que je viens de téléphoner ?

Il devait y avoir longtemps qu'elle guettait. Malgré le froid de novembre, elle n'avait pas passé de manteau sur son tablier. Son nez était rouge, ses yeux inquiets.

À moins de cent mètres, à l'angle de la rue de Béarn, un agent en uniforme était en faction.

— Vous ne l'avez pas averti ? grommela Maigret.

— Non ! à cause de Mme de Saint-Marc, qui va accoucher... Tenez ! C'est l'auto du docteur, qu'on a appelé d'urgence...

Il y avait trois voitures au bord du trottoir, lanternes allumées, feu rouge à l'arrière. Le ciel, où passaient des nuages sur un fond baigné de lune, avait des pâleurs équivoques. On eût dit que la première neige était dans l'air.

La concierge s'engageait sous la voûte de l'immeuble, éclairée par une ampoule de vingt-cinq bougies toute ternie par la poussière.

— Je vais vous expliquer... Ici, c'est la cour... On doit la traverser pour aller dans n'importe quelle partie de la maison, sauf dans les deux boutiques... Voici ma loge, à gauche... Ne faites pas attention... Je n'ai pas eu le temps de mettre les enfants au lit...

Ils étaient deux, un garçon et une fille, dans la cuisine en désordre. Mais la concierge n'y entrait pas. Elle désignait un long bâtiment, au fond de la cour qui était vaste, de proportions harmonieuses.

— C'est là... Vous allez comprendre...

Maigret regardait curieusement ce drôle de bout de femme dont les mains agitées trahissaient la fièvre.

— On demande un commissaire à l'appareil ! lui avait-on dit un peu plus tôt au Quai des Orfèvres.

Il avait entendu une voix assourdie. Il avait répété trois ou quatre fois :

— Mais parlez donc plus fort !... Je ne vous entends pas !...

— Je ne peux pas… Je vous téléphone du bureau de tabac… Alors…

Et c'était un message à bâtons rompus.

— Il faudrait venir tout de suite au 61 place des Vosges… Oui… Je crois que c'est un crime… Mais que cela ne se sache pas encore!…

Et maintenant la concierge désignait les grandes fenêtres du premier étage. Derrière les rideaux, on voyait des ombres aller et venir.

— C'est là…
— Le crime?
— Non! Mme de Saint-Marc qui accouche… Son premier accouchement… Elle n'est pas très solide… Vous comprenez?…

Et la cour était plus sombre encore que la place des Vosges. Une seule lampe fixée au mur l'éclairait. On devinait un escalier derrière une porte vitrée puis, par-ci par-là, des fenêtres éclairées.

— Mais le crime?
— Voilà! À six heures, les employés de chez Couchet sont partis…
— Un instant. Qu'est-ce que c'est « chez Couchet »?
— Les bâtiments du fond… Un laboratoire où on fabrique des sérums… Vous devez connaître… Les Sérums du docteur Rivière…
— Cette fenêtre éclairée?
— Attendez… Nous sommes le 30… Alors, M. Couchet était là… Il a l'habitude de rester seul après la fermeture des bureaux… Je l'ai vu à travers les vitres, assis dans son fauteuil… Regardez…

Une fenêtre aux carreaux dépolis. Une ombre étrange, comme celle d'un homme affalé en avant sur son bureau.

— C'est lui ?

— Oui... Vers huit heures, quand j'ai vidé ma poubelle, j'ai jeté un coup d'œil... Il écrivait... On voyait fort bien la main qui tenait un porte-plume ou un crayon...

— À quelle heure le crime...

— Un moment ! Je suis montée pour prendre des nouvelles de Mme de Saint-Marc... J'ai encore regardé en descendant... Il était comme maintenant, même que j'ai cru qu'il s'était endormi...

Maigret commençait à s'impatienter.

— Puis, un quart d'heure plus tard...

— Oui ! Il était toujours à la même place ! Allez au fait...

— C'est tout... J'ai voulu me rendre compte... J'ai frappé à la porte du bureau... On n'a pas répondu et je suis entrée... Il est mort... Il y a du sang partout...

— Pourquoi n'avez-vous pas prévenu le commissariat ? C'est à deux pas, rue de Béarn...

— Et ils seraient tous arrivés en uniforme !... Ils auraient bouleversé la maison !... Je vous ai dit que Mme de Saint-Marc...

Maigret avait les deux mains dans les poches, la pipe aux dents. Il regarda les fenêtres du premier et eut l'impression que le moment approchait, car on s'agitait davantage. On entendit une porte s'ouvrir, des pas dans l'escalier. Une haute et large silhouette se profila dans la cour et la concierge, touchant le bras du commissaire, murmura avec respect :

— M. de Saint-Marc... C'est un ancien ambassadeur...

L'homme, dont on ne distinguait pas le visage, s'arrêta, se remit en marche, s'arrêta encore, observant sans cesse ses propres fenêtres.

— On a dû l'envoyer dehors… Déjà tout à l'heure… Venez… Bon ! Les voilà encore avec leur phonographe !… Et juste au-dessus des Saint-Marc !…

Une fenêtre plus petite, au second étage, plus mal éclairée. Elle était fermée et on devinait, plutôt qu'on entendait, la musique d'un gramophone.

La concierge, toute plate, nerveuse, les yeux rouges, les doigts agités, marchait vers le fond de la cour, montrait un petit perron, une porte entrouverte.

— Vous le verrez, à gauche… J'aime mieux ne plus entrer…

Un bureau banal. Des meubles clairs. Un papier peint uni.

Et un homme de quarante-cinq ans, assis dans un fauteuil, la tête sur les papiers épars devant lui. Il avait reçu une balle en pleine poitrine.

Maigret tendit l'oreille : la concierge était toujours dehors, à l'attendre, et M. de Saint-Marc continuait à arpenter la cour. De temps en temps, un autobus passait sur la place et son vacarme rendait plus absolu le silence qui suivait.

Le commissaire ne toucha à rien. Il s'assura seulement que l'arme n'était pas restée dans le bureau, resta trois ou quatre minutes à regarder autour de lui en tirant de petites bouffées de sa pipe, puis il sortit, l'air buté.

— Eh bien ?

La concierge était toujours là. Elle parlait bas.

— Rien ! Il est mort !

— On vient d'appeler M. de Saint-Marc là-haut…

Il y avait un remue-ménage dans l'appartement. Des portes claquaient. Quelqu'un courait.

— Elle est si fragile!

— Ouais! grogna Maigret en se grattant la nuque. Seulement ce n'est pas de cela qu'il s'agit. Est-ce que vous avez une idée de la personne qui peut avoir pénétré dans le bureau?

— Moi?... Comment?...

— Pardon! de votre loge, vous devez voir passer les locataires.

— Je devrais! Si le propriétaire me donnait une loge convenable et ne regardait pas à l'éclairage... C'est tout juste si j'entends des pas et si, le soir, j'aperçois des ombres... Il y a des pas que je reconnais...

— Vous n'avez rien remarqué d'anormal depuis six heures?

— Rien! Presque tous les locataires sont venus vider leur poubelle... C'est ici, à gauche de ma loge... Vous voyez les trois boîtes à ordures?... Ils n'ont pas le droit de venir avant sept heures du soir...

— Et personne n'est entré par la voûte?

— Comment voulez-vous que je sache?... On voit que vous ne connaissez pas l'immeuble... Il y a vingt-huit locataires... Sans compter la maison Couchet, où c'est un va-et-vient continuel...

Des pas dans le porche. Un homme coiffé d'un chapeau melon pénétrait dans la cour, tournait à gauche et, s'approchant des poubelles, saisissait une boîte à ordures vide. Malgré l'obscurité, il dut apercevoir Maigret et la concierge, car il resta un instant immobile, prononça enfin :

— Rien pour moi?

— Rien, monsieur Martin…

Et Maigret s'informait :

— Qui est-ce?

— Un fonctionnaire de l'Enregistrement, M. Martin, qui habite au second avec sa femme.

— Par quel hasard sa boîte à ordures…?

— Ils font presque tous ainsi quand ils ont à sortir… Ils la descendent en partant, la reprennent au retour… Vous avez entendu?

— Quoi?

— Il me semble… comme un vagissement… Si seulement les deux, là-haut, voulaient arrêter leur sacré phonographe!… Remarquez qu'elles savent très bien que Mme de Saint-Marc accouche…

Elle se précipita vers l'escalier que quelqu'un descendait.

— Eh bien, docteur?… Est-ce un garçon?…

— Une fille.

Et le médecin passa. On l'entendit qui mettait sa voiture en route, démarrait.

La maison continuait à vivre sa vie quotidienne. La cour sombre. La voûte et son ampoule piteuse. Les fenêtres éclairées et une vague musique de phonographe.

Le mort était toujours dans son bureau, tout seul, la tête sur des lettres éparpillées.

Soudain un cri, au second étage. Un cri perçant, comme un appel désespéré. Mais la concierge ne tressaillait même pas, soupirait en poussant la porte de sa loge :

— Bon! Encore la folle…

Elle cria à son tour, parce qu'un de ses gosses avait cassé une assiette. À la lumière, Maigret voyait un visage maigre, fatigué, un corps sans âge.

— Quand est-ce que ça va commencer, toutes les formalités ? questionna-t-elle.

Le bureau de tabac, en face, était encore ouvert et quelques minutes plus tard Maigret s'enfermait dans la cabine téléphonique. À mi-voix, lui aussi, il donnait des instructions.

— Oui... Le Parquet... 61... C'est presque à l'angle de la rue de Turenne... Et qu'on prévienne l'Identité Judiciaire... Allô !... Oui, je reste sur les lieux...

Il fit quelques pas sur le trottoir, s'engagea machinalement sous la voûte et finit par se camper au milieu de la cour, maussade, les épaules rentrées à cause du froid.

Aux fenêtres, les lumières commençaient à s'éteindre. Le mort continuait à se découper en ombre chinoise sur la vitre dépolie.

Un taxi s'arrêta. Ce n'était pas encore le Parquet. Une jeune femme traversait la cour à pas pressés, laissant derrière elle un sillage parfumé, et poussait la porte du bureau.

2

*Un chic type*

Il y eut toute une série de fausses manœuvres qui aboutit à une situation cocasse. La jeune femme, découvrant le cadavre, se retourna tout d'une pièce. Dans l'encadrement de la porte, elle aperçut la haute silhouette de Maigret. Association d'images machinale : un mort d'une part, l'assassin de l'autre.

Et, les yeux écarquillés, le corps ramassé sur lui-même, elle ouvrit la bouche pour appeler au secours, laissa tomber son sac à main.

Maigret n'avait pas le temps de parlementer. Il la saisit par un bras, lui mit la main sur la bouche.

— Chut !... Vous vous trompez !... Police...

Le temps de réaliser le sens de ces mots, elle se débattit, en femme nerveuse qu'elle était, essaya de mordre, donna par-derrière des coups de talon.

De la soie craqua : la bretelle de la robe.

Et tout se calma enfin. Maigret répétait :

— Pas de bruit... Je suis de la police... Il est inutile d'ameuter la maison...

C'était la caractéristique de ce crime que ce silence inusité en pareil cas, ce calme, ces vingt-huit locataires qui poursuivaient leur existence normale autour du cadavre.

La jeune femme remettait de l'ordre dans sa toilette.

— Vous étiez sa maîtresse ?

Un regard hargneux à Maigret, en même temps qu'elle cherchait une épingle pour rattacher sa bretelle.

— Vous aviez rendez-vous avec lui ce soir ?

— À huit heures, au *Select*... Nous devions dîner ensemble et aller au théâtre...

— En ne le voyant pas à huit heures, vous n'avez pas téléphoné ?

— Oui ! On m'a répondu que l'appareil était décroché.

Tous deux le voyaient en même temps, sur le bureau. L'homme avait dû le renverser en tombant en avant.

Des pas dans la cour, où les moindres bruits s'amplifiaient ce soir-là comme sous une cloche. La concierge appela du seuil, pour ne pas voir le cadavre.

— Monsieur le commissaire... Ce sont ceux du quartier...

Elle ne les aimait pas. Ils arrivaient à quatre ou cinq, sans essayer de passer inaperçus. L'un d'eux finissait de raconter une histoire amusante. Un autre questionnait en atteignant le bureau :

— Où est le cadavre ?

Le commissaire du quartier étant absent, c'était son secrétaire qui le remplaçait et Maigret se trouva d'autant plus à l'aise pour garder la direction des opérations.

— Laissez vos hommes dehors. J'attends le Parquet. Il est souhaitable que les locataires ne se doutent de rien...

Et, pendant que le secrétaire faisait le tour du bureau, il se tourna à nouveau vers la jeune femme.

— Comment vous appelez-vous ?

— Nine... Nine Moinard, mais on dit toujours Nine...

— Il y a longtemps que vous connaissez Couchet ?

— Peut-être six mois...

Il n'y avait pas besoin de lui poser beaucoup de questions. Il suffisait de l'observer. Une assez jolie fille, encore à ses débuts. Sa toilette sortait d'une bonne maison. Mais sa façon de se maquiller, de tenir son sac et ses gants, de regarder les gens d'un air agressif trahissait les coulisses d'un music-hall.

— Danseuse ?

— J'étais au *Moulin Bleu*...

— Et maintenant ?

— Je suis avec lui...

Elle n'avait pas eu le temps de pleurer. Tout s'était passé trop rapidement et elle n'avait pas encore une notion très nette de la réalité.

— Il vivait avec vous ?

— Pas tout à fait, puisqu'il est marié... Mais enfin...

— Votre adresse ?

— À l'*Hôtel Pigalle*... rue Pigalle...

Le secrétaire du commissariat remarquait :

— On ne pourra en tout cas pas prétendre qu'il y a eu vol !

— Pourquoi ?

— Regardez! Le coffre-fort est derrière lui! Il n'est pas fermé à clef, mais le dos du mort empêche d'en ouvrir la porte!

Nine, qui avait tiré un tout petit mouchoir de son sac, reniflait et se tamponnait les narines.

L'instant d'après, l'atmosphère changeait. Freins d'autos dehors. Pas et voix dans la cour. Puis des poignées de main, des questions, des colloques bruyants. Le Parquet était arrivé. Le médecin légiste examinait le cadavre et les photographes installaient leurs appareils.

Pour Maigret, c'était un moment désagréable à passer. Après les quelques phrases indispensables, il gagna la cour, les mains dans les poches, alluma sa pipe, se heurta à quelqu'un, dans l'ombre. C'était la concierge, qui ne pouvait se résigner à laisser des inconnus circuler dans sa maison sans s'inquiéter de leurs faits et gestes.

— Comment vous appelle-t-on? lui demanda Maigret, avec bienveillance.

— Mme Bourcier... Ces messieurs vont rester longtemps?... Regardez! il n'y a plus de lumière dans la chambre de Mme de Saint-Marc... Elle a dû s'endormir, la pauvre...

En examinant la maison, le commissaire aperçut une autre lumière, un rideau crème et, derrière, une silhouette de femme. Elle était petite et maigre, comme la concierge. On n'entendait pas sa voix. Mais ce n'était pas nécessaire pour deviner qu'elle était en proie à la colère. Tantôt elle restait rigoureusement immobile, à fixer quelqu'un qu'on ne voyait pas. Puis soudain elle parlait, gesticulait, faisait quelques pas en avant.

— Qui est-ce?

— Mme Martin… Vous avez vu rentrer son mari tout à l'heure… Vous savez, celui qui a remonté sa boîte à ordures… Le fonctionnaire de l'Enregistrement…

— Ils ont l'habitude de se disputer ?

— Ils ne se disputent pas… Il n'y a qu'elle à crier… Lui n'ose même pas ouvrir la bouche…

De temps en temps, Maigret jetait un coup d'œil dans le bureau où ils étaient une dizaine à s'agiter. Le juge d'instruction, du seuil, appela la concierge.

— Qui est, après M. Couchet, le dirigeant de l'affaire ?

— Le directeur, M. Philippe. Il n'habite pas loin : dans l'île Saint-Louis…

— Il a le téléphone ?

— Sûrement…

On entendit parler à l'appareil. Là-haut, Mme Martin ne se découpait plus sur le rideau. Par contre, un être falot descendait l'escalier, traversait la cour à pas furtifs et gagnait la rue. Maigret avait reconnu le chapeau melon et le pardessus mastic de M. Martin.

Il était minuit. Les jeunes filles au phonographe éteignirent leur lumière. Il ne restait plus d'éclairé, outre les bureaux, que le salon des Saint-Marc, au premier, où l'ancien ambassadeur et la sage-femme conversaient à mi-voix dans une fade odeur de clinique.

Malgré l'heure, M. Philippe, lorsqu'il arriva, était tiré à quatre épingles, la barbe brune bien lissée, les mains gantées de suède gris. C'était un homme d'une quarantaine d'années, le type même de l'intellectuel sérieux et bien élevé.

Certes, la nouvelle l'étonna, le bouleversa même. Mais, dans son émotion, il y avait comme une restriction.

— Avec la vie qu'il menait... soupira-t-il.

— Quelle vie?

— Je ne dirai jamais de mal de M. Couchet. D'ailleurs, il n'y a pas de mal à en dire. Il était le maître de son temps...

— Un instant! Est-ce que M. Couchet dirigeait son affaire lui-même?

— Ni de près, ni de loin. C'est lui qui l'a lancée. Mais, une fois en train, il m'a laissé toutes les responsabilités. Au point que j'étais parfois quinze jours sans le voir. Tenez! Aujourd'hui même, je l'ai attendu jusqu'à cinq heures. C'est veille d'échéance. M. Couchet devait m'apporter les fonds nécessaires aux paiements de demain. Environ trois cent mille francs. À cinq heures, j'ai été forcé de partir et je lui ai laissé un rapport sur le bureau.

On l'y trouva, tapé à la machine, sous la main du mort. Un rapport banal : proposition d'augmentation d'un employé et de suppression d'un des livreurs; projet de publicité dans les pays d'Amérique latine, etc.

— Si bien que les trois cent mille francs devraient être ici? questionna Maigret.

— Dans le coffre. La preuve, c'est que M. Couchet l'a ouvert. Nous sommes deux, lui et moi, à avoir la clef et le secret...

Mais, pour ouvrir le coffre, il fallait enlever le corps et on attendit que la tâche des photographes fût terminée. Le médecin légiste faisait son rapport verbal. Couchet avait été atteint d'une balle dans la poitrine et, l'aorte ayant été sectionnée, la mort avait été foudroyante. La distance entre l'assassin et sa victime pouvait être évaluée à trois mètres. Enfin, la balle était du calibre le plus courant : 6,35 mm.

M. Philippe donnait quelques explications au juge.

— Nous n'avons, place des Vosges, que nos laboratoires, qui se trouvent derrière ce bureau.

Il ouvrit une porte. On aperçut une grande salle au toit vitré où étaient rangées des milliers d'éprouvettes. Derrière une autre porte, Maigret crut entendre du bruit.

— Qu'est-ce qu'il y a là ?

— Les cobayes... Et, à droite, ce sont les bureaux des dactylos et des employés... Nous avons d'autres locaux à Pantin, d'où se font la plupart des expéditions, car vous savez sans doute que les sérums du docteur Rivière sont connus dans le monde entier...

— C'est Couchet qui les a lancés ?

— Oui ! Le docteur Rivière n'avait pas d'argent. Couchet a financé ses recherches. Il y a une dizaine d'années, il a monté un laboratoire qui n'avait pas encore l'importance de celui-ci...

— Le docteur Rivière est toujours dans l'affaire ?

— Il est mort voilà cinq ans, au cours d'un accident d'auto.

On emportait enfin le corps de Couchet et, dès que l'on ouvrit la porte du coffre-fort, il y eut des exclamations : tout l'argent qu'il contenait avait disparu. Il ne restait que des papiers d'affaires. M. Philippe expliquait :

— Non seulement les trois cent mille francs que M. Couchet a certainement apportés, mais encore soixante mille francs qui ont été encaissés cet après-midi et que j'avais placés moi-même dans ce casier, entourés d'un élastique !

Dans le portefeuille du mort, rien ! Ou plutôt deux billets numérotés pour un théâtre de la Madeleine, dont la vue déclencha les sanglots de Nine.

— C'était pour nous !... Nous devions y aller ensemble...

C'était la fin. Le désordre s'était accru. Les photographes repliaient les pieds encombrants des appareils. Le médecin légiste se lavait les mains à une fontaine qu'il avait découverte dans un placard et le greffier du juge d'instruction manifestait sa fatigue.

Pendant quelques instants, pourtant, Maigret, malgré toute cette agitation, eut une sorte de tête-à-tête avec le mort.

Un homme vigoureux, plutôt petit, grassouillet. Comme Nine, il ne s'était sans doute jamais débarrassé tout à fait d'une certaine vulgarité, en dépit de ses vêtements bien coupés, de ses ongles manucurés, du linge de soie fait sur mesure.

Ses cheveux blonds devenaient rares. Ses yeux devaient être bleus et avoir une expression un peu enfantine.

— Un chic type ! soupira une voix derrière lui.

C'était Nine, qui pleurait d'attendrissement et qui prenait Maigret à témoin, faute d'oser s'adresser aux gens plus solennels du Parquet.

— Je vous jure que c'était un chic type !... Dès qu'il croyait que quelque chose pourrait me faire plaisir... Et pas seulement à moi !... À n'importe qui !... Je n'ai jamais vu un homme donner des pourboires comme lui... Au point que je le grondais... Je lui disais qu'on le considérait comme une poire... Alors il répondait :

» — Qu'est-ce que cela peut faire ?...

Le commissaire demanda gravement :

— Il était gai ?

— Plutôt gai... Mais pas gai dans le fond... Vous comprenez ?... C'est difficile à expliquer... Il avait besoin de bouger, de faire quelque chose... S'il restait tranquille, il devenait sombre ou inquiet...

— Sa femme ?...

— Je l'ai vue une fois, de loin... Je n'ai pas de mal à dire d'elle...

— Où habitait Couchet ?

— Boulevard Haussmann... Mais, la plupart du temps, il allait à Meulan, où il a une villa...

Maigret tourna vivement la tête, vit la concierge qui n'osait pas entrer et qui lui adressait des signes, en montrant un visage plus malheureux que jamais.

— Dites !... Il descend...

— Qui ?...

— M. de Saint-Marc... Il a dû entendre tout le bruit... Le voici... Un jour comme celui-ci !... Pensez...

L'ancien ambassadeur, en robe de chambre, hésitait à s'avancer. Il avait reconnu une descente de Parquet. D'ailleurs le corps, sur la civière, passa près de lui.

— Qu'est-ce que c'est ? demanda-t-il à Maigret.

— Un homme qu'on a tué... Couchet, le propriétaire des sérums...

Le commissaire eut l'impression que son interlocuteur était soudain frappé par une pensée, comme s'il se fût souvenu de quelque chose.

— Vous le connaissiez?

— Non... C'est-à-dire que j'ai entendu parler de lui...

— Et?...

— Rien! Je ne sais rien... À quelle heure... le...

— Le crime a dû être commis entre huit et neuf heures...

M. de Saint-Marc soupira, lissa ses cheveux argentés, adressa un signe de tête à Maigret et se dirigea vers l'escalier conduisant à son appartement.

La concierge s'était tenue à l'écart. Puis elle avait rejoint quelqu'un qui allait et venait, penché en avant, sous la voûte. Quand elle revint vers le commissaire, celui-ci la questionna.

— Qui est-ce?

— M. Martin... Il est en train de chercher un gant qu'il a perdu... Il faut vous dire qu'il ne sort jamais sans gants, même pour aller acheter des cigarettes à cinquante mètres d'ici.

M. Martin, maintenant, tournait autour des poubelles, allumait quelques tisons, se résignait enfin à remonter chez lui.

Des gens se serraient la main, dans la cour. Le Parquet s'en allait. Le juge d'instruction eut un court entretien avec Maigret.

— Je vous laisse travailler... Naturellement, vous me tiendrez au courant...

M. Philippe, toujours correct comme une gravure de mode, s'inclinait devant le commissaire.

— Vous n'avez plus besoin de moi?

— Je vous verrai demain... Je suppose que vous serez à votre bureau?...

— Comme d'habitude... À neuf heures précises...

Il y eut soudain une minute émouvante, sans pourtant qu'elle fût marquée par le moindre événement. La cour était toujours plongée dans l'ombre. Une seule lampe. Puis la voûte avec son ampoule poussiéreuse.

Dehors, les autos qui embrayaient, glissaient sur l'asphalte, éclairaient un instant les arbres de la place des Vosges de leurs phares.

Le mort n'était plus là. Le bureau semblait avoir été mis à sac. Personne n'avait pensé à éteindre les lumières et le laboratoire était éclairé comme pour un travail de nuit intensif.

Et voilà qu'ils se retrouvaient à trois, au milieu de la cour, trois êtres dissemblables, qui ne se connaissaient pas une heure plus tôt et que, pourtant, de mystérieuses affinités semblaient réunir.

Mieux encore : ils étaient comme les membres de la famille qui restent seuls, après un enterrement, quand les indifférents sont partis !

Ce n'était qu'une impression fugitive de Maigret, tandis qu'il regardait tour à tour le visage chiffonné de Nine, les traits tirés de la concierge.

— Vous avez mis vos enfants au lit ?

— Oui... Mais ils ne dorment pas... Ils sont inquiets... On dirait qu'ils sentent...

Mme Bourcier avait une question à poser, une question dont elle avait presque honte mais qui, pour elle, était capitale.

— Est-ce que vous croyez...

Son regard fit le tour de la cour, sembla s'arrêter à toutes les fenêtres éteintes.

— ... que... que c'est quelqu'un de la maison ?

Et maintenant c'était la voûte qu'elle fixait, ce large porche à la porte toujours ouverte, sauf après onze heures du soir, qui faisait communiquer la cour avec la rue, qui permettait l'accès de l'immeuble à tout l'inconnu du dehors.

Nine, elle, avait une pose contrainte, et de temps en temps elle lançait un regard furtif au commissaire.

— L'enquête répondra sans doute à votre question, madame Bourcier... Pour l'instant, une seule chose paraît certaine ; c'est que celui qui a volé les trois cent soixante mille francs n'est pas le même que celui qui a tué... Du moins est-ce probable, puisque M. Couchet fermait le coffre-fort de son dos... À propos, y avait-il ce soir de la lumière dans le laboratoire ?

— Attendez !... Oui, je crois... Mais pas tant que maintenant... M. Couchet devait avoir allumé une lampe ou deux pour aller aux lavabos, qui sont tout au fond des locaux...

Maigret se dérangea pour tout éteindre, tandis que la concierge restait sur le seuil, bien que le corps ne fût plus là. Dans la cour, le commissaire retrouva Nine qui l'attendait. Il entendit du bruit quelque part au-dessus de sa tête, le bruit d'un objet qui frôle une vitre.

Mais toutes les fenêtres étaient closes, toutes les lampes éteintes.

Quelqu'un avait bougé, quelqu'un veillait dans l'ombre d'une chambre.

— À demain, madame Bourcier... Je serai ici avant l'ouverture des bureaux...

— Je vous suis ! Il faut que je ferme la porte cochère...

Nine, au bord du trottoir, remarquait :

— Je croyais que vous aviez une voiture.

Elle ne se décidait pas à le quitter. En regardant par terre, elle ajouta :

— De quel côté habitez-vous ?

— À deux pas d'ici, boulevard Richard-Lenoir.

— Il n'y a plus de métro, n'est-ce pas ?

— Je ne pense pas.

— Je voudrais vous avouer quelque chose...

— J'écoute.

Elle n'osait toujours pas le regarder. Derrière eux, on entendait les verrous tirés par la concierge, puis les pas de celle-ci, qui regagnait sa loge. Il n'y avait pas une âme sur la place. Les fontaines chantaient. L'horloge de la mairie sonna une heure.

— Vous allez trouver que j'abuse... Je ne sais pas ce que vous penserez... Je vous ai dit que Raymond était très généreux... Il ne connaissait pas la valeur de l'argent... Il me donnait tout ce que je voulais... Vous comprenez ?...

— Et ?...

— C'est ridicule... Je demandais le moins possible... J'attendais qu'il y pense... D'ailleurs, puisqu'il était presque toujours avec moi, je n'avais besoin de rien... Aujourd'hui, je devais dîner avec lui... Eh bien !...

— Fauchée ?

— Ce n'est même pas cela ! protesta-t-elle. C'est plus stupide ! Je pensais lui demander de l'argent ce soir. J'ai payé à midi une facture...

Elle était à la torture. Elle épiait Maigret, prête à se replier au moindre sourire.

— Je n'ai jamais imaginé qu'il ne viendrait pas... J'avais encore un peu d'argent dans mon sac... En l'attendant, au *Select*, j'ai mangé des huîtres, puis de la langouste… J'ai téléphoné… C'est en arrivant ici que je me suis aperçue qu'il me restait juste de quoi payer mon taxi…

— Et chez vous ?

— Je suis à l'hôtel…

— Je vous demande si vous avez un peu d'argent de côté…

— Moi ?

Un petit rire nerveux.

— Pour quoi faire ?… Est-ce que je pouvais prévoir ?… Même si j'avais su, je n'aurais pas voulu…

Maigret soupira.

— Venez avec moi jusqu'au boulevard Beaumarchais. Il n'y a que là que vous trouverez un taxi à cette heure. Qu'est-ce que vous allez faire ?

— Rien… je…

N'empêche qu'elle frissonna. Il est vrai qu'elle n'était vêtue que de soie.

— Il n'avait pas fait de testament ?

— Est-ce que je sais, moi ?… Est-ce que vous croyez qu'on s'occupe de ces choses-là quand tout va bien ?… Raymond était un chic type… Je…

Elle pleurait tout en marchant, sans bruit. Le commissaire lui glissa un billet de cent francs dans la main, fit signe à une voiture qui passait, grommela en enfonçant les poings dans ses poches :

— À demain… C'est bien *Hôtel Pigalle* que vous m'avez dit ?…

Quand il se coucha, Mme Maigret ne s'éveilla que juste le temps de murmurer dans une demi-conscience :

— Tu as dîné, au moins ?

3

*Le couple du « Pigalle »*

En sortant de chez lui, vers huit heures du matin, Maigret avait le choix entre trois démarches qui, toutes trois, devaient être faites ce jour-là : revoir les locaux de la place des Vosges et interroger le personnel ; rendre visite à Mme Couchet, qui avait été mise au courant des événements par la police du quartier, et enfin questionner à nouveau Nine.

Dès son réveil, il avait téléphoné à la Police Judiciaire la liste des locataires de la maison, ainsi que de toutes les personnes mêlées de près ou de loin au drame et, quand il passerait à son bureau, des renseignements détaillés l'attendraient.

Le marché battait son plein, boulevard Richard-Lenoir. Il faisait si froid que le commissaire releva le col de velours de son pardessus. La place des Vosges était proche, mais il fallait s'y rendre à pied.

Or, un tramway passait en direction de la place Pigalle et c'est ce qui décida Maigret. Il verrait d'abord Nine.

Bien entendu, elle n'était pas levée. Au bureau de l'hôtel, on le reconnut et on s'inquiéta.

— Elle n'est pas mêlée à une histoire embêtante, au moins? Une fille si tranquille!

— Elle reçoit beaucoup?

— Rien que son ami.

— Le vieux ou le jeune?

— Elle n'en a qu'un. Ni vieux, ni jeune...

L'hôtel était confortable, avec ascenseur, téléphone dans les chambres. Maigret fut déposé au troisième étage, frappa au 27, entendit quelqu'un remuer dans un lit, puis une voix balbutier :

— Qu'est-ce que c'est?

— Ouvrez, Nine!

Une main dut sortir des couvertures, atteindre le verrou. Maigret pénétra dans la pénombre moite, aperçut le visage chiffonné de la jeune femme, alla tirer les rideaux.

— Quelle heure est-il?

— Pas encore neuf heures... Ne vous dérangez pas...

Elle fermait à demi les yeux, à cause de la lumière crue. Telle quelle, elle n'était pas jolie et elle avait davantage l'air d'une petite fille de la campagne que d'une coquette. Deux ou trois fois elle se passa la main sur le visage, finit par s'asseoir sur le lit en se faisant un dossier de l'oreiller. Enfin elle décrocha le téléphone.

— Vous me servirez le petit déjeuner!

Et, à Maigret :

— Quelle histoire!... Vous ne m'en voulez pas de vous avoir tapé, hier au soir?... C'est bête!... Il faudra que j'aille vendre mes bijoux...

— Vous en avez beaucoup?

Elle désigna la toilette où, dans un cendrier-réclame, il y avait quelques bagues, un bracelet, une montre, le tout valant à peu près cinq mille francs.

On frappait à la porte de la chambre voisine et Nine tendit l'oreille, esquissa un vague sourire en entendant frapper à nouveau avec insistance.

— Qui est-ce ? questionna Maigret.

— Mes voisins ? Je ne sais pas ! Mais si on parvient à les réveiller à cette heure-ci…

— Que voulez-vous dire ?

— Rien ! Ils ne se lèvent jamais avant quatre heures de l'après-midi, quand ils se lèvent !

— Ils se droguent ?

Ses cils battirent affirmativement, mais elle s'empressa d'ajouter :

— Vous n'allez pas profiter de ce que je vous dis, n'est-ce pas ?

La porte avait cependant fini par s'ouvrir. Celle de Nine aussi et une femme de chambre apportait le plateau avec le café au lait et les croissants.

— Vous permettez ?

Elle avait les yeux cernés et sa chemise de nuit laissait voir des épaules maigres, un petit sein pas très ferme de gamine mal poussée. Tandis qu'elle mettait des morceaux de croissant à tremper dans son café au lait, elle continuait à tendre l'oreille comme si, malgré tout, elle eût été intéressée par ce qui se passait à côté.

— Est-ce que je serai mêlée à l'histoire ? dit-elle néanmoins. Ce serait embêtant, si on parlait de moi dans les journaux ! Surtout pour Mme Couchet…

Et, comme on frappait à la porte de petits coups faibles mais précipités, elle cria :

— Entrez!

C'était une femme d'une trentaine d'années, qui avait passé un manteau de fourrure sur sa chemise de nuit et dont les pieds étaient nus. Elle faillit battre en retraite en apercevant le large dos de Maigret, puis elle s'enhardit, balbutia :

— Je ne savais pas que vous aviez du monde!

Le commissaire tressaillit en entendant cette voix traînante, qui semblait sortir difficilement d'une bouche trop pâteuse. Il regarda la femme qui refermait la porte, vit un visage sans couleur, aux paupières bouffies. Un coup d'œil de Nine le confirma dans son idée. C'était bien la voisine aux stupéfiants.

— Qu'est-ce qui vous arrive?

— Rien! Roger a une visite... Alors... Je me suis permis...

Elle s'assit au pied du lit, abrutie, soupira comme Nine l'avait fait :

— Mais quelle heure est-il?

— Neuf heures! dit Maigret. Vous avez l'air de ne pas aimer la cocaïne, vous!

— Ce n'est pas de la cocaïne... C'est de l'éther... Roger prétend que c'est meilleur et que...

Elle avait froid. Elle se leva pour aller se coller au radiateur, regarda dehors.

— Il va encore pleuvoir...

Tout cela était morne, découragé. Sur la toilette, le peigne était plein de cheveux cassés. Les bas de Nine traînaient par terre.

— Je vous dérange, n'est-ce pas?... Mais il paraît que c'est important... Il s'agit du père de Roger, qui est mort...

Maigret regardait Nine et il remarqua qu'elle fronçait soudain les sourcils comme quelqu'un qui est frappé par une idée. Au même instant, la femme qui venait de parler portait la main à son menton, réfléchissait, murmurait :

— Tiens ! Tiens !

Et le commissaire de questionner :

— Vous connaissez le père de Roger ?

— Je ne l'ai jamais vu… Mais… Attendez !… Dites donc, Nine, il n'est rien arrivé à votre ami ?

Nine et le commissaire échangèrent un regard.

— Pourquoi ?

— Je ne sais pas… Cela s'embrouille un peu… Je pense tout à coup qu'un jour Roger m'a dit que son père fréquentait dans la maison… Cela l'amusait… Mais il aimait mieux ne pas le rencontrer et, une fois que quelqu'un montait l'escalier, il est rentré précipitamment dans la chambre… Or, il me semble que la personne en question est entrée ici…

Nine ne mangeait plus. Elle était embarrassée par le plateau qu'elle avait sur les genoux et son visage trahissait l'inquiétude.

— Son fils ?… dit-elle lentement, le regard fixé sur le rectangle glauque de la fenêtre.

— Mais alors !… s'écriait l'autre. Alors, c'est votre ami qui est mort !… Il paraît qu'il s'agit d'un crime…

— Roger s'appelle Couchet ? questionna Maigret.

— Roger Couchet, oui !

Ils se taisaient tous les trois, troublés.

— Qu'est-ce qu'il fait ? reprit le commissaire après une longue minute pendant laquelle on entendit un murmure de voix dans la chambre voisine.

— Comment ?

— Quelle est sa profession ?

Et la jeune femme, soudain :

— Vous êtes de la police, n'est-ce pas ?

Elle était agitée. Peut-être allait-elle reprocher à Nine de l'avoir attirée dans un piège.

— Le commissaire est très gentil ! dit Nine en sortant une jambe de son lit et en se penchant pour saisir ses bas.

— J'aurais dû m'en douter !... Mais alors, vous saviez déjà avant que... que j'arrive...

— Je n'avais jamais entendu parler de Roger ! dit Maigret. Maintenant, il faut que vous me donniez quelques renseignements sur lui...

— Je ne sais rien... Il y a à peine trois semaines que nous sommes ensemble...

— Et avant ?

— Il était avec une grande rousse qui se fait passer pour manucure...

— Il travaille ?

Ce mot-là suffit à rendre la gêne plus sensible.

— Je ne sais pas...

— Autrement dit, il ne fait rien... Il a de la fortune ?... Il vit largement ?...

— Non ! Nous mangeons presque toujours dans un « prix fixe » à six francs...

— Il parle souvent de son père ?

— Il n'en a parlé qu'une fois, comme je vous l'ai dit...

— Voulez-vous me décrire son visiteur ? Vous l'aviez déjà rencontré ?

— Non ! c'est un homme... comment dirai-je ? Je l'ai pris pour un huissier et, quand je suis venue ici, je croyais que c'était cela et que Roger avait des dettes...

— Il est bien habillé ?

— Attendez… J'ai vu un chapeau melon, un pardessus beige, des gants…

Il y avait, entre les deux chambres, une porte de communication cachée par un rideau et probablement condamnée. Maigret eût pu y coller l'oreille et tout entendre, mais il répugnait à le faire devant les deux femmes.

Nine s'habillait, se contentait, en guise de toilette, de passer une serviette mouillée sur son visage. Elle était nerveuse. Ses gestes étaient saccadés. On sentait que les événements la dépassaient, que maintenant elle s'attendait à tous les malheurs, qu'elle ne se sentait pas la force de réagir, ni même de comprendre.

L'autre était plus calme, peut-être parce qu'elle était encore sous l'action de l'éther, peut-être parce qu'elle avait davantage l'expérience de ces sortes de choses.

— Comment vous appelez-vous ?

— Céline.

— Vous avez une profession ?

— J'étais coiffeuse à domicile.

— Inscrite au registre de la police des mœurs ?

Elle secoua négativement la tête, sans s'indigner. Et on entendait toujours un murmure de voix, à côté.

Nine, qui avait passé une robe, regardait la chambre autour d'elle et soudain éclatait en sanglots, balbutiait :

— Mon Dieu ! Mon Dieu !

— C'est une drôle d'histoire ! disait lentement Céline. Et, s'il s'agit vraiment d'un crime, on va être bien embêtés…

— Où étiez-vous hier vers huit heures du soir ?

Elle réfléchit.

— Attendez... Huit heures... Eh bien! j'étais au *Cyrano*...

— Roger vous accompagnait?

— Non... On ne peut tout de même pas être tout le temps ensemble... Je l'ai retrouvé à minuit, au tabac de la rue Fontaine...

— Il vous a dit d'où il venait?

— Je ne lui ai rien demandé...

Par la fenêtre, Maigret apercevait la place Pigalle, son square minuscule, les enseignes des boîtes de nuit. Soudain, on le vit se redresser, marcher vers la porte.

— Attendez-moi toutes les deux!

Et il sortit, frappa à la porte voisine dont il tourna aussitôt le bouton.

Un homme en pyjama était assis dans l'unique fauteuil de la chambre où, malgré la fenêtre ouverte, il régnait une écœurante odeur d'éther. Un autre marchait en gesticulant. C'était M. Martin, que Maigret avait rencontré par deux fois la veille, dans la cour de la place des Vosges.

— Tiens, vous avez retrouvé votre gant!

Et Maigret regardait les deux mains du fonctionnaire de l'Enregistrement, qui devint si pâle que le commissaire crut un instant qu'il allait s'évanouir. Ses lèvres tremblaient. Il essayait de parler sans y parvenir.

— Je... je...

Le jeune homme n'était pas rasé. Il avait un teint de papier mâché, des yeux bordés de rouge et des lèvres molles qui trahissaient sa veulerie. Il était occupé à boire avidement de l'eau dans le verre à dents.

— Remettez-vous, monsieur Martin! Je n'espérais pas vous rencontrer ici, surtout à l'heure où votre bureau doit être ouvert depuis longtemps.

Il observait le bonhomme des pieds à la tête. Il devait faire un effort pour ne pas en avoir pitié, tant le malheureux manifestait de désarroi.

Depuis les chaussures jusqu'à la cravate montée sur un appareil en celluloïd, M. Martin était le prototype du fonctionnaire des caricatures. Un fonctionnaire propret et digne, aux moustaches bien cirées, sans un grain de poussière sur les vêtements, qui se serait sans doute cru déshonoré en sortant les mains nues.

Maintenant, il ne savait qu'en faire, de ses mains, et son regard fouillait les coins de la chambre en désordre comme pour y trouver une inspiration.

— Vous me permettez une question, monsieur Martin? Depuis combien de temps connaissez-vous Roger Couchet?

Ce ne fut plus de la terreur. Ce fut de l'ahurissement.

— Moi?

— Oui, vous!

— Mais... depuis... depuis mon mariage!

Il disait cela comme si la chose eût été évidente par elle-même.

— Je ne comprends pas!

— Roger est mon beau-fils... Le fils de ma femme...

— Et de Raymond Couchet?

— Mais oui... Puisque...

Il reprenait de l'assurance.

— Ma femme a été la première femme de Couchet... Elle a eu un fils, Roger... Quand elle a divorcé, je l'ai épousée...

Cela faisait l'effet d'une bourrasque qui balaie un ciel de nuages. La maison de la place des Vosges en était transformée. Le caractère des événements changeait. Certains points devenaient plus clairs. D'autres, au contraire, étaient plus troubles, plus inquiétants.

Au point que Maigret n'osait plus parler. Il avait besoin de mettre de l'ordre dans ses idées. Il regardait tour à tour les deux hommes avec une inquiétude croissante.

La nuit même, la concierge lui avait demandé en regardant toutes les fenêtres qu'on apercevait de la cour :

— Croyez-vous que ce soit quelqu'un de la maison ?...

Et son regard se fixait enfin sur la voûte. Elle espérait que l'assassin était venu par là, que c'était quelqu'un du dehors.

Eh bien non ! Le drame était bien dans la maison ! Maigret était incapable de dire pourquoi, mais il en était sûr.

Quel drame ? Il n'en savait rien !

Seulement il sentait que des fils invisibles se tendaient, qui reliaient des points si différents de l'espace, allaient de la place des Vosges à cet hôtel de la rue Pigalle, de l'appartement des Martin au bureau des Sérums du docteur Rivière, de la chambre de Nine à celle du couple abruti par l'éther.

Le plus troublant, c'était peut-être de voir M. Martin jeté comme une toupie inconsciente dans ce labyrinthe. Il avait toujours les mains gantées. Son pardessus mastic était à lui seul un programme de vie digne et ordonnée. Et son regard inquiet cherchait à se fixer quelque part sans y parvenir.

— Je suis venu annoncer à Roger... balbutia-t-il.

— Oui !

Maigret le regardait dans les yeux, calmement, profondément, et il s'attendait presque à voir son interlocuteur se rapetisser d'angoisse.

— Ma femme m'a dit justement qu'il valait mieux que ce soit nous qui...

— Je comprends !

— Roger est très...

— Très impressionnable ! acheva Maigret. Un garçon nerveux !

Le jeune homme, qui en était à son troisième verre d'eau, lui jeta un coup d'œil haineux. Il devait avoir vingt-cinq ans, mais ses traits étaient déjà fatigués, ses paupières flétries.

Il restait beau, pourtant, d'une beauté capable de séduire certaines femmes. Sa peau était mate. Et il n'y avait pas jusqu'à son air las, un peu dégoûté, qui ne se teintât de romantisme.

— Dites-moi, Roger Couchet, vous voyiez souvent votre père ?

— Parfois !

— Où ?

Et Maigret le regardait durement.

— À son bureau... Ou bien au restaurant...

— Quand l'avez-vous vu pour la dernière fois ?

— Je ne sais pas... Il y a plusieurs semaines...

— Et vous lui avez demandé de l'argent ?

— Comme toujours !

— En somme, vous viviez à ses crochets ?

— Il était assez riche pour...

— Minute ! Où étiez-vous hier vers huit heures du soir ?

Il n'y eut pas d'hésitation.

— Au *Select* ! dit-il avec un sourire ironique qui signifiait : « Si vous croyez que je ne sais pas où vous voulez en venir ! »

— Que faisiez-vous au *Select* ?

— J'attendais mon père !

— Donc, vous aviez besoin d'argent ! Et vous saviez qu'il viendrait au *Select*...

— Il y était presque tous les soirs avec sa poule ! D'ailleurs, l'après-midi, je l'avais entendu parler au téléphone... Car on entend tout ce qui se dit à côté...

— Quand vous avez constaté que votre père ne venait pas, vous n'avez pas eu l'idée de vous rendre à son bureau de la place des Vosges ?

— Non !

Maigret cueillit sur la cheminée une photographie du jeune homme, qui était entourée de nombreux portraits de femmes. Il la mit en poche en grommelant :

— Vous permettez ?

— Si cela vous fait plaisir !

— Vous ne croyez pas... ? commença M. Martin.

— Je ne crois rien du tout. Cela me fait penser à vous poser quelques questions. Quels étaient les rapports de votre ménage avec Roger ?

— Il ne venait pas souvent.

— Et quand il venait ?

— Il ne restait que quelques minutes...

— Sa mère est au courant de son genre de vie ?

— Que voulez-vous dire ?

— Ne faites pas l'idiot, monsieur Martin ! Votre femme sait-elle que son fils vit à Montmartre sans rien faire ?

Et le fonctionnaire de regarder par terre, gêné.

— J'ai essayé souvent de le décider à travailler ! soupira-t-il.

Cette fois, le jeune homme se mit à pianoter sur la table avec impatience.

— Vous remarquerez que je suis toujours en pyjama et que…

— Voudriez-vous me dire si vous avez vu hier soir au *Select* quelqu'un de votre connaissance ?

— J'ai vu Nine !

— Vous lui avez parlé ?

— Pardon ! je ne lui ai jamais adressé la parole !

— À quelle place était-elle ?

— La seconde table à droite du bar.

— Où avez-vous retrouvé votre gant, monsieur Martin ? Si je me souviens bien, vous le cherchiez cette nuit près des poubelles, dans la cour…

M. Martin émit un petit rire difficile.

— Il était chez moi !… Figurez-vous que j'étais parti avec un seul gant et que je ne m'en étais pas aperçu…

— Lorsque vous avez quitté la place des Vosges, où êtes-vous allé ?

— Je me suis promené… Le long des quais… Je… J'avais des maux de tête…

— Vous vous promenez souvent, le soir, sans votre femme ?

— Quelquefois !

Il était au supplice. Et il ne savait toujours pas quoi faire de ses mains gantées.

— Vous allez à votre bureau, maintenant ?

— Non ! J'ai téléphoné pour demander congé. Je ne puis laisser ma femme dans…

— Eh bien ! allez donc la rejoindre…

Maigret restait là. Le bonhomme cherchait un moyen de prendre décemment congé.

— Au revoir, Roger… dit-il en avalant sa salive. Je… je crois qu'il vaudrait mieux que tu voies ta mère…

Mais Roger se contenta de hausser les épaules et de regarder Maigret avec impatience. On entendit décroître dans l'escalier le bruit des pas de M. Martin.

Le jeune homme ne disait rien. Sa main saisit machinalement un flacon d'éther sur la table de nuit et le posa plus loin.

— Vous n'avez aucune déclaration à faire? questionna lentement le commissaire.

— Aucune !

— Parce que, si vous aviez quelque chose à dire, il vaudrait mieux que ce soit maintenant que plus tard…

— Je n'aurai rien à vous dire plus tard… Si! Une chose que je vous dis tout de suite : c'est que vous vous fourrez le doigt dans l'œil jusqu'au coude…

— Au fait, puisque vous n'avez pas vu votre père, hier au soir, vous devez être sans argent?

— Comme vous dites !

— Où allez-vous en trouver?

— Ne vous inquiétez pas pour moi, je vous en prie… Vous permettez?…

Et il fit couler de l'eau dans la cuvette pour commencer sa toilette.

Maigret, par contenance, fit encore quelques pas dans la chambre puis sortit, entra à côté, où les deux femmes attendaient. C'était Céline, maintenant, la plus agitée. Quant à Nine, assise dans la bergère, elle mordillait lentement un mouchoir en regardant le vide de la fenêtre de ses grands yeux rêveurs.

— Eh bien?... questionna la maîtresse de Roger.
— Rien! Vous pouvez rentrer chez vous...
— C'est bien son père qui...?

Et soudain, très grave, le front plissé :

— Mais alors, il va hériter?

Et elle s'en alla en réfléchissant.


Sur le trottoir, Maigret demanda à sa compagne :

— Où allez-vous?

Un geste vague, indifférent, puis :

— Je vais voir au *Moulin Bleu* s'ils veulent me reprendre...

Il l'observait avec un intérêt affectueux.

— Vous aimiez bien Couchet?

— Je vous l'ai dit hier : c'était un chic type... Et on n'en trouve pas beaucoup, je vous jure!... Quand on pense qu'un salaud l'a...

Il y eut deux larmes, puis plus rien.

— C'est ici, dit-elle en poussant une petite porte qui servait d'entrée des artistes.

Maigret, qui avait soif, pénétra dans un bar pour boire un demi. Il devait aller place des Vosges. La vue d'un appareil téléphonique lui fit penser qu'il n'était pas encore passé au Quai des Orfèvres et qu'il y avait peut-être du courrier urgent qui l'attendait.

Il appela le garçon de bureau.

— C'est toi, Jean?... Rien pour moi?... Comment?... Une dame qui attend depuis une heure?... En deuil?... Ce n'est pas Mme Couchet?... Hein?... Mme Martin?... J'arrive!

Mme Martin *en deuil*! Et elle l'attendait depuis une heure dans l'antichambre de la Police Judiciaire!

Maigret ne connaissait encore d'elle qu'une ombre chinoise : l'ombre cocasse de la veille, sur le rideau du second étage, quand elle gesticulait et que ses lèvres s'agitaient pour de terribles diatribes.

— Cela arrive souvent ! avait dit la concierge.

Et le pauvre bonhomme de l'Enregistrement, qui avait oublié son gant, était allé se promener tout seul dans l'obscurité des quais…

Et quand Maigret avait quitté la cour, à une heure du matin, il y avait eu du bruit contre une vitre !

Il monta lentement l'escalier poussiéreux de la P.J., serra, en passant, la main de quelques collègues, passa la tête par l'entrebâillement de la porte de l'antichambre.

Dix fauteuils de velours vert. Une table comme un billard. Au mur, le tableau d'honneur : deux cents portraits d'inspecteurs tués en service commandé.

Dans le fauteuil du milieu, une dame en noir, très raide, une main tenant son sac à poignée d'argent, l'autre posée sur le pommeau d'un parapluie.

Des lèvres minces. Un regard ferme braqué droit devant elle.

Elle ne broncha pas en se sentant observée.

Les traits figés, elle attendait.

4

## *La fenêtre du second étage*

Elle précéda Maigret avec cette dignité agressive de ceux pour qui l'ironie d'autrui est la pire des catastrophes.

— Veuillez vous asseoir, madame !

C'était un Maigret lourdaud, bon enfant, aux yeux un peu vagues qui la recevait et lui désignait une chaise bien éclairée par le rectangle blême de la fenêtre. Elle s'y installa dans la même pose exactement que celle adoptée auparavant dans l'antichambre.

Une pose digne, évidemment ! Une pose de combat aussi ! Les omoplates ne touchaient pas le dossier. Et la main gantée de fil noir était prête à gesticuler sans lâcher le réticule qui se balancerait en l'air.

— Je suppose, monsieur le commissaire, que vous vous demandez pourquoi je…

— Non !

Ce n'était pas méchanceté de la part de Maigret de la désarçonner de la sorte dès la première prise de contact. Ce n'était pas hasard non plus. Il savait que c'était nécessaire.

Il disposait, lui, d'un fauteuil de bureau. Il était renversé en arrière, dans une pose assez vulgaire, et il fumait sa pipe à petites bouffées gourmandes.

Mme Martin avait sursauté, ou plutôt son buste s'était raidi.

— Que voulez-vous dire? J'imagine que vous ne vous attendiez pas à...

— Si!

Et il lui souriait d'un sourire bonasse. Du coup, les doigts étaient mal à l'aise dans les gants de fil noir. Le regard, très aigu, fit le tour de l'horizon et une inspiration vint à Mme Martin.

— Vous avez reçu une lettre anonyme?

Elle affirmait en questionnant, avec un faux air d'être certaine de ce qu'elle avançait, ce qui fit sourire plus largement le commissaire car, ça encore, c'était un trait caractéristique qui s'harmonisait avec tout ce qu'il savait déjà de son interlocutrice.

— Je n'ai pas reçu de lettre anonyme...

Elle secoua la tête, sceptique.

— Vous ne me ferez pas croire...

Elle sortait toute vivante d'un album de famille. Physiquement, elle s'assortissait aussi bien que possible au fonctionnaire à l'Enregistrement qu'elle avait épousé.

On les imaginait sans peine, le dimanche après-midi, montant par exemple les Champs-Élysées: le dos noir et nerveux de Mme Martin, son chapeau toujours en travers à cause du chignon, sa démarche précipitée de femme active et ce mouvement du menton soulignant des paroles catégoriques... Et le pardessus mastic de

Martin, ses gants de peau, sa canne, sa démarche assurée, paisible, ses tentatives de flânerie et d'arrêt aux étalages...

— Vous aviez des vêtements de deuil chez vous ? murmura insidieusement Maigret en exhalant une grosse bouffée de fumée.

— Ma sœur est morte il y a trois ans... Je veux dire ma sœur de Blois... Celle qui a épousé un commissaire de police... Vous voyez que...

— Que ?...

Rien ! Elle le mettait en garde ! Il était temps de lui faire sentir qu'elle n'était pas n'importe qui !

Elle devenait d'ailleurs nerveuse, parce que tout le discours qu'elle avait préparé ne servait de rien, par la faute de cet épais commissaire.

— Quand avez-vous appris la mort de votre premier mari ?

— Mais... ce matin, comme tout le monde ! C'est la concierge qui m'a dit que vous vous occupiez de cette affaire et, comme ma situation est assez délicate... Vous ne pouvez comprendre.

— Mais si ! À propos, votre fils ne vous a pas rendu visite, hier après-midi ?

— Que voulez-vous insinuer ?

— Rien ! Une simple question.

— La concierge vous dira qu'il y a au moins trois semaines qu'il n'est pas venu me voir...

Elle parlait sèchement. Son regard était plus agressif. Est-ce que Maigret n'avait pas eu tort de ne pas lui laisser prononcer son discours ?

— Je suis heureux de votre démarche, car elle prouve votre délicatesse et...

Le seul mot « délicatesse » changea quelque chose dans les yeux gris de la femme, qui inclina la tête en guise de remerciement.

— Il y a des situations très pénibles ! dit-elle. Tout le monde ne le comprend pas. Même mon mari, qui me conseillait de ne pas porter le deuil ! Remarquez que je le porte sans le porter. Pas de voile ! Pas de crêpe ! Simplement des vêtements noirs...

Il approuva du menton, posa sa pipe sur la table.

— Ce n'est pas parce que nous sommes divorcés et que Roger m'a rendue malheureuse que je dois...

Elle reprenait de l'assurance. Elle se rapprochait insensiblement du discours préparé.

— Surtout dans une grande maison comme celle-là, où il y a vingt-huit ménages ! Et quels ménages ! Je ne parle pas des gens du premier ! Et encore ! Si M. de Saint-Marc est bien élevé, sa femme, elle, ne saluerait pas les gens pour tout l'or du monde... Quand on a reçu une éducation soignée, il est pénible de...

— Vous êtes née à Paris ?

— Mon père était confiseur à Meaux...

— À quel âge avez-vous épousé Couchet ?

— J'avais vingt ans... Notez que mes parents ne me laissaient pas servir au magasin... À cette époque, Couchet voyageait... Il affirmait qu'il gagnait largement sa vie, qu'il était capable de rendre une femme heureuse...

Le regard durcissait, s'assurait qu'il n'y avait pas menace d'ironie chez Maigret.

— J'aime mieux ne pas dire combien j'ai souffert avec lui !... Tout l'argent qu'il gagnait, il le perdait dans des spéculations ridicules... Il prétendait devenir riche... Il changeait de place trois fois par an, au point que quand mon fils est né nous n'avions pas un centime d'économie et que c'est ma mère qui a dû payer la layette…

Elle avait enfin posé son parapluie contre le bureau. Maigret pensait qu'elle devait parler avec la même véhémence sèche, la veille au soir, quand il l'avait aperçue en ombre chinoise sur le rideau.

— Quand on n'est pas capable de nourrir une femme, on ne doit pas se marier ! Voilà ce que je dis ! Et surtout quand on n'a pas plus de fierté ! Car c'est à peine si j'oserais vous énumérer tous les métiers que Couchet a faits… Je lui disais de chercher une place sérieuse, avec une pension à la clef… Dans l'administration, par exemple !… Du moins, s'il lui arrivait quelque chose, je ne restais pas sans rien… Mais non ! Il a été jusqu'à suivre le Tour de France cycliste en qualité de je ne sais quoi… C'est lui qui partait en avant, s'occuper du ravitaillement ou quelque chose dans ce goût-là ! Et il revenait sans un sou !… Voilà l'homme ! Et voilà la vie que j'avais…

— Où habitiez-vous ?

— À Nanterre ! Car on ne pouvait même pas se payer un logement en ville… Vous avez connu Couchet ?… Il ne s'en faisait pas, lui ! Il n'avait pas honte ! Il n'était pas inquiet !… Il prétendait qu'il était né pour gagner beaucoup d'argent et qu'il en gagnerait… Après les vélos, c'étaient les chaînes de montre… Non ! vous ne devinerez pas !… Des chaînes de montre qu'il vendait dans une loge foraine, monsieur ! Et mes sœurs n'osaient plus aller à la foire de Neuilly par crainte de le rencontrer dans cette situation…

— C'est vous qui avez demandé le divorce ?

Elle baissa pudiquement la tête, mais ses traits restaient nerveux.

— M. Martin habitait le même immeuble que nous... Il était plus jeune que maintenant... Il avait une belle place dans l'administration... Couchet me laissait presque toujours seule pour courir l'aventure... Oh! il n'y a rien eu que de très correct!... J'ai dit son fait à mon mari... Le divorce a été demandé de commun accord pour incompatibilité d'humeur... Couchet devait seulement me verser une pension pour le gamin...

» Et nous avons attendu un an, Martin et moi, avant de nous marier...

Maintenant elle s'agitait sur sa chaise. Ses doigts tiraillaient la poignée d'argent du réticule.

— Voyez-vous, je n'ai jamais eu de chance. Au début, Couchet ne versait même pas régulièrement la pension! Et, pour une femme délicate, il est pénible de voir le second mari payer les frais d'entretien d'un enfant qui n'est pas de lui...

Non! Maigret ne dormait pas, malgré ses yeux mi-clos, la pipe éteinte qu'il avait remise entre ses dents.

Cela devenait plus pénible. Les yeux de la femme se mouillaient. Ses lèvres commençaient à frémir d'une façon inquiétante.

— Il n'y a que moi à savoir que j'ai souffert... J'ai fait étudier Roger... J'ai voulu lui donner une bonne instruction... Il ne ressemblait pas à son père... Il était affectueux, sensible... Quand il a eu dix-sept ans, Martin lui a trouvé une place dans une banque, pour apprendre le métier... Mais c'est alors qu'il a rencontré Couchet, je ne sais où...

— Et il s'est habitué à demander de l'argent à son père?

— Remarquez qu'à moi Couchet avait toujours tout refusé! Pour moi, tout était trop cher! Je taillais mes robes moi-même et je gardais trois ans le même chapeau...

— Et il donnait à Roger tout ce que celui-ci voulait?

— Il l'a pourri!... Roger nous a quittés pour vivre seul... Il vient encore de temps en temps chez moi... Mais il allait aussi voir son père!...

— Il y a longtemps que vous habitez place des Vosges?

— À peu près huit ans... Quand nous avons trouvé l'appartement, nous ne savions même pas que Couchet était dans les sérums... Martin a voulu déménager... Il n'aurait plus manqué que cela!... Si quelqu'un devait partir, n'est-ce pas? c'était bien Couchet... Couchet devenu riche, je ne sais pas comment, que je voyais arriver dans une auto conduite par un chauffeur!... Car il avait un chauffeur... J'ai vu sa femme...

— Chez elle?

— Je l'ai guettée sur le trottoir, pour savoir à quoi elle ressemblait... J'aime mieux ne rien dire... Ce n'est pas grand-chose, en tout cas, malgré les airs qu'elle se donne et malgré son manteau d'astrakan...

Maigret se passa la main sur le front. Cela tournait à la hantise. Il y avait un quart d'heure qu'il fixait le même visage et il lui semblait à présent qu'il ne pourrait plus l'effacer de sa rétine.

Un visage mince, décoloré, aux traits fins, très mobiles, qui devait n'avoir jamais exprimé qu'une douleur résignée.

Et cela encore lui rappelait certains portraits de famille, voire de sa propre famille. Il avait eu une tante, plus grosse que Mme Martin, mais qui, elle aussi, se lamentait toujours. Lorsqu'elle arrivait chez lui, alors qu'il était enfant, il savait qu'à peine assise elle tirerait un mouchoir de son sac.

— Ma pauvre Hermance!... commençait-elle. Quelle vie! Il faut que je te raconte ce que Pierre a encore fait...

Et elle avait ce même masque mobile, ces lèvres trop minces, ces yeux où passait parfois comme une lueur d'égarement.

Mme Martin avait perdu tout à coup le fil de ses idées. Elle s'agitait.

— Maintenant, vous devez comprendre ma situation... Évidemment, Couchet est remarié. N'empêche que j'ai été sa femme, que j'ai partagé ses débuts, c'est-à-dire les années les plus dures de sa vie... L'autre n'est qu'une poupée...

— Vous avez des prétentions sur l'héritage?

— Moi!... s'écria-t-elle avec indignation. Je ne voudrais de son argent pour rien au monde! Nous ne sommes pas riches! Martin manque d'initiative, ne sait pas se pousser, se laisse couper l'herbe sous le pied par des collègues moins intelligents que lui... Mais devrais-je faire des ménages pour vivre que je ne voudrais pas...

— Vous avez envoyé votre mari avertir Roger?

Elle ne pâlit pas, parce que c'était impossible. Son teint restait toujours d'un gris uniforme. Mais il y eut du flottement dans son regard.

— Comment savez-vous?

Et soudain, indignée:

— J'espère qu'on ne nous suit pas, au moins? Dites!... Ce serait le comble!... Et, dans ce cas, je n'hésiterais pas à m'adresser en haut lieu...

— Calmez-vous, madame... Je n'ai rien dit de pareil... C'est le hasard qui m'a fait rencontrer M. Martin ce matin même...

Mais elle continuait à se méfier, à observer le commissaire sans tendresse.

— Je finirai par regretter d'être venue !... On veut être trop correct !... Et, au lieu de vous en savoir gré...

— Je vous assure que je vous sais un gré infini de cette visite...

Elle n'en sentait pas moins que quelque chose n'allait pas. Ce gros homme aux épaules larges, au cou engoncé, qui la regardait avec des yeux naïfs, comme vides de pensées, l'effrayait.

— En tout cas, articula-t-elle d'une voix aiguë, il vaut mieux que ce soit moi qui parle que la concierge... Or, vous auriez fini par apprendre...

— Que vous êtes la première Mme Couchet...

— Vous avez vu l'autre ?

Maigret eut quelque peine à ne pas sourire.

— Pas encore...

— Oh ! elle versera des larmes de crocodile... N'empêche qu'elle est tranquille, maintenant... Avec les millions que Couchet a gagnés...

Et voilà qu'elle pleurait, tout à coup, que sa lèvre inférieure se soulevait, ce qui transformait son visage, lui enlevait ce qu'il avait de trop aiguisé.

— Elle ne l'a même pas connu quand il luttait, quand il avait besoin d'une femme pour l'aider, l'encourager...

De temps en temps, un sanglot sourd, à peine perceptible, éclatait dans la gorge maigre que serrait un ruban de soie moirée.

Elle se levait. Elle regardait autour d'elle pour s'assurer qu'elle n'avait rien oublié. Elle reniflait.

— Mais tout cela ne compte pas…

Un sourire amer, sous les larmes.

— En tout cas, j'ai fait mon devoir… Je ne sais pas ce que vous pensez de moi, mais…

— Je vous assure que…

Il eût été bien embarrassé de continuer si elle n'avait achevé d'elle-même :

— Cela m'est égal ! J'ai ma conscience pour moi ! Tout le monde ne peut pas en dire autant…

Il lui manquait quelque chose. Elle ne savait pas quoi. Elle jeta encore un coup d'œil circulaire, remua une main, comme étonnée de la trouver vide.

Maigret, debout, la reconduisait à la porte.

— Je vous remercie de votre démarche…

— J'ai fait ce que j'ai cru devoir faire…

Elle était dans le couloir, où des inspecteurs bavardaient en riant. Elle passa auprès du groupe, très digne, sans détourner la tête.

Et Maigret, la porte refermée, marcha vers la fenêtre que, malgré le froid, il ouvrit toute grande. Il était las, comme après un dur interrogatoire de quelque criminel. Il y avait surtout en lui ce malaise imprécis que l'on ressent quand on est obligé de regarder de la vie des aspects que d'habitude on préfère ignorer.

Ce n'était pas dramatique. Ce n'était pas révoltant.

Elle n'avait rien dit d'extraordinaire. Elle n'avait ouvert au commissaire aucun horizon nouveau.

N'empêche qu'il se dégageait de cette entrevue comme une sensation d'écœurement.

Sur un coin du bureau, le bulletin de la police était ouvert, montrant les photographies d'une vingtaine d'individus recherchés. Des faces de brutes pour la plupart. Des têtes qui portaient des stigmates de dégénérescence.

*Ernst Strowitz, condamné par contumace par le Parquet de Caen pour meurtre d'une fermière sur la route de Bénouville…*

Et la mention, en rouge :

*Dangereux. Est toujours armé.*

Un type qui vendrait chèrement sa peau. Eh bien ! Maigret eût préféré cela à toute cette grisaille sirupeuse, à ces histoires de famille, à ce crime encore inexplicable mais qu'il devinait hallucinant.

Des images le poursuivaient : les Martin, tels qu'il se les figurait, le dimanche, aux Champs-Élysées. Le pardessus mastic et le ruban de soie noire au cou de la femme…

Il sonna. Jean parut et Maigret l'envoya chercher les fiches qu'il avait demandées sur tous ceux qui étaient mêlés au drame.

Il n'y avait pas grand-chose. Nine avait été prise une fois, une seule, à Montmartre, dans une rafle, et elle avait été relaxée après avoir prouvé qu'elle ne vivait pas de la prostitution.

Quant au fils Couchet, il était tenu à l'œil par la brigade des jeux et par la « Mondaine » qui le soupçonnait de se livrer au trafic des stupéfiants. Mais on n'avait jamais rien relevé de précis contre lui.

Un coup de téléphone aux « Mœurs ». Céline, elle, dont le nom de famille était Loiseau et qui était née à

Saint-Amand-Montrond, y était bien connue. Elle avait sa carte. Elle venait assez régulièrement à la visite.

— Ce n'est pas une méchante fille ! dit le brigadier. Le plus souvent elle se contente d'un ou deux amis réguliers... Ce n'est que quand elle retombe à la rue que nous la retrouvons...

Jean, le garçon de bureau, n'avait pas quitté la pièce et il désigna quelque chose à Maigret.

— Cette dame a oublié son parapluie !
— Je sais...
— Ah !
— Oui, j'en ai besoin.

Et le commissaire se leva en soupirant, alla fermer la fenêtre, se campa le dos au feu dans la pose qui lui était familière quand il avait besoin de réfléchir.

Une heure plus tard, il pouvait résumer mentalement les notes qui lui étaient parvenues des divers services et qui s'étalaient sur son bureau.

D'abord la confirmation donnée par l'autopsie à la thèse du médecin légiste : le coup de feu avait été tiré à trois mètres environ et la mort avait été foudroyante. L'estomac du mort contenait une faible quantité d'alcool, mais pas d'aliments.

Les photographes de l'Identité Judiciaire, qui travaillaient dans les combles du Palais de Justice, déclaraient qu'aucune empreinte digitale intéressante n'avait pu être relevée.

Enfin le Crédit Lyonnais affirmait que Couchet, qui y était bien connu, était passé vers trois heures et demie au siège social et avait emporté trois cent mille francs en billets neufs, comme c'était son habitude la veille de chaque fin de mois.

Il était donc à peu près établi qu'en arrivant place des Vosges Couchet avait placé les trois cent mille francs dans le coffre, près des soixante mille qui s'y trouvaient déjà.

Comme il avait encore à travailler, il n'avait pas refermé le meuble, auquel il était adossé.

La lumière dans le laboratoire indiquait qu'à certain moment il avait quitté le bureau, soit pour inspecter les autres locaux, soit, ce qui était plus probable, pour se rendre aux lavabos.

L'argent était-il encore dans le coffre quand il avait repris sa place ?

Vraisemblablement non, car, dans ce cas, l'assassin eût été obligé de pousser le corps de côté pour tirer la lourde porte et s'emparer des billets.

C'était le côté technique de l'affaire. Un *assassin-voleur* ou bien un *assassin* et un *voleur* agissant séparément ?

Maigret passa dix minutes chez le juge d'instruction pour lui communiquer les résultats acquis. Puis, comme il était un peu plus de midi, il rentra chez lui, les épaules rondes, ce qui était signe de mauvaise humeur.

— C'est toi qui t'occupes de l'affaire de la place des Vosges ? questionna sa femme qui avait lu le journal.

— C'est moi !

Et Maigret eut une façon toute particulière de s'asseoir, de regarder Mme Maigret, à la fois avec une tendresse accrue et avec un rien d'inquiétude.

Il voyait toujours le visage mince, les vêtements noirs, les yeux douloureux de Mme Martin.

Et ces larmes qui jaillissaient soudain, disparaissaient, comme brûlées par un feu intérieur, pour renaître un peu plus tard !...

Mme Couchet qui avait des fourrures... Mme Martin qui n'en avait pas... Couchet qui ravitaillait les concurrents du Tour de France cycliste et sa première femme qui devait garder trois ans le même chapeau...

Et le fils... Et le flacon d'éther, sur la table de nuit de l'*Hôtel Pigalle*...

Et Céline qui ne descendait à la rue que quand elle n'avait plus, pour un temps, d'ami régulier...

Et Nine...

— Tu n'as pas l'air satisfait... Tu as mauvaise mine... On dirait que tu couves un rhume.

C'était vrai ! Maigret se sentait des picotements dans les narines et comme un vide sous le crâne.

— Qu'est-ce que c'est, ce parapluie que tu as apporté ? Il est affreux !...

Le parapluie de Mme Martin ! Le couple Martin, pardessus mastic et robe de soie noire, déambulant le dimanche aux Champs-Élysées !...

— Ce n'est rien... Je ne sais pas à quelle heure je rentrerai !


Ce sont des impressions qu'on n'explique pas : on sentait qu'il y avait quelque chose d'anormal dans la maison, quelque chose qui se manifestait dès la façade.

L'agitation, dans la boutique de couronnes mortuaires en perles ? Évidemment, les locataires avaient dû se cotiser pour offrir une couronne.

Les regards inquiets du coiffeur pour dames, dont le salon s'ouvrait de l'autre côté de la voûte ?

En tout cas, la maison, ce jour-là, avait un air malsain. Et, comme il était quatre heures et que la nuit commençait à tomber, la ridicule petite lampe était déjà allumée sous la voûte.

En face, le gardien du square fermait les grilles. Le valet de chambre des Saint-Marc, au premier étage, tirait les rideaux, lentement, consciencieusement.

Quand Maigret frappa à la porte de la loge, il trouva Mme Bourcier, la concierge, en train de raconter les événements à un encaisseur de chez Dufayel qui portait, sur sa livrée bleue, un petit encrier en sautoir.

— Une maison où il ne s'est jamais rien passé... Chut!... C'est le commissaire...

Elle avait un vague air de parenté avec Mme Martin, en ce sens que toutes deux étaient des femmes sans âge, comme sans sexe. Et toutes deux avaient été malheureuses ou s'étaient considérées comme telles.

Seulement, chez la concierge, il y avait en plus de la résignation, une résignation quasi animale à son sort.

— Jojo... Lili... Ne restez pas dans le chemin... Bonjour, monsieur le commissaire... Je vous attendais ce matin... Quelle histoire!... J'ai cru bien faire en passant chez tous les locataires une liste de souscription pour une couronne... Est-ce qu'on sait quand a lieu l'enterrement?... À propos... Mme de Saint-Marc... Vous savez!... Je vous demande de ne rien lui dire... M. de Saint-Marc est venu ce matin... Il craint les émotions, dans l'état où elle est...

Dans la cour remplie d'un air bleuté, les deux lampes, celle de la voûte et celle qui était scellée au mur, plantaient de longs traits jaunes.

— L'appartement de Mme Martin? questionna Maigret.

— Au second, troisième porte à gauche après le tournant...

Le commissaire reconnaissait la fenêtre, où il y avait de la lumière mais où aucune ombre ne se dessinait sur le rideau.

Du côté des laboratoires, on entendait des cliquetis de machines à écrire. Un livreur arrivait :

— Les Sérums du docteur Rivière ?

— Au fond de la cour ! Porte à droite ! Veux-tu laisser ta sœur tranquille, Jojo !

Maigret s'engageait dans l'escalier, le parapluie de Mme Martin sous le bras. Jusqu'au premier étage, la maison avait été remise à neuf, les murs repeints et les marches vernies.

À partir du second, c'était un autre monde, des murs sales, un plancher râpeux. Les portes des logements étaient peintes en un vilain brun. Et, sur ces portes, on voyait, soit des cartes de visite épinglées, soit des petites plaques en aluminium repoussé.

Une carte de visite, à trois francs le cent : *Monsieur et Madame Edgar Martin.* À droite, un cordon de tresse tricolore terminé par une floche molle. Quand Maigret tira, une grêle sonnette tinta dans le vide du logement. Puis il y eut des pas rapides. Une voix demanda :

— Qui est là ?

— Je vous rapporte votre parapluie !

La porte s'ouvrit. L'entrée se réduisait à un carré d'un mètre de côté où pendait, à un portemanteau, le pardessus mastic. En face, la porte ouverte d'une pièce, mi-salon, mi-salle à manger, avec un appareil de T.S.F. sur un bahut.

— Je m'excuse de vous déranger. Ce matin, vous avez oublié ce parapluie dans mon bureau...

— Vous voyez ! Moi qui croyais l'avoir laissé dans l'autobus. Je disais à Martin...

Maigret ne sourit pas. Il avait l'habitude de ces femmes qui ont la manie d'appeler leur mari par leur nom de famille.

Martin était là, avec son pantalon rayé sur lequel il avait passé un veston d'intérieur en gros drap chocolat.

— Entrez, je vous en prie...

— Je ne voudrais pas vous déranger.

— On ne dérange jamais les gens qui n'ont rien à cacher !

Sans doute la caractéristique primordiale d'un logement est-elle l'odeur. Ici, elle était sourde, à base d'encaustique, de cuisine et de vieux vêtements.

Un canari sautillait dans une cage et lançait parfois dehors une gouttelette d'eau.

— Donne donc le fauteuil à M. le commissaire...

*Le* fauteuil ! Il n'y en avait qu'un, un fauteuil Voltaire recouvert de cuir si sombre qu'il paraissait noir.

Et Mme Martin, très différente de ce qu'elle était le matin, minaudait :

— Vous prendrez bien quelque chose... Mais si !... Martin ! Apporte un apéritif...

Martin était ennuyé. Peut-être n'y en avait-il pas dans la maison ? Peut-être ne restait-il qu'un fond de bouteille ?

— Merci, madame ! Je ne bois jamais avant les repas.

— Mais vous avez le temps...

C'était triste ! Triste à vous décourager d'être un homme, de vivre sur une terre où pourtant le soleil brille plusieurs heures par jour et où il y a de vrais oiseaux en liberté !

Ces gens-là ne devaient pas aimer la lumière, car les trois ampoules électriques étaient soigneusement voilées par d'épaisses toiles coloriées qui ne laissaient passer que le strict minimum de rayons.

— Surtout l'encaustique ! pensa Maigret.

Car c'était ce qui dominait dans l'*odeur* ! D'ailleurs, la table de chêne massif était polie comme une patinoire.

M. Martin avait affiché un sourire d'homme qui reçoit.

— Vous devez avoir une vue merveilleuse sur cette place des Vosges qui est unique à Paris ! dit Maigret qui savait parfaitement que les fenêtres donnaient sur la cour.

— Non ! Les appartements en façade, au second, sont trop bas de plafond, à cause du style de l'immeuble... Vous savez que la place tout entière est classée comme monument historique... On n'a pas le droit d'y toucher... Et c'est lamentable !... Voilà des années que nous voudrions installer une salle de bains et...

Maigret s'était approché de la fenêtre. D'un geste négligent, il écartait le store aux ombres chinoises. Et il restait immobile, impressionné au point qu'il en oubliait de parler comme un visiteur bien élevé.

En face de lui, c'étaient les bureaux et le laboratoire de la maison Couchet.

D'en bas, il avait remarqué qu'il y avait des vitres en verre dépoli.

D'ici, il s'apercevait que ce n'étaient que les vitres inférieures. Les autres étaient claires, limpides, lavées deux ou trois fois la semaine par les femmes de ménage.

On voyait nettement, à la place même où avait été tué Couchet, M. Philippe qui signait les lettres dactylographiées que sa secrétaire lui passait une à une. On distinguait la serrure du coffre.

Et la porte de communication avec le laboratoire était entrouverte. Par les fenêtres de celui-ci apparaissaient des femmes en blouse blanche, en rang le long d'une énorme table, et qui travaillaient à empaqueter des tubes de verre.

Chacune avait sa tâche. La première prenait les tubes nus dans un panier et la neuvième livrait à un employé des paquets parfaits, avec une notice, un cartonnage soigné, bref, une marchandise prête à être livrée aux pharmaciens.

— Sers quand même quelque chose à boire ! disait derrière Maigret la voix de Mme Martin.

Et son mari s'agitait, ouvrait un placard, entrechoquait des verres.

— Rien qu'un doigt de vermouth, monsieur le commissaire !... Mme Couchet, elle, pourrait sans doute vous offrir des cocktails...

Et Mme Martin avait un sourire pointu, comme si ses lèvres eussent été des dards.

5

*La folle*

Son verre à la main, Maigret disait en observant Mme Martin :

— Ah! si vous aviez regardé par la fenêtre, hier au soir! Du coup, mon enquête serait finie! Car il est impossible, d'ici, de ne pas voir tout ce qui se passe dans le bureau de Couchet.

C'est en vain qu'on eût cherché une intention dans sa voix, ou dans son attitude. Il sirotait son vermouth tout en bavardant.

— Je dirais même que cette affaire aurait constitué un des cas les plus curieux de témoignage en matière criminelle. Quelqu'un ayant assisté de loin au meurtre! Que dis-je? Avec des jumelles, on verrait si nettement les lèvres des interlocuteurs qu'on pourrait reconstituer leur entretien…

Mme Martin ne savait que penser, se tenait sur la réserve, un vague sourire figé à ses lèvres pâles.

— Mais aussi quelle émotion pour vous ! Être à votre fenêtre, bien tranquille, et voir soudain quelqu'un menacer votre ancien mari ! Pis encore ! Car la scène a dû être plus complexe. J'imagine Couchet tout seul, plongé dans ses comptes... Il se lève et se dirige vers les lavabos. Quand il revient, quelqu'un a fouillé le coffre-fort, n'a pas le temps de fuir... Il y a néanmoins un détail curieux, dans ce cas : c'est que Couchet se soit rassis... Il est vrai qu'il connaissait peut-être son voleur ?... Il lui parle... Il lui adresse des reproches, lui demande de rendre l'argent...

— Seulement, il aurait fallu que je sois à la fenêtre ! articula Mme Martin.

— Peut-être d'autres fenêtres du même étage réservent-elles le même coup d'œil ?... Qui habite à votre droite ?

— Deux jeunes filles et leur mère... Celles qui font du phono tous les soirs...

À cet instant retentit un cri que Maigret avait déjà entendu. Il resta silencieux une seconde, murmura :

— La folle, n'est-ce pas ?

— Chut !... fit Mme Martin en marchant à pas feutrés vers la porte.

Elle ouvrit celle-ci brusquement. Dans le corridor mal éclairé, on aperçut une silhouette de femme qui s'éloignait en hâte.

— Vieille chipie !... grommelait Mme Martin assez haut pour être entendue de l'autre.

Revenant sur ses pas, furieuse, elle expliqua au commissaire :

— C'est la vieille Mathilde ! Une ancienne cuisinière ! Vous l'avez vue ? On dirait un gros crapaud !

Elle habite la chambre voisine, avec sa sœur qui est folle. Elles sont aussi vieilles et aussi laides l'une que l'autre ! La folle n'a pas quitté une seule fois sa chambre depuis que nous avons cet appartement.

— Pourquoi crie-t-elle ainsi ?

— Justement ! Ça lui prend quand on la laisse seule dans l'obscurité. Elle a peur comme un enfant. Elle hurle... J'ai fini par comprendre le manège... Du matin au soir, la vieille Mathilde rôde dans les couloirs... On est toujours sûr de la trouver derrière une porte, et, quand on la surprend, c'est à peine si elle est gênée... Elle s'éloigne, avec sa vilaine tête placide !... C'est au point qu'on n'est plus chez soi, qu'on doit baisser la voix si on veut parler d'affaires de famille... Je viens de la prendre sur le fait, n'est-ce pas ? Eh bien ! je parie qu'elle est déjà revenue...

— Ce n'est pas très agréable ! convint Maigret. Mais le propriétaire n'intervient-il pas ?

— Il a tout fait pour les mettre à la porte... Malheureusement il y a des lois... Sans compter que ce n'est ni sain, ni appétissant, ces deux vieilles dans une petite chambre !... Je parie qu'elles ne se lavent jamais...

Le commissaire avait saisi son chapeau.

— Vous m'excuserez de vous avoir dérangés. Il est temps que je parte...

Désormais, il avait dans la tête une image précise du logement, depuis les napperons des meubles, jusqu'aux calendriers ornant les murs.

— Ne faites pas de bruit !... Vous allez surprendre la vieille...

Ce n'était pas tout à fait exact. Elle n'était pas dans le corridor, mais derrière sa porte entrouverte, comme une grosse araignée en embuscade. Elle dut être déroutée en voyant le commissaire lui adresser au passage un aimable salut.

À l'heure de l'apéritif, Maigret était assis au *Select*, non loin du bar américain où l'on ne parlait que des courses. Quand le garçon s'approcha de lui, il exhiba la photographie de Roger Couchet, qu'il avait prise le matin rue Pigalle.

— Vous connaissez ce jeune homme ?

Le garçon s'étonna.

— C'est curieux...

— Qu'est-ce qui est curieux ?

— Il y a moins d'un quart d'heure qu'il est parti... Il était à cette table, tenez ! Je ne l'aurais pas remarqué si, au lieu de me dire quelle consommation il voulait, il n'avait prononcé :

» — *La même chose qu'hier !*

» Or, je ne me souvenais pas du tout de l'avoir vu... Je lui ai dit :

» — Voulez-vous me rappeler ce que c'était ?

» — *Un gin-fizz, voyons !*

» Et c'est ce qui m'a le plus amusé ! Parce que je suis sûr de n'avoir pas servi de gin-fizz dans la soirée d'hier !

» Il est resté quelques minutes, puis il est parti... C'est drôle que vous veniez justement me montrer sa photographie.

Ce n'était pas drôle du tout. Roger avait tenu à établir qu'il était la veille au *Select*, comme il l'avait déclaré à Maigret. Il avait employé un truc assez adroit et n'avait eu que le tort de choisir une consommation peu courante.

Quelques minutes plus tard, Nine entrait, l'œil morne, s'asseyait à la table la plus proche du bar puis, apercevant le commissaire, se levait, hésitait, s'avançait vers lui.

— Vous désirez me parler? questionna-t-elle.

— Pas particulièrement. Si, pourtant! Je voudrais vous poser une question. Vous venez ici à peu près tous les soirs, n'est-ce pas?

— C'est toujours ici que Raymond me donnait rendez-vous!

— Avez-vous une place fixe?

— Là-bas, où je me suis installée en entrant...

— Vous y étiez hier?

— Oui, pourquoi?

— Et vous ne vous souvenez pas d'avoir vu l'original de ce portrait?

Elle regarda la photographie de Roger, murmura :

— Mais c'est mon voisin de chambre!

— Oui! C'est le fils de Couchet...

Elle écarquilla les yeux, troublée par cette coïncidence, se demandant ce que celle-ci cachait.

— Il est venu chez moi un peu après votre départ, ce matin... Je rentrais du *Moulin Bleu*...

— Qu'est-ce qu'il voulait?

— Il m'a demandé si je n'avais pas un cachet d'aspirine, pour Céline qui était malade...

— Et au théâtre? On vous a engagée?

— Je dois y aller ce soir... Une danseuse est blessée... Si elle ne va pas mieux, je la remplacerai et peut-être qu'on m'engagera définitivement...

Elle baissa la voix pour continuer :

— J'ai les cent francs... Donnez-moi votre main...

Et ce geste était révélateur de toute une psychologie. Elle ne voulait pas tendre les cent francs à Maigret en public ! Elle craignait de le gêner ! Alors, elle tenait dans la paume de la main le billet plié tout menu ! Elle le lui passait comme à un gigolo !

— Je vous remercie ! Vous avez été bon...

On la sentait découragée. Elle regardait autour d'elle sans prendre le moindre intérêt au spectacle des gens qui allaient et venaient. Elle esquissa pourtant un pâle sourire, remarqua :

— Le maître d'hôtel nous regarde... Il se demande pourquoi je suis avec vous... Il doit croire que j'ai déjà remplacé Raymond... Vous allez vous compromettre !

— Vous buvez quelque chose ?

— Merci ! dit-elle discrètement. Si vous aviez par hasard besoin de moi... Au *Moulin Bleu,* mon nom est Elyane... Vous connaissez l'entrée des artistes, rue Fontaine ?...

Ce ne fut pas trop pénible. Maigret sonna à la porte de l'appartement du boulevard Haussmann, quelques minutes avant l'heure du dîner. Dès l'entrée, il régnait une lourde odeur de chrysanthèmes. La domestique qui vint ouvrir marchait sur la pointe des pieds.

Elle crut que le commissaire voulait simplement déposer sa carte et elle le conduisit sans mot dire jusqu'à la chambre mortuaire, toute tendue de noir. À l'entrée, il y avait de nombreuses cartes de visite sur un plateau Louis XVI.

Le corps était déjà dans le cercueil, qui disparaissait sous les fleurs.

Dans un coin, un grand jeune homme en deuil, très distingué, adressa un léger signe de tête à Maigret.

En face de lui, une femme d'une cinquantaine d'années, aux traits vulgaires, aux vêtements de paysanne endimanchée, était agenouillée.

Le commissaire s'approcha du jeune homme.

— Pourrais-je voir Mme Couchet ?

— Je vais demander à ma sœur si elle peut vous recevoir... C'est monsieur... ?

— Maigret ! Le commissaire chargé de l'enquête...

La paysanne resta à sa place. Quelques instants plus tard, le jeune homme revint et pilota son hôte à travers l'appartement.

À part l'odeur de fleurs qui régnait partout, les pièces gardaient leur physionomie habituelle. C'était un bel appartement de la fin du siècle dernier, comme la plupart des appartements du boulevard Haussmann. De grandes chambres. Les plafonds et les portes un peu trop ornés.

Et des meubles de style. Dans le salon, un monumental lustre de cristal tintait dès qu'on marchait.

Mme Couchet était là, entourée de trois personnes qu'elle présenta. D'abord le jeune homme en deuil :

— Mon frère, Henry Dormoy, avocat à la Cour...

Puis un monsieur d'un certain âge :

— Le colonel Dormoy, mon oncle...

Une dame enfin, aux beaux cheveux d'argent :

— Ma mère...

Et tous, en vêtements de deuil, étaient fort distingués. Sur la table, le thé n'avait pas encore été desservi et il restait des toasts et des gâteaux.

— Si vous voulez vous asseoir...

— Une question, si vous le permettez. Cette dame qui est dans la chambre mortuaire...

— La sœur de mon mari... dit Mme Couchet. Elle est arrivée ce matin de Saint-Amand...

Maigret ne sourit pas. Mais il comprenait. Il sentait très bien qu'on ne désirait pas outre mesure voir arriver la famille Couchet, en habits de paysans ou de petits-bourgeois.

Il y avait les parents côté mari et les parents côté Dormoy.

Côté Dormoy, c'était élégant, discret. Déjà tout le monde était habillé de noir.

Côté Couchet, il n'y avait encore que cette commère dont la soie du corsage était trop tendue sous les bras.

— Pourrais-je vous dire quelques mots en particulier, madame ?

Elle s'excusa auprès de sa famille, qui voulut quitter le salon.

— Restez, je vous en prie... Nous irons dans le boudoir jaune...

Elle avait pleuré, c'était incontestable. Puis elle s'était poudrée et on devinait à peine que les paupières étaient un peu meurtries. Sa voix était feutrée par une véritable lassitude.

— Vous n'avez pas reçu aujourd'hui de visite inattendue ?

Elle leva la tête, contrariée.

— Comment le savez-vous ?... Oui, au début de l'après-midi, mon beau-fils est venu...

— Vous le connaissiez déjà ?

— Très peu... Il voyait mon mari à son bureau... Une fois pourtant, au théâtre, nous l'avons rencontré et Raymond nous a présentés...

— Quel était l'objet de sa visite ?

Gênée, elle détourna la tête.

— Il voulait savoir si on avait trouvé un testament... Il m'a demandé aussi qui était mon homme d'affaires afin de s'adresser à lui pour les formalités...

Elle soupira, essaya d'excuser toutes ces mesquineries.

— C'est son droit. Je pense que la moitié de la fortune lui revient et je n'ai pas l'intention de l'en frustrer...

— Me permettez-vous quelques questions indiscrètes ?... Quand vous avez épousé Couchet, était-il déjà riche ?

— Oui... Moins qu'aujourd'hui, mais ses affaires commençaient à prendre de l'essor...

— Mariage d'amour ?

Un sourire voilé.

— Si vous voulez... Nous nous sommes rencontrés à Dinard... Après trois semaines, il m'a demandé si j'acceptais de devenir sa femme... Mes parents se sont renseignés...

— Vous avez été heureuse ?

Il la regardait dans les yeux et il n'eut pas besoin de réponse. Il préféra murmurer lui-même :

— Il existait une certaine différence d'âge... Couchet avait ses affaires... En somme, il n'y avait pas entre vous une grande intimité... Est-ce bien cela ?... Vous teniez sa maison... Vous aviez votre vie et il avait la sienne...

— Je ne lui ai jamais fait de reproche! dit-elle. C'était un homme d'une grande vitalité, qui avait besoin d'une existence mouvementée... Je n'ai pas voulu le retenir...

— Vous n'étiez pas jalouse?

— Au début... Puis je me suis habituée... Je crois qu'il m'aimait bien...

Elle était assez jolie, mais sans éclat, sans nerf. Des traits un peu flous. Un corps douillet. Une sobre élégance. Elle devait offrir avec grâce le thé à ses amies, dans le salon tiède et confortable.

— Votre mari vous parlait-il souvent de sa première femme?

Alors ses prunelles se durcirent. Elle essaya de cacher sa colère, mais elle comprit que Maigret n'était pas dupe.

— Ce n'est pas à moi de... commença-t-elle.

— Je vous demande pardon. Étant donné les circonstances de la mort, il ne peut être question de délicatesse...

— Vous ne soupçonnez pas...?

— Je ne soupçonne personne. J'essaie de reconstituer la vie de votre mari, son entourage, ses faits et gestes pendant la dernière soirée. Saviez-vous que cette femme habite l'immeuble même où Couchet avait ses bureaux?

— Oui! Il me l'a dit...

— En quels termes parlait-il d'elle?

— Il lui en voulait... Puis il avait honte de ce sentiment et il prétendait qu'au fond c'était une malheureuse...

— Pourquoi malheureuse?

— Parce que rien ne pouvait la satisfaire... Et puis...

— Et puis ?...

— Vous devinez ce que je veux dire... Elle est très intéressée... En somme, elle a quitté Raymond parce qu'il ne gagnait pas assez d'argent... Alors, de le retrouver riche... Et d'être, elle, la femme d'un petit fonctionnaire !...

— Elle n'a pas essayé de...

— Non ! Je ne crois pas qu'elle lui ait jamais demandé d'argent. Il est vrai que mon mari ne me l'aurait pas dit. Tout ce que je sais c'est que c'était pour lui un supplice de la rencontrer place des Vosges. Je pense qu'elle s'arrangeait pour être sur son chemin. Elle ne lui parlait pas, mais elle le regardait d'un air méprisant...

Le commissaire ne put s'empêcher de sourire en évoquant ces rencontres, sous la voûte : Couchet qui descendait de voiture, frais et rose, et Mme Martin, guindée, avec ses gants noirs, son parapluie et son réticule, son visage venimeux...

— C'est tout ce que vous savez ?

— Il aurait voulu changer de locaux, mais il est difficile de trouver, dans Paris, des laboratoires...

— Bien entendu, vous ne connaissez aucun ennemi à votre mari ?

— Aucun ! Tout le monde l'aimait ! Il était trop bon, bon à en devenir ridicule... Ce n'était pas dépenser l'argent qu'il faisait : c'était le jeter... Et, quand on lui en faisait le reproche, il répondait qu'il avait assez compté sou par sou pendant des années pour se montrer enfin prodigue...

— Il voyait beaucoup votre famille ?

— Peu !... Ce n'était pas la même mentalité, n'est-ce pas ?... Ni les mêmes goûts...

Maigret évoquait mal, en effet, Couchet dans le salon avec le jeune avocat, le colonel et la maman aux gestes dignes.

Tout cela était compréhensible.

Un garçon sanguin, puissant, vulgaire, parti de rien, qui avait passé trente ans de sa vie à courir après la fortune en mangeant de la vache enragée...

Il devenait riche. À Dinard, il accédait enfin à un monde où il n'avait jamais été admis. Une vraie jeune fille... Une famille bourgeoise... Thé et petits-fours, tennis et parties de campagne...

Il épousait ! Pour se prouver à lui-même que désormais tout lui était permis ! Pour avoir un intérieur comme ceux qu'il n'avait jamais vus que du dehors !

Il épousait parce qu'il était impressionné aussi par cette jeune fille sage et bien élevée...

Et c'était l'appartement du boulevard Haussmann, avec les choses les plus traditionnelles...

Seulement, il avait besoin d'aller se remuer ailleurs, de voir d'autres gens, de leur parler sans s'observer... Les brasseries, les bars...

Puis d'autres femmes !

Il aimait bien la sienne ! Il l'admirait ! Il la respectait ! Elle l'impressionnait !

Mais justement parce qu'elle l'impressionnait il lui fallait des gamines mal élevées comme Nine pour se détendre.

Mme Couchet avait une question sur les lèvres. Elle hésitait à la poser. Elle s'y résolut pourtant, en regardant ailleurs.

— Je voudrais vous demander si... C'est délicat... Excusez-moi... Il avait des amies, je le sais... Il ne s'en cachait – et à peine ! – que par discrétion... J'ai besoin de savoir si, de ce côté, il n'y aura pas d'ennuis, de scandale...

Elle imaginait évidemment les maîtresses de son mari comme des grues de roman, ou encore comme des *vamps* de cinéma !

— Vous n'avez rien à craindre ! sourit Maigret qui évoquait la petite Nine, avec son visage chiffonné et la poignée de bijoux qu'elle avait portés l'après-midi même au Crédit Municipal.

— Il ne sera pas nécessaire de... ?

— Non ! Aucune indemnité !

Elle en était tout étonnée. Peut-être un peu dépitée, car enfin, si ces femmes ne réclamaient rien, c'est qu'elles avaient une certaine affection pour son mari ! et lui pour elles...

— Vous avez fixé la date des obsèques ?

— Mon frère s'en est occupé... Elles auront lieu jeudi, à Saint-Philippe-du-Roule...

On entendait des bruits de vaisselle dans la salle à manger voisine. Sans doute dressait-on la table pour le dîner ?

— Il ne me reste qu'à vous remercier et à prendre congé, en m'excusant encore...

Et, comme il descendait à pied le boulevard Haussmann, il se surprit à grommeler en bourrant sa pipe :

— Sacré Couchet !

Cela lui était venu aux lèvres comme si ce Couchet eût été un vieux camarade. Et il avait à tel point cette impression que l'idée qu'il ne l'avait jamais vu que mort le stupéfiait.

Il lui semblait qu'il le connaissait littéralement sur toutes les coutures.

Peut-être à cause des trois femmes ?

La première, d'abord, la fille du confiseur, dans le logement de Nanterre, que désespérait l'idée que son mari n'aurait jamais un métier sérieux.

Puis la jeune fille de Dinard et les petites satisfactions d'amour-propre d'un Couchet devenu le neveu d'un colonel...

Nine... Les rendez-vous au *Select*... L'*Hôtel Pigalle*...

Et le fils qui venait le taper ! Et Mme Martin qui s'arrangeait pour le croiser sous la voûte, espérant peut-être le harceler de remords...

Drôle de fin ! Tout seul, dans le bureau où il venait le moins souvent possible ! Adossé au coffre-fort entrouvert, les mains sur la table...

On ne s'était aperçu de rien... La concierge, en passant dans la cour, le voyait toujours à la même place derrière la vitre dépolie... Mais elle s'inquiétait surtout de Mme de Saint-Marc qui accouchait !

La folle avait crié, là-haut ! Autrement dit, la vieille Mathilde, sur ses semelles de feutre, était embusquée derrière une porte du couloir...

M. Martin, en pardessus mastic, descendait et cherchait son gant auprès des poubelles...

Une chose était certaine : quelqu'un, maintenant, possédait les trois cent soixante mille francs volés !

Et quelqu'un avait tué !

— Tous les hommes sont des égoïstes !... disait amèrement Mme Martin au visage douloureux.

Était-ce elle qui avait les trois cent soixante billets tout neufs délivrés par le Crédit Lyonnais ? Elle qui tenait enfin de l'argent, beaucoup d'argent, toute une liasse de grands billets représentant des années confortables sans souci du lendemain ni de la pension qui lui reviendrait à la mort de Martin ?

Était-ce Roger, avec son corps mou, vidé par l'éther, et cette Céline qu'il avait ramassée pour l'abrutir avec lui dans la moiteur d'un lit d'hôtel ?

Était-ce Nine, ou Mme Couchet ?...

Il y avait en tout cas un endroit d'où on pouvait avoir tout vu : le logement des Martin.

Et il y avait une femme qui rôdait dans la maison, collant son oreille à toutes les portes, traînant ses savates dans les couloirs.

— Il faudra que j'aille rendre visite à la vieille Mathilde ! se dit Maigret.

Mais quand, le lendemain matin, il arriva place des Vosges, la concierge, qui triait le courrier (une grosse pile pour les Sérums et quelques lettres seulement pour les autres locataires), l'arrêta.

— Vous montez chez les Martin ?... Je ne sais pas si vous faites bien... Mme Martin a été affreusement malade cette nuit... Il a fallu courir chez le médecin... Son mari est comme fou...

Les employés traversaient la cour, allaient prendre leur travail dans les laboratoires et les bureaux. Le valet de chambre secouait les tapis à une fenêtre du premier étage.

On entendait le vagissement d'un bébé et la complainte monotone d'une nounou.

# 6

## Quarante de fièvre

— Chut!... Elle s'est endormie... Entrez quand même...

M. Martin s'effaçait, résigné. Résigné à laisser voir son logement en désordre. Résigné à se montrer lui-même en négligé, les moustaches tombantes, verdâtres, ce qui indiquait qu'il avait l'habitude de les teindre.

Il avait veillé toute la nuit. Il était éreinté, ne réagissait plus.

Sur la pointe des pieds, il alla fermer la porte qui communiquait avec la chambre à coucher et qui laissait voir le pied du lit et une cuvette posée par terre.

— La concierge vous a dit?...

Il chuchotait, avec des regards anxieux à la porte. En même temps, il fermait le réchaud à gaz sur lequel il avait mis du café à réchauffer.

— Une petite tasse?

— Merci... Je ne vais pas vous déranger longtemps... J'ai tenu à prendre des nouvelles de Mme Martin...

— Vous êtes trop aimable ! dit Martin avec conviction.

Il n'y voyait vraiment pas malice. Il était tellement bouleversé qu'il devait avoir perdu tout sens critique. Et d'ailleurs, en avait-il jamais eu ?

— C'est terrible, ces crises-là !... Vous permettez que je boive mon café devant vous ?...

Il se troubla en constatant que ses bretelles lui battaient les mollets, se hâta de remettre de l'ordre dans sa toilette, enleva de la table des flacons pharmaceutiques qui traînaient.

— Mme Martin en a souvent ?

— Non... Surtout pas si violentes !... Elle est très nerveuse... Jeune fille, il paraît qu'elle avait toutes les semaines des crises de nerfs...

— Maintenant encore ?

Martin lui lança un regard de chien battu, osa à peine avouer :

— Je suis obligé de la ménager... Une simple contradiction et la voilà en effervescence !...

Avec son pardessus mastic, ses moustaches bien cirées, ses gants de peau, il était surtout ridicule. Une caricature de petit fonctionnaire prétentieux.

Mais maintenant ses poils étaient déteints, ses yeux battus. Il n'avait pas eu le temps de se débarbouiller. Sous un vieux veston, il portait encore sa chemise de nuit.

Et c'était un pauvre bonhomme. On découvrait avec stupeur qu'il avait au moins cinquante-cinq ans.

— Elle a eu un ennui, hier au soir ?

— Non... Non...

Il s'affolait, regardait autour de lui avec effroi.

— Elle n'a pas reçu de visite?... Son fils, par exemple?...

— Non!... Vous êtes arrivé... Puis nous avons dîné... Puis...

— Quoi?

— Rien... Je ne sais pas... C'est venu tout seul... Elle est très sensible... Elle a eu tant de malheurs dans sa vie!...

Est-ce qu'il pensait vraiment ce qu'il disait? Maigret avait l'impression que Martin parlait pour se convaincre lui-même.

— En somme, personnellement, vous n'avez aucune opinion sur ce crime?

Et Martin laissa tomber par terre la tasse qu'il avait à la main. Est-ce qu'il avait les nerfs malades, lui aussi?

— Pourquoi aurais-je une opinion?... Je vous jure... Si j'en avais une, je...

— Vous...?

— Je ne sais pas... C'est terrible!... Et juste au moment où, au bureau, nous avons le plus de travail... Je n'ai même pas eu le temps de prévenir mon chef, ce matin...

Il passa sa main maigre sur son front, puis il se mit en devoir de ramasser les morceaux de faïence. Il chercha longtemps un torchon pour essuyer le parquet.

— Si elle m'avait écouté, nous ne serions pas restés dans cette maison...

Il avait peur, c'était clair. Il était décomposé par la peur. Mais la peur de quoi, la peur de qui?

— Vous êtes un brave homme, n'est-ce pas, monsieur Martin? Et un honnête homme...

— J'ai trente-deux ans de service et...

— Donc, si vous saviez quelque chose qui pût aider la justice à découvrir le coupable, vous vous feriez un devoir de me le dire...

Est-ce qu'il n'allait pas claquer des dents?

— Je le dirais certainement... Mais je ne sais rien... Et je voudrais savoir, moi aussi!... Ce n'est plus une vie...

— Que pensez-vous de votre beau-fils?

Le regard de Martin se posa sur Maigret, étonné.

— Roger?... C'est...

— C'est un dévoyé, oui!

— Mais il n'est pas méchant, je vous jure... Tout cela, c'est la faute de son père... Comme ma femme le dit toujours, on ne devrait pas donner tant d'argent à des jeunes gens... Elle a raison! Et je crois comme elle que Couchet ne le faisait pas par bonté, ni par amour pour son fils, qui lui était indifférent... Il le faisait pour s'en débarrasser, pour se mettre en règle avec sa conscience...

— Sa conscience?...

Martin rougit, fut plus embarrassé.

— Il a eu des torts envers Juliette, n'est-ce pas? dit-il à voix plus basse.

— Juliette?

— Ma femme... Sa première femme... Qu'est-ce qu'il a fait pour elle?... Rien!... Il l'a traitée comme une servante... C'est pourtant elle qui l'a aidé dans les moments difficiles... Et plus tard...

— Il ne lui a rien donné, évidemment!... Mais elle était remariée...

Le visage de Martin s'était empourpré. Maigret le regardait avec étonnement, avec pitié. Car il comprenait que le bonhomme n'était pour rien dans cette thèse ahurissante. Il ne faisait que répéter ce qu'il avait dû entendre dire cent fois par sa femme.

Couchet était riche ! Elle était pauvre !... Donc...

Mais le fonctionnaire tendait l'oreille.

— Vous n'avez rien entendu ?

Ils gardèrent un moment le silence. On perçut vaguement un appel dans la chambre voisine. Martin alla ouvrir la porte.

— Qu'est-ce que tu lui racontes ? questionna Mme Martin.

— Mais... je...

— C'est le commissaire, n'est-ce pas ?... Que veut-il encore ?...

Maigret ne la voyait pas. La voix était celle d'une personne couchée, très lasse, mais qui n'en a pas moins tout son sang-froid.

— Le commissaire est venu prendre de tes nouvelles...

— Dis-lui qu'il entre... Attends ! Donne-moi une serviette mouillée et le miroir. Et le peigne...

— Tu vas encore t'énerver...

— Mais tiens donc le miroir droit !... Non ! Lâche-le plutôt... Tu n'es pas capable de... Enlève cette cuvette !... Ah ! les hommes... Dès que la femme n'est pas là, la maison ressemble à une écurie... Fais-le entrer, maintenant.

La chambre était comme la salle à manger, morne et triste, mal meublée, avec une profusion de vieux rideaux, de vieux tissus, de carpettes décolorées. Dès la porte, Maigret sentit le regard de Mme Martin braqué sur lui, calme, extraordinairement lucide.

Sur le visage tiré, il vit naître un sourire doucereux de malade.

— Ne faites pas attention... dit-elle. Tout est dans un affreux désordre !... C'est à cause de cette crise...

Et elle regardait tristement devant elle.

— Mais je vais mieux... Il faut que je sois rétablie demain, pour les obsèques... Est-ce bien demain ?...

— C'est demain, oui ! Vous êtes sujette à ces crises...

— J'en avais déjà étant petite fille... Mais ma sœur...

— Vous avez une sœur ?

— J'en avais deux... N'allez pas croire ce qui n'est pas... La plus jeune avait des crises aussi... Elle s'est mariée... Son mari était un vaurien et un beau jour il a profité d'une de ces crises pour la faire interner... Elle est morte une semaine plus tard...

— Ne t'agite pas !... supplia Martin, qui ne savait où se mettre, ni où regarder.

— Folle ? questionna Maigret.

Et les traits de la femme redevenaient durs, sa voix mauvaise.

— C'est-à-dire que son mari voulait s'en débarrasser !... Moins de six mois plus tard, il en épousait une autre... Et tous les hommes sont les mêmes... On se dévoue, on se tue pour eux...

— Je t'en conjure !... soupira le mari.

— Je ne dis pas cela pour toi ! Quoique tu ne vailles pas mieux que les autres...

Et Maigret, brusquement, sentit passer comme des effluves de haine. Ce fut bref. Ce fut confus. Et pourtant il était certain de ne pas se tromper.

— N'empêche que si je n'étais pas là... poursuivit-elle.

Est-ce qu'il n'y avait pas une menace dans sa voix ? L'homme s'agitait dans le vide. Par contenance, il compta les gouttes d'une potion qu'il laissait tomber une à une dans un verre.

— Le docteur a dit...

— Je me moque du docteur !

— Pourtant, il faut... Tiens !... Bois lentement... Ce n'est pas mauvais...

Elle le regarda, puis elle regarda Maigret, et enfin elle but, avec un haussement d'épaules résigné.

— Vous n'étiez vraiment venu que pour prendre de mes nouvelles ? prononça-t-elle avec méfiance.

— Je me rendais au laboratoire quand la concierge m'a dit...

— Vous avez découvert quelque chose ?

— Pas encore...

Elle ferma les yeux, pour marquer sa fatigue. Martin regarda Maigret qui se leva.

— Enfin ! Je vous souhaite un prompt rétablissement... Vous allez déjà mieux...

Elle le laissa partir. Maigret empêcha Martin de le reconduire.

— Restez près d'elle, je vous en prie.

Pauvre type ! On eût dit qu'il avait peur de rester, qu'il se raccrochait au commissaire parce que, quand il y avait un tiers, c'était moins terrible.

— Vous verrez que ce ne sera rien...

Tandis qu'il traversait la salle à manger, il entendit un glissement dans le couloir. Et il rejoignit la vieille Mathilde, au moment où elle allait rentrer chez elle.

— Bonjour, madame...

Elle le regarda avec crainte, sans répondre, la main posée sur le bouton de la porte.

Maigret parlait bas. Il devinait l'oreille tendue de Mme Martin, qui était capable de se lever pour écouter aux portes à son tour.

— Je suis, comme vous le savez sans doute, le commissaire chargé de l'enquête...

Il devinait déjà qu'il ne tirerait rien de cette femme au visage placide, si placide qu'il en était lunaire.

— Qu'est-ce que vous me voulez ?

— Simplement vous demander si vous n'avez rien à me dire... Vous habitez la maison depuis longtemps ?

— Depuis quarante ans ! répliqua-t-elle sèchement.

— Vous connaissez tout le monde...

— Je ne parle à personne !

— J'ai pensé que vous avez peut-être vu ou entendu quelque chose... Quelquefois, un tout petit indice suffit à mettre la Justice sur la bonne piste...

On bougeait, à l'intérieur de la pièce. Mais la vieille tenait la porte obstinément close.

— Vous n'avez rien vu ?...

Elle ne répondit pas.

— Et vous n'avez rien entendu ?

— Vous feriez mieux de dire au propriétaire de me faire installer le gaz...

— Le gaz ?

— Ils l'ont dans toute la maison. Mais moi, parce qu'il n'a pas le droit d'augmenter mon loyer, il me le refuse... Il voudrait me mettre dehors !... Il fait tout pour que je m'en aille... Mais il s'en ira le premier, les pieds devant !... Ça, vous pouvez le lui dire de ma part...

La porte s'ouvrit, si peu qu'il semblait impossible à la grosse femme de passer par l'entrebâillement. Puis elle se referma et il n'y eut plus que des bruits feutrés dans la chambre.

— Vous avez votre carte ?

Le valet de chambre en gilet rayé prit le bristol que Maigret lui tendait et disparut dans l'appartement qui était extraordinairement clair, grâce à des fenêtres de cinq mètres de haut comme on n'en trouve plus guère qu'aux immeubles de la place des Vosges et de l'île Saint-Louis.

Les pièces étaient immenses. Quelque part vrombissait un aspirateur électrique. Une nounou en blouse blanche, avec un joli voile bleu sur la tête, passait d'une chambre à l'autre, lançait un regard curieux au visiteur.

Une voix, tout près.

— Faites entrer le commissaire…

M. de Saint-Marc était dans son bureau, en robe de chambre, ses cheveux argentés lissés avec soin. Il alla tout d'abord fermer une porte par laquelle Maigret eut le temps d'entrevoir un lit de style, le visage d'une jeune femme sur l'oreiller.

— Asseyez-vous, je vous en prie… Bien entendu, vous voulez me parler de cette horrible affaire Couchet…

Malgré son âge, il donnait une impression de vigueur, de santé. Et l'atmosphère de l'appartement était celle d'une maison heureuse, où tout est clair et joyeux.

— J'ai été d'autant plus affecté par ce drame qu'il s'est déroulé à un moment très émouvant pour moi…

— Je suis au courant…

Il y eut une petite flamme d'orgueil dans les yeux de l'ancien ambassadeur. Il était fier, à son âge, d'avoir un enfant.

— Je vous demanderai de parler bas, car je préfère cacher cette histoire à Mme de Saint-Marc… Dans son état, il serait regrettable… Mais, au fait, que vouliez-vous me demander? Je ne connais guère ce Couchet… Je l'ai aperçu deux ou trois fois en passant dans la cour… Il appartenait à un des cercles où je vais de temps à autre, le Haussmann… Mais il ne devait guère y mettre les pieds… J'ai seulement relevé son nom sur l'annuaire paru récemment… Je crois qu'il était assez vulgaire, n'est-ce pas?…

— C'est-à-dire qu'il sortait du peuple… Il a eu quelque peine à devenir ce qu'il est devenu…

— Ma femme m'a dit qu'il avait épousé une personne de très bonne famille, une ancienne amie de pension à elle… C'est une des raisons pour lesquelles il vaut mieux ne pas la mettre au courant… Vous désiriez donc?…

Par les grandes fenêtres, on dominait la place des Vosges qu'égayait un léger rayon de soleil. Dans le square, des jardiniers arrosaient les pelouses et les massifs de fleurs. Des camions passaient au pas lourd des chevaux.

— Un simple renseignement… Je sais qu'à plusieurs reprises, énervé par l'attente des événements, ce qui est naturel, vous avez fait les cent pas dans la cour… Est-ce que vous y avez rencontré quelqu'un?… N'avez-vous vu personne se diriger vers les bureaux du fond?…

M. de Saint-Marc réfléchit, tout en jouant avec un coupe-papier.

— Attendez... Non ! je ne pense pas... Il faut dire que j'avais d'autres préoccupations... La concierge serait mieux à même...

— La concierge ne sait rien...

— Et moi... Non !... Ou plutôt... Mais cela ne doit avoir aucun rapport...

— Dites quand même.

— À certain moment, j'ai entendu du bruit du côté des poubelles... J'étais désœuvré... Je me suis approché et j'ai vu une locataire du second...

— Mme Martin ?

— Je crois que c'est son nom... J'avoue que je connais mal mes voisins... Elle fouillait dans un des bacs de zinc... Je me souviens qu'elle m'a dit :

» — *Une cuiller en argent est tombée par mégarde dans les ordures...*

» J'ai questionné :

» — *Vous l'avez retrouvée ?*

» Et elle a dit assez vivement :

» — *Oui !... Oui !...*

— Qu'a-t-elle fait alors ? demanda Maigret.

— Elle est remontée chez elle, à pas pressés... C'est une petite personne nerveuse qui a toujours l'air de courir... Si je m'en souviens, c'est qu'il nous est arrivé de perdre de la sorte une bague de valeur... Et le plus beau, c'est qu'elle a été rapportée à la concierge par un chiffonnier qui l'a découverte en maniant son crochet...

— Vous ne pouvez me dire vers quelle heure se place cet incident ?

— Ce me serait difficile... Attendez... Je ne voulais pas dîner... Pourtant, vers huit heures et demie, Albert, mon valet de chambre, m'a supplié de prendre quelque chose... Et, comme je refusais de m'attabler, il m'a apporté dans le salon des bouchées aux anchois... C'était avant...

— Avant huit heures et demie ?

— Oui... Mettons que l'incident, comme vous dites, se situe un peu après huit heures... Mais je ne crois pas qu'il présente le moindre intérêt. Quelle est votre opinion sur cette affaire ?... Pour ma part, je me refuse à croire, comme le bruit, dit-on, commence à en courir, que le crime ait été commis par quelqu'un de la maison... Pensez que n'importe qui peut entrer dans la cour... Je vais d'ailleurs adresser une réclamation au propriétaire afin que la porte de la voûte soit fermée dès le crépuscule...

Maigret s'était levé.

— Je n'ai pas encore d'opinion ! dit-il.

La concierge apportait le courrier et, comme la porte de l'antichambre était restée ouverte, elle aperçut soudain le commissaire en tête à tête avec M. de Saint-Marc.

Brave Mme Bourcier ! Elle en était toute retournée ! Son regard trahissait des mondes d'inquiétude !

Est-ce que Maigret allait se permettre de soupçonner les Saint-Marc ? Ou même seulement les ennuyer avec ses questions ?

— Je vous remercie, monsieur... Et je vous demande d'excuser cette visite...

— Un cigare ?

M. de Saint-Marc était très grand seigneur, avec un petit rien de familiarité condescendante qui rappelait l'homme politique plus encore que le diplomate.

— Je suis à votre entière disposition.

Le valet de chambre referma la porte. Maigret descendit lentement l'escalier, se retrouva dans la cour où le livreur d'un grand magasin cherchait en vain la concierge.

Dans la loge, il n'y avait qu'un chien, un chat et les deux enfants occupés à se barbouiller de soupe au lait.

— Maman n'est pas ici?

— Elle va revenir, m'sieur! Elle est montée porter le courrier...

Dans le coin honteux de la cour, près de la loge, il y avait quatre caisses de zinc où, dès la nuit, les locataires venaient les uns après les autres jeter les ordures ménagères.

À six heures du matin, la concierge ouvrait la porte d'entrée et les hommes du service de la voirie renversaient les poubelles dans leur camion.

Ce coin-là, le soir, n'était pas éclairé. La seule lampe de la cour se trouvait de l'autre côté, au bas de l'escalier.

Qu'est-ce que Mme Martin était venue chercher, à l'heure, à peu près, où Couchet était tué?

S'était-elle mis en tête, elle aussi, de retrouver le gant de son mari?

— Non! grogna Maigret frappé par un souvenir. Martin n'a descendu les ordures que beaucoup plus tard.

Alors, quelle était cette histoire? Il ne pouvait y avoir de cuiller perdue! Pendant la journée, les locataires n'ont pas le droit de déposer quoi que ce soit dans les poubelles vides!

Qu'est-ce qu'ils cherchaient donc, tous les deux, l'un après l'autre ?

Mme Martin fouillait dans la poubelle même !

Martin, lui, tournait autour en frottant des allumettes !

Et le gant, le lendemain matin, était retrouvé !

— Vous avez vu l'enfant ? fit une voix derrière Maigret.

C'était la concierge, qui parlait du gosse des Saint-Marc avec plus d'émotion que des siens.

— Vous n'avez rien dit à madame, au moins ? Il ne faut pas qu'elle sache...

— Je sais ! Je sais !

— Pour la couronne... je veux dire la couronne des locataires... je me demande si on doit la faire porter aujourd'hui à la maison mortuaire ou si c'est l'usage de ne la déposer qu'au moment des obsèques... Les employés ont été très chics aussi... Ils ont récolté trois cents et des francs...

Et, se tournant vers un livreur :

— Qu'est-ce que c'est ?

— Saint-Marc !

— Escalier de droite. Premier étage en face... Sonnez doucement, surtout !

Puis, à Maigret :

— Si vous saviez ce qu'elle peut recevoir de fleurs ! Au point qu'ils ne savent où les mettre... On a dû en monter la plus grande partie dans les chambres de domestiques... Vous ne voulez pas entrer ?... Jojo, vas-tu laisser ta sœur tranquille ?...

Le commissaire regardait toujours les poubelles. Que diable les Martin pouvaient-ils chercher là-dedans ?

— Est-ce que, le matin, vous les déposez sur le trottoir, comme c'est la règle ?

— Non ! Depuis que je suis veuve, c'est impossible ! Ou alors, il faudrait que je prenne quelqu'un, car c'est beaucoup trop lourd pour moi... Les hommes de la voirie sont bien gentils... Je leur offre de temps en temps un coup de blanc et ils viennent prendre les boîtes dans la cour...

— Si bien que les chiffonniers ne peuvent les fouiller !

— Vous croyez ça ? Ils entrent dans la cour, eux aussi... Ils sont quelquefois trois ou quatre, à faire une saleté de tous les diables...

— Je vous remercie.

Et Maigret s'en alla, rêveur, oubliant ou dédaignant de faire une nouvelle visite aux bureaux comme il en avait l'intention le matin.

Quand il arriva au Quai des Orfèvres, on lui annonça :

— Quelqu'un vous a demandé au téléphone. Un colonel...

Mais il suivait son idée. Ouvrant la porte du bureau des inspecteurs, il appela :

— Lucas ! Tu vas te mettre en route immédiatement... Tu interrogeras tous les chiffonniers qui ont l'habitude d'opérer aux environs de la place des Vosges... Au besoin, tu iras jusqu'à l'usine de Saint-Denis, où les ordures sont brûlées...

— Mais...

— Il faut savoir si on n'a rien remarqué d'anormal dans les poubelles du 61 place des Vosges, avant-hier matin...

Il s'était laissé tomber dans son fauteuil et un mot lui revint à l'esprit : colonel…

Quel colonel ? Il ne connaissait pas de colonel…

Ah oui ! Il y en avait pourtant un dans l'histoire ! L'oncle de Mme Couchet ! Que lui voulait-il ?

— Allô !… Elysée 17-62 ?… Ici, le commissaire Maigret, de la Police Judiciaire… Vous dites ?… C'est le colonel Dormoy, qui veut me parler ?… Je reste à l'appareil, oui… Allô !… C'est vous, mon colonel ?… Comment ?… Un testament ?… Je n'entends pas très bien… Non, au contraire, parlez moins fort !… Éloignez-vous un peu de l'appareil… C'est mieux… Alors ?… Vous avez trouvé un testament inouï ?… Et pas même cacheté ?… Entendu ! Je serai là-bas dans une demi-heure… Mais non ! il est inutile que je prenne un taxi…

Et il alluma sa pipe en repoussant son fauteuil, croisa les jambes.

# 7

## *Les trois femmes*

— Le colonel vous attend dans la chambre de monsieur. Si vous voulez me suivre…

La chapelle ardente était close. On remuait dans la pièce voisine, qui devait être la chambre de Mme Couchet. La servante poussa une porte et Maigret aperçut le colonel debout près de la table, la main légèrement posée sur celle-ci, le menton haut, digne et calme comme s'il eût posé pour un sculpteur.

— Veuillez vous asseoir !

Seulement, cela ne prenait pas avec Maigret, qui ne s'assit pas, se contenta de déboutonner son lourd pardessus, de poser son chapeau melon sur une chaise et de bourrer une pipe.

— C'est vous qui avez trouvé le testament en question ? dit-il alors en regardant autour de lui avec intérêt.

— C'est moi, ce matin même. Ma nièce n'est pas encore au courant. Je dois dire que c'est tellement révoltant…

Une drôle de chambre, à l'image de Couchet ! Certes, les meubles étaient de style comme dans le reste de l'appartement. Il y avait quelques objets de valeur. Mais, tout à côté, on trouvait des choses qui révélaient les goûts frustes du bonhomme.

Devant la fenêtre, une table lui servait plus ou moins de bureau. On y voyait des cigarettes turques, mais aussi toute une série de ces pipes en merisier qui coûtent six sous et que Couchet devait culotter avec amour.

Une robe de chambre pourpre ! Ce qu'il avait trouvé de plus éclatant ! Puis, au pied du lit, des savates aux semelles trouées.

La table avait un tiroir.

— Vous remarquerez qu'il n'était pas fermé à clef ! dit le colonel. Je ne sais même pas si la clef existe. Ce matin, ma nièce avait besoin d'argent pour payer un fournisseur et j'ai voulu lui éviter de signer un chèque. J'ai fouillé dans cette chambre. Voici ce que j'ai trouvé...

Une enveloppe à en-tête du *Grand-Hôtel.* Du papier à lettres portant la même raison sociale, légèrement bleuté.

Puis des lignes qui semblaient avoir été écrites distraitement, comme on compose un brouillon.

*Ceci est mon testament...*

Plus loin cette phrase inattendue :

*Comme je négligerai sans doute de me renseigner sur les lois en matière de succession, je prie mon notaire, maître Dampierre, de faire au mieux pour que ma fortune soit partagée aussi également que possible entre :*

*1° ma femme Germaine, née Dormoy ;*

*2° ma première femme, aujourd'hui épouse Martin, domiciliée 61, place des Vosges ;*

*3° Nine Moinard, habitant l'Hôtel Pigalle, rue Pigalle.*

— Qu'en pensez-vous ?

Maigret exultait. Ce testament achevait de lui rendre Couchet aussi sympathique que possible.

— Bien entendu, poursuivait le colonel, ce testament ne tient pas debout. Il comporte je ne sais combien de causes de nullité et, aussitôt après les obsèques, nous le ferons attaquer. Mais, s'il m'a paru intéressant et urgent de vous en parler, c'est que...

Maigret souriait toujours, comme s'il eût assisté à une bonne farce. Jusqu'à ce papier du *Grand-Hôtel* ! Comme beaucoup d'hommes d'affaires qui n'ont pas de bureau dans le centre, Couchet devait y donner certains de ses rendez-vous. Alors, en attendant quelqu'un, sans doute, dans le hall ou au fumoir, il avait attiré un sous-main et il avait griffonné ces quelques lignes.

Il n'avait pas fermé l'enveloppe ! Il avait jeté le tout dans son tiroir, remettant à plus tard le souci de rédiger ce testament selon les formes.

Il y avait quinze jours de cela.

— Vous avez dû être frappé, disait le colonel, par une véritable monstruosité. Couchet oublie simplement de parler de son fils ! Rien que ce détail suffit à entacher l'acte de nullité et...

— Vous connaissez Roger ?

— Moi?... Non...

Et Maigret souriait toujours.

— Je disais tout à l'heure que, si je vous ai prié de venir, c'est que...

— Vous connaissez Nine Moinard?

Le malheureux sursauta comme si on lui eût marché sur le pied.

— Je n'ai pas à la connaître! Son adresse seule, rue Pigalle, me donne une idée de... Mais qu'est-ce que je disais?... Ah! oui! Vous avez vu la date du testament? Il est récent!... Couchet est mort deux semaines après l'avoir écrit... Il a été tué!... Supposez maintenant qu'une des deux femmes dont il est question ait connu ces dispositions... J'ai tout lieu de croire qu'elles ne sont pas riches...

— Pourquoi deux femmes?

— Que voulez-vous dire?

— Trois femmes! Le testament parle de trois femmes! Les trois femmes de Couchet, si vous voulez!

Le colonel finissait par croire que Maigret plaisantait.

— Je parlais sérieusement... dit-il. N'oubliez pas qu'il y a un mort dans la maison! Et qu'il s'agit de l'avenir de plusieurs personnes!...

Évidemment! N'empêche que le commissaire avait envie de rire. Il n'aurait pas pu dire lui-même pourquoi.

— Je vous remercie de m'avoir mis au courant...

Le colonel était dépité. Il ne comprenait rien à cette attitude de la part d'un fonctionnaire aussi important que Maigret.

— Je suppose que...

— Au revoir, mon colonel... Veuillez présenter mes respects à Mme Couchet...

Dans la rue, il ne put s'empêcher de grommeler :
— Sacré Couchet !

Froidement, comme ça, sans rire, il mettait ses trois femmes sur son testament ! Y compris la première, devenue Mme Martin, qui se dressait sans cesse devant lui avec un regard méprisant, tel un reproche vivant ! Y compris la brave petite Nine, qui faisait tout ce qu'elle pouvait pour le distraire !

Par contre, il oubliait qu'il avait un fils !

Pendant un bon moment, Maigret se demanda à qui il porterait d'abord la nouvelle. À Mme Martin, que la fortune suffirait sans doute à faire jaillir de son lit ? À Nine ?…

— Par exemple, elles ne tiennent pas encore la galette…

C'était une histoire à durer des années ! On plaiderait ! Mme Martin, en tout cas, ne se laisserait pas faire !

— N'empêche que le colonel a été honnête ! Il aurait pu brûler le testament sans que personne le sût…

Et Maigret, guilleret, traversait à pied le quartier de l'Europe. L'atmosphère était attiédie par un soleil clairet. Il y avait de la gaieté dans l'air.

— Sacré Couchet !

Il pénétra dans l'ascenseur de l'*Hôtel Pigalle* sans rien demander et quelques instants plus tard il frappait à la porte de Nine. Il y eut des bruits de pas à l'intérieur. L'huis s'entrouvrit, juste assez pour laisser passer une main qui resta tendue dans le vide.

Une main de femme, déjà ratatinée. Comme Maigret ne bougeait pas, la main s'impatienta, un visage de vieille Anglaise se montra à son tour et il y eut un discours incompréhensible.

Ou plutôt Maigret devina que l'Anglaise attendait son courrier, ce qui expliquait son geste. Le plus clair, c'est que Nine n'occupait plus sa chambre, qu'elle n'habitait sans doute plus l'hôtel.

— Trop cher pour elle! songea-t-il.

Et il s'arrêta, hésitant, devant la porte voisine. Un valet de chambre le décida, en lui demandant avec méfiance :

— Qu'est-ce que vous cherchez?
— M. Couchet...
— Il ne répond pas?
— Je n'ai pas encore frappé.

Et Maigret sourit encore. Il était d'une humeur enjouée. Ce matin-là, il avait soudain l'impression de participer à une farce! Toute la vie était une farce! La mort de Couchet était une farce, et surtout son testament!

— ...trez!

Le verrou bougeait. La première chose que fit Maigret, ce fut d'aller tirer les rideaux et d'entrouvrir la fenêtre.

Céline ne s'était même pas réveillée. Roger se frottait les yeux, bâillait :

— Ah! c'est vous...

Il y avait progrès. La pièce ne sentait pas l'éther. Les vêtements étaient par terre, en tas.

— ... que vous voulez?

Il s'assit sur son lit, prit le verre d'eau sur la table de nuit et le vida d'un trait.

— On a trouvé le testament! déclara Maigret en recouvrant une cuisse nue de Céline, qui était couchée en chien de fusil.

— Alors ?

Roger ne manifestait aucune passion. À peine une vague curiosité.

— Alors ? C'est un drôle de testament ! Il fera certainement couler beaucoup d'encre et gagner beaucoup d'argent aux gens de loi. Imaginez que votre père laisse toute sa fortune à ses trois femmes !

Le jeune homme fit un effort pour comprendre.

— Ses trois… ?

— Oui ! Sa femme légitime actuelle. Ensuite votre mère ! Enfin sa petite amie Nine, qui était hier encore votre voisine de chambre ! Il charge le notaire de faire en sorte qu'elles reçoivent chacune une part égale…

Roger ne bronchait pas. Il avait l'air de réfléchir. Mais non de réfléchir à une affaire le concernant personnellement.

— C'est crevant ! dit-il enfin d'une voix grave qui contrastait avec ses paroles.

— C'est exactement ce que j'ai dit au colonel.

— Quel colonel ?

— Un oncle de Mme Couchet… Il joue auprès d'elle les messieurs de la famille…

— Il doit tirer une bobine !

— Comme vous dites !

Le jeune homme sortit ses jambes du lit, saisit un pantalon jeté sur le dossier d'une chaise.

— Vous ne paraissez pas très affecté par cette nouvelle.

— Moi, vous savez…

Il boutonnait son pantalon, cherchait le peigne, fermait la fenêtre qui laissait pénétrer un air trop frais.

— Vous n'avez pas besoin d'argent ?

Maigret était soudain sérieux. Son regard se faisait pesant, inquisiteur.

— Je n'en sais rien.

— Vous ne savez pas si vous avez besoin d'argent?

Roger braqua sur le commissaire un regard glauque et Maigret se sentit mal à l'aise.

— Je m'en f...!

— Ce n'est pas que vous gagniez trop largement votre vie!

— Je ne gagne pas un sou!

Il bâilla, se regarda dans la glace d'un air morne. Maigret s'aperçut que Céline s'était éveillée. Elle ne bougeait pas. Elle avait dû entendre une partie de la conversation, car elle observait les deux hommes avec curiosité.

Elle aussi, pourtant, avait besoin du verre d'eau! Et l'atmosphère de cette chambre, avec son désordre, son odeur fade, ces deux êtres avachis, était comme la quintessence d'un monde découragé.

— Vous avez de l'argent de côté?

Roger commençait à en avoir assez de cette conversation. Il chercha son veston, y prit un mince portefeuille marqué à son chiffre, le lança à Maigret.

— Fouillez!

Deux billets de cent francs, quelques coupures, un permis de conduire et un vieux carton de vestiaire.

— Que comptez-vous faire si on vous frustre de l'héritage?

— Je ne veux pas d'héritage!

— Vous n'attaquerez pas le testament?

— Non!

Cela sonna drôlement. Maigret, qui fixait le tapis, leva la tête.

— Trois cent soixante mille francs vous suffisent ?

Alors, l'attitude du jeune homme changea. Il marcha vers le commissaire, s'arrêta à moins d'un pas de lui, au point que leurs épaules se touchaient. Et, les poings serrés, il grommela :

— Répétez !

À ce moment, il avait quelque chose de canaille dans l'allure ! Cela sentait le faubourg, la rixe de bistro.

— Je vous demande si les trois cent soixante mille francs de Couchet vous...

Il eut juste le temps d'attraper au vol le bras de son interlocuteur. Sinon il eût reçu un des plus beaux coups de poing de sa vie !

— Calmez-vous !

Justement, Roger était calme ! Il ne se débattait pas ! Il était pâle. Son regard était fixe. Il attendait que le commissaire voulût bien le lâcher.

Était-ce pour frapper à nouveau ? Quant à Céline, elle avait sauté du lit, en dépit de sa demi-nudité. On la sentait prête à ouvrir la porte pour appeler au secours.

Tout se passa tranquillement. Maigret ne serra le poignet que quelques secondes et, quand il lui rendit la liberté de ses mouvements, le jeune homme ne bougea pas.

Il y eut un long silence. On eût dit que chacun hésitait à le rompre, comme, dans un combat, chacun hésite à frapper le premier.

Et enfin ce fut Roger qui parla.

— Vous vous fourrez le doigt dans l'œil jusqu'au coude !

Il ramassa par terre une robe de chambre mauve qu'il lança à sa compagne.

— Voulez-vous me dire ce que vous comptez faire, une fois vos deux cents francs dépensés ?

— Qu'est-ce que j'ai fait jusqu'à présent ?

— Il n'y a qu'une petite différence : votre père est mort et vous ne pourrez plus le taper...

Roger haussa les épaules avec l'air de dire que son interlocuteur n'y comprenait rien du tout.

Il y avait une ambiance indéfinissable. Pas du drame à proprement parler. Autre chose, de poignant ! Peut-être cette atmosphère de bohème sans poésie ? Peut-être ce portefeuille et ces deux billets de cent francs ?...

Ou encore la femme inquiète qui venait d'avoir la révélation que le lendemain ne serait pas semblable aux jours précédents, qu'il faudrait chercher un nouvel appui ?

Ou plutôt non ! C'était Roger lui-même qui faisait peur ! Parce que ses faits et gestes ne correspondaient pas à son passé, tranchaient avec ce que Maigret savait de son caractère !

Son calme... Et ce n'était pas de la pose !... Il était vraiment calme, calme comme quelqu'un qui...

— Donnez-moi votre revolver ! dit soudain le commissaire.

Le jeune homme le tira d'une poche de son pantalon, le tendit, avec une ombre de sourire.

— Vous me promettez de...

Il n'acheva pas, car il voyait la femme prête à crier d'effroi. Elle ne comprenait pas. Mais elle sentait que quelque chose de terrible se passait.

De l'ironie, dans les yeux de Roger.

Ce fut presque une fuite. Maigret, qui n'avait plus rien à dire, aucun geste à esquisser, battit en retraite, heurta en sortant le chambranle de la porte et étouffa un juron.

Dans la rue, il avait perdu son humeur allègre du matin. Il ne trouvait plus du tout à la vie des allures de farce. Il leva la tête pour regarder la fenêtre du couple. Elle était fermée. On ne voyait rien.

Il était mal à l'aise comme on l'est tout à coup quand on cesse de comprendre.

Il y avait eu deux ou trois regards de Roger... Il n'aurait pu les expliquer... Mais enfin! ce n'étaient pas les regards auxquels il s'attendait... C'étaient des regards qui ne concordaient pas avec le reste...

Il revint sur ses pas, parce qu'il avait oublié de demander à l'hôtel la nouvelle adresse de Nine.

— Sais pas! dit le portier. Elle a payé sa chambre et elle est partie avec sa valise! Pas besoin de taxi... Elle a dû choisir un hôtel meilleur marché dans le quartier...

— Dites donc... si... s'il arrivait quelque chose dans la maison... Oui... quelque chose d'inattendu... je vous prierais de m'avertir personnellement à la Police Judiciaire... Commissaire Maigret...

Il s'en voulait de cette démarche-là. Que pouvait-il arriver? N'empêche qu'il pensait aux deux billets de cent francs dans le portefeuille, au regard apeuré de Céline.

Un quart d'heure plus tard, il entrait au *Moulin Bleu* par la porte des artistes. La salle était vide, obscure, les fauteuils et le rebord des loges couverts de lustrine verte.

Sur la scène, six femmes, frileuses malgré leurs manteaux, répétaient sans cesse le même pas – un pas ridiculement simple – tandis qu'un petit homme grassouillet s'égosillait, hurlant un air de musique.

— Un !... Deux !... tra la la la... Mais non !... Tra la la la... Trois !... Trois, nom de D... !

Nine était la deuxième des femmes. Elle avait reconnu Maigret, qui se tenait debout près d'une colonne. L'homme l'avait vu aussi, mais ça lui était égal.

— Un !... Deux !... tra la la la...

Cela dura un quart d'heure. Il faisait plus froid que dehors et Maigret avait les pieds glacés. Enfin le petit homme essuya son front, lança une injure à sa troupe en guise d'adieu.

— C'est pour moi ? cria-t-il de loin à Maigret.

— Non !... C'est pour...

Nine s'approchait, gênée, se demandait si elle devait tendre la main au commissaire.

— J'ai une nouvelle importante à vous annoncer...

— Pas ici... Nous n'avons pas le droit de recevoir au théâtre... Sauf le soir, parce que cela fait des entrées...

Ils s'assirent devant le guéridon d'un petit bar voisin.

— On a trouvé le testament de Couchet... Il lègue toute sa fortune à trois femmes...

Elle le regardait avec étonnement, sans soupçonner la vérité.

— Sa première femme d'abord, bien qu'elle soit remariée... Puis la seconde... Puis vous...

Elle gardait les yeux fixés sur Maigret qui vit les prunelles s'agrandir, puis s'embuer.

Et enfin elle se cacha le visage dans les mains pour pleurer.

## 8

## *Le garde-malade*

— Il avait une maladie de cœur. Il le savait.

Nine avala une gorgée d'un apéritif couleur de rubis.

— C'est pour cela qu'il se ménageait. Il disait qu'il avait assez travaillé, qu'il était temps pour lui de jouir de la vie…

— Il parlait quelquefois de la mort ?

— Souvent !… Mais pas de… de cette mort-là !… Il pensait à sa maladie de cœur…

C'était un de ces petits bars où ne fréquentent que des habitués. Le patron regardait Maigret à la dérobée comme un bourgeois en bonne fortune. Devant le zinc, on parlait des courses de l'après-midi.

— Il était triste ?

— C'est difficile à expliquer ! Parce que ce n'était pas un homme comme les autres. Par exemple, on était au théâtre, ou ailleurs. Il s'amusait. Puis, sans raison, il disait avec un gros rire :

» — *Saloperie de vie, hein, Ninette !...*
— Il s'occupait de son fils ?
— Non...
— Il en parlait ?
— Presque jamais ! Seulement quand il était venu le taper.
— Et que disait-il ?
— Il soupirait :
» — *Quel pauvre crétin !...*

Maigret l'avait déjà senti ; pour une raison ou pour une autre, Couchet n'avait guère d'affection pour son fils. Il semblait même qu'il eût été écœuré par le jeune homme. Écœuré au point de ne pas essayer de le tirer d'affaire !

Car il ne lui avait jamais fait de morale. Et il lui donnait de l'argent pour s'en débarrasser, ou par pitié.

— Garçon ! Qu'est-ce que je vous dois ?
— Quatre francs soixante !

Nine sortit avec lui du bistro et ils restèrent un instant sur le trottoir de la rue Fontaine.

— Où habitez-vous maintenant ?
— Rue Lepic, le premier hôtel à gauche. Je n'ai pas encore regardé le nom. C'est assez propre...
— Quand vous serez riche, vous pourrez...

Elle eut un sourire humide.

— Vous savez bien que je ne serai jamais riche ! Je n'ai pas une tête à cela...

Le plus étrange c'est que Maigret avait exactement cette impression ! Nine n'avait pas une tête à être riche un jour ! Il n'aurait pu dire pourquoi.

— Je vous accompagne jusqu'à la place Pigalle, où je vais prendre mon tramway...

Ils marchèrent lentement, lui énorme, pesant, elle toute mièvre à côté du large dos de son compagnon.

— Si vous saviez comme cela me déroute d'être seule ! Heureusement qu'il y a le théâtre, avec deux répétitions par jour en attendant que la nouvelle revue soit prête...

Elle devait faire deux pas pour un pas de Maigret, si bien qu'elle courait presque. À l'angle de la rue Pigalle, elle s'arrêta soudain, cependant que le commissaire fronçait les sourcils, grommelait entre ses dents :

— L'imbécile !

On ne pouvait pourtant rien voir. En face de l'*Hôtel Pigalle*, il y avait un rassemblement d'une quarantaine de personnes. Un agent, sur le seuil, essayait de faire circuler la foule.

C'était tout ! Mais il y avait cette atmosphère spéciale, ce silence qu'on n'obtient dans la rue que lors des catastrophes.

— Qu'est-ce que c'est ? bégaya Nine... À mon hôtel !...

— Non ! Ce n'est rien ! Rentrez chez vous...

— Mais... si...

— Rentrez chez vous ! commanda-t-il sèchement.

Et elle obéit, intimidée, tandis que le commissaire se frayait un passage dans la foule. Il fonçait comme un bélier. Des femmes l'injuriaient. Le sergent de ville le reconnut et le fit entrer dans le corridor de l'hôtel.

Le commissaire du quartier était déjà là, en conversation avec le portier qui s'écria en désignant Maigret :

— C'est lui !... Je le reconnais...

Les deux policiers se serrèrent la main. On entendait des sanglots, des gémissements et des murmures confus dans un petit salon qui donnait sur le hall.

— Comment a-t-il fait ? questionna Maigret.

— La fille qui vit avec lui déclare qu'il était devant la fenêtre, très calme. Elle s'habillait. Il la regardait en sifflant... Il ne s'est interrompu que pour lui dire qu'elle avait de jolies cuisses, mais que les mollets étaient trop maigres... Puis il s'est remis à siffler... Et soudain elle n'a plus rien entendu... Elle a été angoissée par une sensation de vide... Il n'était plus là !... Il n'avait pas pu sortir par la porte...

— Compris ! Il n'a blessé personne en tombant sur le trottoir ?

— Personne ! Tué net ! La colonne vertébrale brisée en deux endroits...

— Les voici ! vint annoncer le sergent de ville.

Et le commissaire du quartier expliqua à Maigret :

— L'ambulance... Il n'y a rien à faire d'autre... Est-ce que vous savez s'il y a des parents à prévenir ?... Quand vous êtes arrivé, le portier me disait justement que le jeune homme avait reçu ce matin une visite... Un homme grand et fort... Il me donnait le signalement de cet homme, au moment où je vous ai vu... C'était vous !... Est-ce que je dois quand même faire un rapport, ou vous occupez-vous de tout ?

— Faites un rapport.

— Et pour la famille ?

— Je m'en occuperai.

Il poussa la porte du salon, vit une forme étendue par terre, entièrement recouverte par une couverture prise à un des lits.

Céline, affalée dans un fauteuil, faisait entendre maintenant un hululement régulier, tandis qu'une grosse femme, la patronne ou la gérante, lui prodiguait des consolations.

— Ce n'est pas comme s'il s'était tué pour vous, n'est-ce pas ?... Vous n'en pouvez rien... Vous ne lui avez jamais rien refusé...

Maigret ne souleva pas la couverture, ne se montra même pas à Céline.

Quelques instants plus tard, des infirmiers transportaient le corps dans la voiture d'ambulance et celle-ci démarrait en direction de l'Institut médico-légal.

Alors, peu à peu, le groupe, rue Pigalle, s'éparpilla. Les derniers curieux ne savaient même plus s'il s'agissait d'un incendie, d'un suicide ou de l'arrestation d'un voleur à la tire.

— *Il sifflait... Et soudain je n'ai plus rien entendu...*

Maigret montait lentement, lentement l'escalier de la place des Vosges et, à mesure qu'il se rapprochait du second étage, il se renfrognait.

La porte de la vieille Mathilde était entrouverte. Sans doute la femme était-elle derrière, à guetter. Mais il haussa les épaules, tira le cordon qui pendait devant l'huis des Martin.

Il avait sa pipe aux lèvres. Il pensa un instant à la mettre en poche puis, une fois de plus, il haussa les épaules.

Des bruits de bouteilles heurtées. Un vague murmure. Deux voix d'hommes qui se rapprochaient et la porte qui s'ouvrait enfin.

— Bien, docteur... Oui, docteur... Merci, docteur...

Un M. Martin abattu, qui n'avait pas encore eu le temps de faire sa toilette et que Maigret retrouvait dans la même tenue lamentable que le matin.

— C'est vous?...

Le médecin se dirigeait vers l'escalier tandis que M. Martin faisait entrer le commissaire, jetait un regard furtif dans la chambre à coucher.

— Elle va plus mal?

— On ne sait pas... Le docteur ne veut pas se prononcer... Il reviendra ce soir...

Il prit une ordonnance sur l'appareil de T.S.F., la fixa de ses yeux vides.

— Je n'ai même personne pour aller chez le pharmacien!

— Qu'est-il arrivé?

— À peu près comme cette nuit, mais en plus fort... Elle s'est mise à trembler, à balbutier des choses incompréhensibles... J'ai fait chercher le docteur et il a constaté qu'elle a près de quarante de fièvre...

— Elle délire?

— Puisque je vous dis qu'on ne comprend pas ce qu'elle dit! Il faut de la glace, et un appareil en caoutchouc pour lui mettre cette glace sur le front...

— Voulez-vous que je reste ici pendant que vous irez chez le pharmacien?

M. Martin fut sur le point de refuser. Puis il se résigna.

Il endossa un pardessus, s'éloigna en gesticulant, tragique et grotesque, revint parce qu'il avait oublié de prendre de l'argent.

Maigret n'avait aucun but en restant dans l'appartement. Il ne s'intéressa à rien, n'ouvrit pas un tiroir, ne regarda même pas un tas de correspondance qui se trouvait sur un meuble.

Il entendait la respiration irrégulière de la malade qui poussait de temps en temps un long soupir, puis balbutiait des syllabes confuses.

Quand M. Martin revint, il le retrouva à la même place.

— Vous avez tout ce qu'il faut ?

— Oui... C'est affreux !... Et le bureau qui n'est même pas prévenu !...

Maigret l'aida à casser la glace et à l'introduire dans la poche en caoutchouc rouge.

— Vous n'avez pourtant pas reçu de visite ce matin ?

— Personne...

— Et vous n'avez pas reçu de lettre ?

— Rien... Des prospectus...

Mme Martin avait le front en sueur et ses cheveux grisonnants collaient aux tempes. Ses lèvres étaient décolorées. Mais les yeux restaient extraordinairement vivants.

Est-ce qu'ils reconnurent Maigret, qui tenait l'appareil au-dessus de la tête de la malade ?

On n'eût pu le dire. Mais elle semblait un peu calmée. L'outre rouge sur le front, elle resta immobile, à regarder le plafond.

Le commissaire entraîna M. Martin dans la salle à manger.

— J'ai plusieurs nouvelles à vous annoncer.

— Ah ! dit-il avec un frisson d'inquiétude.

— On a découvert le testament de Couchet. Il laisse un tiers de sa fortune à votre femme.

— Comment ?

Et le fonctionnaire s'agitait, ahuri, bouleversé par cette nouvelle.

— Vous dites qu'il nous laisse... ?

— Un tiers de sa fortune ! Il est probable que cela n'ira pas tout seul. Sa seconde femme fera sans doute opposition... Car elle ne reçoit de son côté qu'un tiers... Le troisième tiers va à une autre personne, la dernière maîtresse de Couchet, une certaine Nine...

Pourquoi Martin semblait-il désolé ? Pis que désolé ! Atterré ! On eût dit qu'il en avait bras et jambes coupés ! Il regardait fixement le plancher, incapable de se ressaisir.

— L'autre nouvelle est moins bonne... Il s'agit de votre beau-fils...

— Roger ?

— Il s'est tué ce matin en se jetant par la fenêtre de sa chambre, rue Pigalle...

Alors, il vit le petit Martin se dresser sur ses ergots, le regarder avec colère, avec rage, et hurler :

— Qu'est-ce que vous me racontez ?... Vous voulez me faire devenir fou, n'est-ce pas ?... Avouez que tout cela, c'est un truc pour me faire parler !...

— Pas si fort !... Votre femme...

— Cela m'est égal !... Vous mentez !... Ce n'est pas possible...

Il était méconnaissable. Il perdait d'un seul coup toute sa timidité, toute cette bonne éducation à laquelle il tenait tant.

Et c'était curieux de voir son visage décomposé, ses lèvres qui tremblaient, ses mains qui s'agitaient dans le vide.

— Je vous jure, insista Maigret, que ces deux nouvelles sont officielles...

— Mais pourquoi aurait-il fait cela ?... Je vous dis, moi, que c'est à devenir fou !... D'ailleurs, c'est bien ce qui arrive !... Ma femme est en train de devenir folle !... Vous l'avez vue !... Et, si cela continue, je deviendrai fou aussi... Nous deviendrons tous fous !...

Son regard était d'une mobilité maladive. Il avait perdu tout contrôle de lui-même.

— Son fils qui se jette par la fenêtre !... Et le testament...

Tous les traits étaient crispés et soudain ce fut une crise de larmes, tragique, comique, odieuse.

— Je vous en prie ! Calmez-vous...

— Toute une vie... Trente-deux ans... Tous les jours... À neuf heures... Sans jamais une réprimande... Tout cela pour...

— Je vous en prie... Pensez que votre femme vous entend, qu'elle est très malade...

— Et moi ?... Vous croyez que je ne suis pas malade, moi ?... Vous croyez que je supporterai longtemps une pareille vie ?...

Il n'avait pas une tête à pleurer et c'est bien ce qui rendait ses larmes émouvantes.

— Vous n'y êtes pour rien, n'est-ce pas ?... Ce n'est que votre beau-fils... Vous n'êtes pas responsable...

Martin regarda le commissaire, subitement calmé, mais pas pour longtemps.

— Je ne suis pas responsable...

Il s'emporta.

— N'empêche que c'est moi qui ai tous les tracas ! C'est ici que vous venez raconter ces histoires !... Dans l'escalier, les locataires me regardent de travers... Je parie qu'ils me soupçonnent d'avoir tué ce Couchet !... Parfaitement !... Et, d'ailleurs, qu'est-ce qui me prouve que vous ne me soupçonnez pas aussi ?... Qu'est-ce que vous venez faire ici ?... Ha ! Ha ! Vous ne répondez pas !... Vous n'oseriez pas répondre... On choisit le plus faible !... Un homme qui n'est pas capable de se défendre... Et ma femme est malade... Et...

Il heurta du coude, dans ses gesticulations, l'appareil de T.S.F. qui oscilla, s'écrasa par terre dans un fracas de lampes brisées.

Alors le petit fonctionnaire réapparut.

— Un poste de douze cents francs!... J'ai attendu trois ans avant de me le payer...

Un gémissement parvint de la chambre voisine. Il tendit l'oreille, mais ne bougea pas.

— Votre femme n'a besoin de rien?

Ce fut Maigret qui regarda dans la chambre. Mme Martin était toujours couchée. Le commissaire rencontra son regard et il eût été incapable de dire si c'était un regard d'une intelligence aiguë ou un regard que la fièvre rendait trouble.

Elle n'essaya pas de parler. Elle le laissa partir.

Dans la salle à manger, Martin avait mis ses deux coudes sur une commode, s'était pris la tête dans les mains et fixait la tapisserie, à quelques centimètres de son visage.

— Pourquoi se serait-il tué?

— Supposez par exemple que ce soit lui qui...

Le silence. Un grésillement. Une forte odeur de brûlé. Martin ne s'en apercevait pas.

— Il y a quelque chose sur le feu? questionna Maigret.

Il entra dans la cuisine bleue de vapeur. Sur le réchaud à gaz, il trouva un poêlon de lait dont le contenu s'était répandu et qui menaçait d'éclater. Il ferma le robinet de l'appareil, ouvrit la fenêtre, aperçut la cour de l'immeuble, le laboratoire des Sérums du docteur Rivière, la voiture du directeur arrêtée au pied du perron. Et on percevait un crépitement de machines à écrire, dans les bureaux.

Si Maigret s'attardait, ce n'était pas sans raison. Il voulait donner à Martin le temps de se calmer, voire d'étudier une contenance. Il bourra lentement sa pipe, l'alluma avec un allumeur pendu au-dessus du réchaud.

Quand il revint dans la salle à manger, l'homme n'avait pas bougé, mais il s'était apaisé. Il se redressa en soupirant, chercha un mouchoir, se moucha bruyamment.

— Tout cela doit finir mal, n'est-ce pas ? commença-t-il.

— Il y a déjà deux morts ! répondit Maigret.

— Deux morts...

Un effort. Un effort qui devait même être déchirant, car Martin, qui était sur le point de s'agiter à nouveau, parvint à rester maître de ses nerfs.

— Dans ce cas, je crois qu'il vaut mieux...

— Qu'il vaut mieux... ?

Le commissaire osait à peine parler. Il retenait son souffle. Il avait la poitrine serrée, car il se sentait tout près de la vérité.

— Oui... grommela Martin pour lui-même. Tant pis !... C'est indispensable... in-dis-pen-sa-ble...

Pourtant il marcha machinalement jusqu'à la porte ouverte de la chambre à coucher, plongea le regard dans la pièce.

Maigret attendait toujours, immobile, silencieux.

Martin ne dit rien. On n'entendit pas la voix de sa femme. N'empêche qu'il dut se passer quelque chose.

La situation s'éternisa. Le commissaire commença à s'impatienter.

— Eh bien ?...

L'homme se tourna lentement vers lui, avec un nouveau visage.

— Quoi ?

— Vous disiez que...

M. Martin essaya de sourire.

— Que quoi ?

— Qu'il valait mieux, pour éviter de nouveaux drames...

— Qu'il valait mieux quoi ?

Il se passa la main sur le front, comme quelqu'un qui a quelque peine à ranimer ses souvenirs.

— Je vous demande pardon ! Je suis tellement bouleversé...

— Que vous avez oublié ce que vous vouliez dire ?

— Oui... Je ne sais plus... Regardez !... Elle dort...

Il montrait Mme Martin qui avait fermé les yeux et dont le visage était devenu pourpre, sans doute à la suite de l'application de glace sur son front.

— Qu'est-ce que vous savez ? questionna Maigret du ton dont on parle à un prévenu trop habile.

— Moi ?

Et désormais toutes les réponses seraient du même genre ! Ce qu'on appelle faire l'idiot. Répéter un mot avec étonnement.

— Vous étiez prêt à me dire la vérité...

— La vérité ?

— Allons ! N'essayez pas de vous faire passer pour un crétin. Vous savez qui a tué Couchet...

— Moi ?... Je sais ?...

S'il n'avait jamais reçu de claques, il fut à deux doigts d'en recevoir une magistrale, de la main de Maigret !

Celui-ci, les mâchoires serrées, regardait la femme immobile, qui dormait ou feignait de dormir, puis le bonhomme dont les paupières étaient encore gonflées, les traits tirés par la crise précédente, la moustache tombante.

— Vous prenez la responsabilité de ce qui pourra arriver ?

— Qu'est-ce qui peut arriver ?

— Vous avez tort, Martin !

— Tort de quoi ?

Qu'est-ce qui s'était passé ? Pendant une minute, peut-être, l'homme qui allait parler était resté entre les deux pièces, les yeux fixés sur le lit de sa femme. Maigret n'avait rien entendu. Martin n'avait pas bougé.

Maintenant, elle dormait ! Il feignait l'innocence !

— Je vous demande pardon... Je crois qu'il y a des moments où je n'ai pas bien ma tête à moi... Avouez qu'on deviendrait fou à moins...

N'empêche qu'il restait triste, lugubre même. Il avait l'attitude d'un condamné. Son regard fuyait le visage de Maigret, voletait sur les objets familiers, se raccrochait enfin à l'appareil de T.S.F. qu'il se mettait en devoir de ramasser, accroupi sur le plancher, le dos tourné au commissaire.

— À quelle heure le médecin doit-il venir ?

— Je ne sais pas. Il a dit « ce soir »...

Maigret sortit et fit claquer la porte derrière lui. Il se trouva nez à nez avec la vieille Mathilde qui en fut si ahurie qu'elle resta immobile, la bouche ouverte.

— Vous n'avez rien à me dire non plus, vous ?... Hein ?... Vous allez peut-être prétendre aussi que vous ne savez rien ?...

Elle essayait de reprendre contenance. Elle tenait les deux mains sous son tablier, dans une pose machinale de vieille ménagère.

— Venez chez vous…

Elle fit glisser ses pantoufles de feutre sur le parquet, hésita à pousser sa porte entrouverte.

— Allons ! Entrez…

Et Maigret entra à son tour, referma l'huis d'un coup de pied, n'eut même pas un regard pour la folle qui était assise devant la fenêtre.

— Maintenant, parlez !… Compris ?…

Et il se laissa tomber de tout son poids sur une chaise.

# 9

## *L'homme à la pension*

— D'abord, ils passent leur vie à se disputer!

Maigret ne broncha pas. Il s'était enfoncé jusqu'au cou dans toute cette saleté quotidienne, plus écœurante que le drame lui-même.

Devant lui, la vieille avait une expression terrible de jubilation et de menace. Elle parlait! Elle allait parler encore! Par haine pour les Martin, pour le mort, pour tous les locataires de la maison, par haine de l'humanité entière! Et par haine de Maigret!

Elle restait debout, les mains jointes sur son gros ventre mou et on eût dit qu'elle avait attendu cette heure-là toute sa vie.

Ce n'était pas un sourire qui flottait sur ses lèvres. C'était la béatitude qui la faisait fondre!

— *D'abord*, ils passent leur vie à se disputer.

Elle avait le temps. Elle distillait ses phrases. Elle se donnait le loisir d'exprimer son mépris pour les gens qui se disputent.

— Pas même comme des chiffonniers ! Cela dure depuis toujours ! Au point que je me demande comment il ne l'a pas encore tuée.

— Ah ! vous vous attendiez à... ?

— Quand on vit dans une maison comme celle-ci, il faut s'attendre à tout...

Elle surveillait ses intonations. Était-elle plus odieuse que ridicule, plus ridicule qu'odieuse ?

La chambre était grande. Il y avait un lit défait, avec des draps gris qui n'avaient jamais dû sécher au grand air. Une table, une vieille armoire, un réchaud.

Dans un fauteuil, la folle, qui regardait devant elle avec un léger sourire attendri.

— Pardon ! Vous recevez parfois des visites ? questionna Maigret.

— Jamais !

— Et votre sœur ne sort pas de cette chambre ?

— Quelquefois, elle se sauve dans l'escalier...

Une grisaille décourageante. Une odeur de pauvreté malpropre, de vieillesse, peut-être une odeur de mort ?

— Remarquez que c'est la femme qui attaque toujours !

Maigret avait à peine la force de l'interroger. Il la regardait vaguement. Il écoutait.

— Pour des questions d'argent, naturellement ! Pas pour des questions de femme... Bien qu'une fois qu'elle a supposé, en faisant les comptes, qu'il était allé dans une maison spéciale, il en ait vu de toutes les couleurs...

— Elle le bat ?

Maigret parlait sans ironie. La supposition n'était pas plus saugrenue qu'une autre. On nageait dans tant d'invraisemblance que rien ne pouvait plus étonner.

— Je ne sais pas si elle le bat, mais en tout cas elle casse des assiettes... Puis elle pleure, en disant qu'elle ne pourra jamais avoir un ménage convenable...

— En somme, il y a des scènes à peu près tous les jours ?

— Pas des grandes scènes ! Mais des reproches. Deux ou trois grandes scènes par semaine...

— Cela vous donne du travail !

Elle ne fut pas sûre d'avoir compris et elle le regarda avec un rien d'inquiétude.

— Quels sont les reproches qu'elle lui fait le plus souvent ?

— *Quand on n'a pas de quoi nourrir une femme, on ne se marie pas !*

» *On ne trompe pas une femme en lui laissant croire qu'on sera augmenté alors que ce n'est pas vrai...*

» *On ne se permet pas de prendre une femme à un homme comme Couchet, capable de gagner des millions...*

» *Les fonctionnaires sont des lâches... Il faut travailler par soi-même, avoir le goût du risque, de l'initiative, si on veut arriver à quelque chose...*

Pauvre Martin, avec ses gants, son pardessus mastic, ses moustaches collées par le cosmétique ! Maigret pouvait imaginer toutes les phrases qu'on lui lançait à la tête, en pluie fine ou en averse.

Il avait fait ce qu'il avait pu, pourtant ! Avant lui, c'était Couchet qui recevait les mêmes reproches. Et on devait lui dire : « Regarde M. Martin ! Voilà un homme intelligent ! Et il pense qu'il aura peut-être une femme, un jour ! Elle recevra une pension s'il lui arrive quelque chose ! Tandis que toi… »

Tout cela avait l'air d'une charge sinistre ! Mme Martin s'était trompée, avait été trompée, avait trompé tout le monde !

Il y avait une erreur épouvantable à la base !

La fille du confiseur de Meaux voulait de l'argent ! Ça, c'était un point établi ! C'était une nécessité ! Elle le sentait ! Elle était née pour avoir de l'argent et, par conséquent, c'était à son mari d'en gagner !

Couchet n'en gagnait pas assez ? Et elle n'aurait même pas une pension s'il mourait ?

Elle épousait Martin ! Voilà !

Seulement, c'était Couchet qui devenait riche à millions, quand il était trop tard ! Et il n'y avait rien à faire pour donner des ailes à Martin, rien à faire pour le décider à quitter l'Enregistrement et à vendre, lui aussi, des sérums ou quelque chose qui rapporte !

Elle était malheureuse ! Elle avait toujours été malheureuse ! La vie s'amusait à la tromper odieusement !

Les yeux glauques de la vieille Mathilde étaient fixés sur Maigret, glauques comme des méduses.

— Son fils venait la voir ?

— Quelquefois.

— Elle lui faisait des scènes aussi ?

À croire que la vieille attendait cette heure-là depuis des années ! Elle ne se pressait pas ! Elle avait le temps, elle !

— Elle lui donnait des conseils :

» *Ton père est riche ! Il devrait être honteux de ne pas te faire une situation plus brillante ! Tu n'as même pas d'auto… Et sais-tu pourquoi ? À cause de cette femme qui l'a épousé pour son argent! Car elle ne l'a épousé que pour ça!...*

*» Sans compter que Dieu sait ce qu'elle te prépare pour plus tard... Est-ce que seulement tu toucheras quelque chose de la fortune qui te revient?...*

*» C'est pourquoi tu devrais lui soutirer de l'argent maintenant, le mettre de côté dans un endroit sûr...*

*» Je te le garderai, moi, si tu veux... Dis! Veux-tu que je te le garde?...*

Et Maigret, en observant le plancher sale, réfléchissait, le front dur.

Il croyait reconnaître, dans cette salade de sentiments, un sentiment qui dominait, qui avait peut-être entraîné tous les autres : l'inquiétude! Une inquiétude morbide, maladive, frisant la folie...

Mme Martin parlait toujours de ce qui pourrait arriver : la mort du mari, la misère s'il ne lui laissait pas une pension... Elle en avait peur pour son fils!...

C'était un cauchemar, une hantise.

— Qu'est-ce que Roger répondait?

— Rien! Il ne restait jamais longtemps! Il devait avoir mieux à faire ailleurs...

— Il est venu le jour du crime?

— Je ne sais pas.

Et la folle, dans son coin, aussi vieille que Mathilde, regardait toujours le commissaire en souriant d'un sourire engageant.

— Est-ce que les Martin ont eu une conversation plus intéressante que d'habitude?

— Je ne sais pas.

— Est-ce que Mme Martin est descendue, vers huit heures du soir?

— Je ne m'en souviens plus ! Je ne peux pas être tout le temps dans le corridor.

Était-ce de l'inconscience, de l'ironie transcendante ? En tout cas, elle tenait quelque chose en réserve. Maigret le sentait. Tout le pus n'était pas sorti !

— Le soir, ils se sont disputés...

— Pourquoi ?

— Je ne sais pas...

— Vous n'avez pas écouté ?

Elle ne répondit pas. Son expression de physionomie signifiait : « Cela me regarde ! »

— Qu'est-ce que vous savez encore ?

— Je sais pourquoi elle est malade !

Et ça, c'était le triomphe ! Les mains frémissaient, toujours jointes sur le ventre. Le point culminant de toute une carrière !

— Pourquoi ?

Cela demandait à être savouré.

— Parce que... Attendez que je demande à ma sœur si elle n'a besoin de rien... Fanny, tu n'as pas soif ?... Faim ?... Pas trop chaud ?...

Le petit poêle de fonte était tout rouge. La vieille flottait dans la pièce, glissant sur ses semelles de feutre qui ne faisaient pas le moindre bruit.

— Parce que ?

— Parce qu'il n'a pas rapporté l'argent !

Elle épela cette phrase et la fit suivre d'un silence définitif. C'était fini ! Elle renonçait à parler ! Elle en avait assez dit.

— Quel argent ?

Peine perdue ! Elle ne répondit à aucune question.

— Cela ne me regarde pas ! J'ai entendu cela ! Vous en ferez ce que vous voudrez… Maintenant, il est temps que je soigne ma sœur…

Il s'en alla, laissant les deux vieilles se livrer à Dieu sait quels soins.

Il en était malade. Il en avait le cœur retourné, comme par le mal de mer.

— *Il n'a pas rapporté l'argent…*

Est-ce que cela ne pouvait pas s'expliquer ? Martin se décidait à voler le premier mari, peut-être pour ne plus s'entendre reprocher sa médiocrité. Elle le voyait par la fenêtre. Il sortait, avec les trois cent soixante billets…

Seulement, quand il revenait, il ne les avait plus ! Les avait-il mis en lieu sûr ? S'était-il fait voler à son tour ? Ou bien avait-il été pris de peur et s'était-il débarrassé de cet argent en le jetant dans la Seine ?

Est-ce qu'il avait tué ? Lui, le médiocre petit M. Martin en pardessus mastic ?

Tout à l'heure, il avait voulu parler. Sa lassitude était bien celle d'un homme coupable qui ne se sent plus la force de se taire, qui préfère la prison immédiate à l'angoisse de l'attente.

Mais pourquoi était-ce sa femme qui était malade ?

Et surtout pourquoi était-ce Roger qui se tuait ?

Et tout cela n'était-il pas créé par l'imagination de Maigret ? Pourquoi ne pas soupçonner Nine, ou Mme Couchet, ou même le colonel ?…

Le commissaire, qui descendait lentement l'escalier, se heurta à M. de Saint-Marc, qui se retourna.

— Tiens ! C'est vous…

Il lui tendit une main condescendante.

— Du nouveau ?... Vous croyez qu'on en sortira ?...

Et le cri de la folle, là-haut, que sa sœur devait avoir abandonnée pour aller prendre sa faction derrière quelque porte !

Un bel enterrement. Beaucoup de monde. Des gens très bien. Surtout la famille de Mme Couchet et les voisins du boulevard Haussmann.

Il n'y avait guère que la sœur de Couchet à détonner au premier rang, bien qu'elle eût fait l'impossible pour être élégante. Elle pleurait. Elle avait surtout une façon bruyante de se moucher qui lui valait chaque fois un regard courroucé de la belle-mère du mort.

Tout de suite derrière la famille, le personnel des Sérums.

Et, avec les employés, la vieille Mathilde très digne, sûre d'elle, de son droit d'être là.

La robe noire qu'elle portait ne devait servir qu'à cela : suivre les enterrements ! Son regard croisa celui de Maigret. Et elle daigna lui adresser un léger signe de tête.

Les chants d'orgues déferlaient, la basse du chantre, le fausset du diacre : *Et ne nos inducas in tentationem*...

Bruits de chaises remuées. Le catafalque était haut, et pourtant il disparaissait sous les fleurs et les couronnes.

## *Les locataires du 61 place des Vosges*

Mathilde avait dû mettre sa part. Est-ce que les Martin avaient inscrit leur nom sur la liste de souscription, eux aussi ?

On ne voyait pas Mme Martin. Elle était encore au lit.

*Libera nos, domine...*

L'absoute. La fin. Le maître des cérémonies qui dirigeait lentement la tête du cortège. Maigret, dans un coin, près d'un confessionnal, découvrait Nine dont le petit nez était tout rouge sans qu'elle prît la peine de lui donner un coup de houppette.

— C'est terrible, n'est-ce pas ? dit-elle.

— Qu'est-ce qui est terrible ?

— Tout ! Je ne sais pas ! Cette musique... Et cette odeur de chrysanthèmes...

Elle se mordait la lèvre inférieure pour arrêter un sanglot.

— Vous savez... J'ai beaucoup pensé... Eh bien ! il m'arrive de me dire qu'il se doutait de quelque chose...

— Vous allez au cimetière ?

— Qu'est-ce que vous en pensez ? On pourrait me voir, n'est-ce pas ?... Il vaut peut-être mieux que je n'y aille pas... Pourtant, je voudrais tant savoir où on le met...

— Il suffira de le demander au gardien.

— Oui...

Ils chuchotaient. Les pas des derniers assistants mouraient de l'autre côté de la porte. Des voitures se mettaient en marche.

— Vous disiez qu'il se doutait... ?

— Peut-être pas qu'il mourrait de cette façon-là... Mais il savait qu'il n'en avait plus pour longtemps... Il avait une maladie de cœur assez grave...

On sentait qu'elle s'était tracassée, que des heures et des heures durant son esprit ne travaillait que sur un seul objet.

— Des mots qu'il disait et qui me reviennent...
— Il avait peur?...
— Non! Plutôt le contraire... Quand par hasard on parlait de cimetière, il répliquait en riant:

» *Le seul endroit où on soit tranquille... Un bon petit coin au Père-Lachaise...*

— Il plaisantait beaucoup?
— Surtout quand il n'était pas gai... Vous comprenez?... Il n'aimait pas laisser voir qu'il avait des soucis... À ces moments-là, il cherchait un motif quelconque de se remuer, de rire...
— Quand il parlait de sa première femme, par exemple!
— Il ne m'en parlait jamais.
— Et de la seconde?
— Non! Il ne parlait pas de quelqu'un en particulier... Il parlait des hommes en général... Il trouvait que ce sont de drôles de petits animaux... Si un garçon de restaurant le volait, il le regardait d'un air plus affectueux que les autres...

» — *Une canaille!* disait-il.

» Et il prononçait ce mot-là d'un air amusé, content!

Il faisait froid. Un temps de Toussaint. Maigret et Nine n'avaient rien à faire dans ce quartier de Saint-Philippe-du-Roule.

— Au *Moulin Bleu*, ça va?
— Ça va!
— J'irai vous dire bonjour un de ces soirs...

Maigret lui serrait la main, sautait sur la plate-forme d'un autobus.

Il avait besoin d'être seul, de penser, ou plutôt de laisser vagabonder son esprit. Il imaginait le cortège

qui arriverait bientôt au cimetière… Mme Couchet…
Le colonel… Le frère… Les gens qui devaient parler
de l'étrange testament…

— Qu'est-ce qu'ils fricotaient autour des poubelles ?…

Car c'était là le nœud du drame. Martin avait tourné
autour des boîtes à ordures sous prétexte de chercher un
gant qu'il n'avait pas trouvé et que pourtant il portait
le lendemain matin. Mme Martin avait fouillé dans les
ordures, elle aussi, en parlant d'une cuiller en argent
jetée par mégarde…

— … *parce qu'il n'est pas revenu avec l'argent…*
disait la vieille Mathilde.

Au fait, cela devait être gai, à cette heure, place des
Vosges ! La folle, qui était seule, ne hurlait-elle pas
comme d'habitude ?

L'autobus, complet, brûlait les arrêts. Quelqu'un,
tout contre Maigret, disait à son voisin :

— Tu as lu l'histoire des billets de mille ?

— Non ! Qu'est-ce que c'est ?

— J'aurais bien voulu être là… Au barrage de
Bougival… Avant-hier matin… Des billets de mille
francs qui se baladaient au fil du courant… C'est un
marinier qui les a vus le premier et qui est parvenu à en
repêcher quelques-uns… Mais l'éclusier s'est aperçu
de l'histoire… Il a fait chercher la police… Si bien
qu'un agent surveillait les pêcheurs de galette…

— Sans blague ? Ça n'a pas dû les empêcher d'en
mettre un peu à gauche…

— Le journal dit qu'on a retrouvé une trentaine de
billets, mais qu'il devait y en avoir beaucoup plus, car,
à Mantes, on en a pêché deux aussi… Hein ! Les billets

qui se baladent tout le long de la Seine !... C'est mieux que du goujon...

Maigret ne bronchait pas. Il avait une tête de plus que les autres. Son visage était placide.

— ... *parce qu'il n'est pas revenu avec l'argent...*

Alors, c'était ça ? Le petit M. Martin, pris de peur ou de remords au souvenir de son crime ? Martin qui avouait s'être promené ce soir-là dans l'île Saint-Louis pour chasser ses névralgies !...

Maigret esquissa quand même un sourire, parce qu'il imaginait Mme Martin qui avait tout vu de sa fenêtre et qui attendait.

Son mari rentrait, las, abattu. Elle suivait ses faits et gestes. Elle attendait de voir les billets, peut-être de les compter...

Il se déshabillait. Il s'apprêtait à se coucher.

N'était-ce pas elle qui allait ramasser ses vêtements pour fouiller les poches ?

L'inquiétude naissait. Elle regardait Martin aux moustaches lugubres.

« — Le... la... l'argent ?...

» — Quel argent ?...

» — À qui l'as-tu donné ?... Réponds !... N'essaie pas de mentir... »

Et Maigret, en descendant de l'autobus, au Pont-Neuf, d'où il apercevait les fenêtres de son bureau, se surprit à prononcer à mi-voix :

— Je parie que, dans son lit, Martin s'est mis à pleurer !...

## 10

## *Pièces d'identité*

Cela commença à Jeumont. Il était onze heures du soir. Quelques voyageurs de troisième classe se dirigeaient vers les locaux de la douane, tandis que les douaniers commençaient l'inspection des wagons de seconde et de première.

Des gens minutieux préparaient leur valise d'avance, étalaient des objets sur la banquette. C'était le cas d'un homme aux yeux inquiets, en deuxième classe, dans un compartiment où il n'y avait en outre qu'un vieux ménage belge.

Ses bagages constituaient un modèle d'ordre et de prévoyance. Les chemises, pour éviter qu'elles se salissent, étaient enveloppées dans des journaux. Il y avait douze paires de manchettes, des caleçons chauds et des caleçons d'été, un réveille-matin, des souliers et une paire de pantoufles fatiguées.

Dans l'arrangement, on sentait une main de femme. Pas une place n'était perdue. Rien ne pouvait se friper. Un douanier remuait ces choses d'une main négligente, en observant l'homme en pardessus mastic qui avait bien la tête à posséder de telles valises.

— Ça va !

Une croix à la craie sur les bagages.

— Rien à déclarer, vous autres ?

— Pardon ! demanda l'homme. Où commence exactement la Belgique ?

— Vous voyez la première haie, là-bas ? Non ! Vous ne voyez rien ! Mais tenez... Comptez les lampes... La troisième à gauche... Eh bien ! c'est la frontière...

Une voix dans le couloir, répétant devant chaque porte :

— Préparez les passeports, cartes d'identité !

Et l'homme en pardessus mastic faisait des efforts pour remettre ses valises dans le filet.

— Passeport ?

Il se retourna, vit un jeune homme coiffé de gris.

— Français ?... Votre carte d'identité, alors...

Cela prit quelques instants. Les doigts fouillaient le portefeuille.

— Voici, monsieur !

— Bon ! Martin Edgar Emile... C'est bien ça !... Suivez-moi...

— Où ?...

— Vous pouvez emporter vos valises...

— Mais... le train...

Les deux Belges le regardaient maintenant avec effroi, flattés quand même d'avoir voyagé avec un malfaiteur. M. Martin, les prunelles écarquillées, montait sur la banquette pour reprendre ses sacs de voyage.

— Je vous jure... Qu'est-ce que... ?

— Dépêchez-vous... Le train va repartir...

Et le jeune homme chapeauté de gris fit rouler la plus lourde des valises sur le quai. Il faisait noir. Dans le halo des lampes, des gens couraient, revenant du buffet. Coup de sifflet. Une femme discutait avec les douaniers qui ne la laissaient pas repartir.

— On verra ça demain matin...

Et M. Martin suivait le jeune homme en portant péniblement ses bagages. Jamais il n'avait imaginé un quai de gare aussi long. C'était une vraie piste, interminable, déserte, bordée de portes mystérieuses.

Enfin on poussa la dernière.

— Entrez !

C'était sombre. Rien qu'une lampe à abat-jour vert, suspendue si bas, au-dessus de la table, qu'elle n'éclairait que quelques papiers. Pourtant quelque chose remuait au fond de la pièce.

— Bonjour, monsieur Martin !... fit une voix cordiale.

Et une énorme silhouette se détacha de l'ombre : le commissaire Maigret, engoncé dans son lourd pardessus à col de velours, les mains dans les poches.

— Pas la peine de vous débarrasser. Nous reprenons le train de Paris, qui va arriver sur la troisième voie...

Cette fois, c'était certain ! Martin pleurait, en silence, les mains immobilisées par ses valises si bien arrangées.

L'inspecteur qui avait été mis en faction, 61 place des Vosges, avait téléphoné à Maigret, quelques heures plus tôt :

— Notre homme est en train de filer... Il a pris un taxi et s'est fait conduire à la gare du Nord...

— Laissez filer... Continuez à surveiller la femme...

Et Maigret avait pris le même train que Martin. Il avait voyagé dans le compartiment voisin, avec deux sous-officiers qui, tout le long du chemin, avaient raconté des histoires galantes.

De temps en temps, le commissaire collait son œil au petit judas qui séparait les compartiments, apercevait un Martin lugubre.

Jeumont... Carte d'identité !... Bureau du commissaire spécial.

Maintenant, ils revenaient tous les deux à Paris, dans un compartiment réservé. Martin n'avait pas de menottes aux poignets. Ses valises étaient dans le filet, au-dessus de sa tête, et l'une d'elles, mal équilibrée, menaçait de lui tomber dessus.

À Maubeuge, Maigret n'avait pas encore posé une seule question.

C'était hallucinant ! Il était calé dans son coin, la pipe aux dents. Il n'arrêtait pas de fumer, en regardant son compagnon de ses petits yeux amusés.

Dix fois, vingt fois, Martin avait ouvert la bouche sans se décider à parler. Dix fois, vingt fois, le commissaire n'y avait même pas pris garde.

Cela finit pourtant par se produire : une voix impossible à décrire, que Mme Martin elle-même n'eût sans doute pas reconnue.

— C'est moi...

Et Maigret ne parlait toujours pas. Ses prunelles semblaient dire : « Vraiment ? »

— Je... J'espérais passer la frontière...

Il y a une façon de fumer qui est crispante pour celui qui regarde le fumeur : à chaque bouffée, les lèvres s'entrouvrent voluptueusement, avec un petit « poc ». Et la fumée n'est pas lancée en avant, mais s'échappe avec lenteur, forme un nuage autour du visage.

Maigret fumait ainsi et sa tête allait de droite à gauche et de gauche à droite au rythme des bogies.

Martin se penchait, les mains douloureuses dans les gants, les yeux pleins de fièvre.

— Est-ce que vous croyez que ce sera long ?... Non, n'est-ce pas ? puisque j'avoue... Car j'avoue tout...

Comment faisait-il pour ne pas sangloter ? Tous ses nerfs devaient lui faire un mal atroce. Et ses yeux, de temps en temps, devenaient suppliants, disaient clairement à Maigret : « Aidez-moi donc !... Vous voyez bien que je suis à bout de forces... »

Mais le commissaire ne bougeait pas. Il était aussi placide, avec le même regard curieux mais sans passion, que dans un jardin zoologique, devant la cage d'un animal exotique.

— Couchet m'a surpris... Alors...

Et Maigret soupira. Un soupir qui ne voulait rien dire, ou plutôt qui pouvait être interprété de cent façons différentes.

Saint-Quentin ! Des pas dans le couloir. Un gros voyageur essaya d'ouvrir la porte du compartiment, s'aperçut qu'elle était fermée, resta un instant à regarder à l'intérieur, le nez écrasé contre la glace, et se résigna enfin à chercher une autre place.

— Puisque j'avoue tout, n'est-ce pas ?... Ce n'est pas la peine de nier...

Exactement comme s'il eût parlé à un sourd, ou à un homme ne comprenant pas un traître mot de français. Maigret bourrait sa pipe, avec de minutieux coups d'index.

— Vous avez des allumettes ?

— Non... Je ne fume pas... Vous le savez bien... C'est ma femme qui n'aime pas l'odeur du tabac... Je voudrais que ce soit vite fait, comprenez-vous ?... Je le dirai à l'avocat que je vais être obligé de choisir... Pas de complications !... J'avoue tout... J'ai lu dans le journal qu'on a retrouvé une partie des billets... Je ne sais pas pourquoi j'ai fait ça... De les sentir dans ma poche, il me semblait que tout le monde, dans la rue, me regardait... J'ai d'abord pensé à les cacher quelque part... Mais pour quoi faire ?...

» J'ai marché le long du quai... Il y avait des péniches... Je craignais d'être vu par un marinier...

» Alors j'ai franchi le pont Marie et, dans l'île Saint-Louis, j'ai pu me débarrasser du paquet...

Le compartiment était chauffé à blanc. La buée ruisselait sur les vitres. La fumée de pipe s'étirait autour de la lampe.

— J'aurais dû tout vous avouer la première fois que je vous ai vu... Je n'en ai pas eu le courage... J'ai espéré que...

Martin se tut, regarda curieusement son compagnon qui avait entrouvert la bouche et fermé les yeux. Une respiration égale comme le ronron d'un gros chat satisfait !

Maigret dormait !

L'autre eut un regard vers la portière, qu'il suffisait de pousser. Et, comme pour échapper à la tentation, il se blottit dans un coin, serrant les fesses, ses deux mains affolées sur ses genoux maigres.


La gare du Nord. Un matin gris. Et la foule de banlieue, mal éveillée, franchissant les portes en troupeau.

Le train s'était arrêté très loin du hall. Les valises étaient lourdes. Martin ne voulait pas s'arrêter. Il était à bout de souffle et ses deux bras lui faisaient mal.

Il fallut attendre assez longtemps un taxi.

— Vous me conduisez en prison ?

Ils avaient passé cinq heures en train et Maigret n'avait pas prononcé dix phrases. Et encore ! Des phrases qui n'avaient trait ni au crime, ni aux trois cent soixante mille francs ! Il parlait de sa pipe, ou de la chaleur, ou de l'heure d'arrivée.

— 61 place des Vosges ! dit-il au chauffeur.

Martin supplia :

— Vous croyez que c'est nécessaire que...

Et, pour lui-même :

— Qu'est-ce qu'ils doivent penser, au bureau !... Je n'ai pas eu le temps de prévenir...

Dans sa loge, la concierge triait le courrier : un gros tas de lettres pour les Sérums du docteur Rivière ; un tout petit tas pour le reste de la maison.

— Monsieur Martin !... Monsieur Martin !... On est venu de l'Enregistrement pour demander si vous étiez malade... Il paraît que vous avez la clef de...

Maigret entraînait son compagnon. Et celui-ci devait trimbaler ses lourdes valises dans l'escalier où il y avait des boîtes à lait et du pain frais devant les portes.

Celle de la vieille Mathilde bougea.

— Donnez-moi la clef.

— Mais...

— Ouvrez vous-même.

Un silence profond. Le cliquetis du pêne. Puis on vit la salle à manger en ordre, avec chaque objet à sa place exacte.

Martin hésita longtemps avant de prononcer à voix haute :

— C'est moi !... Et le commissaire...

Quelqu'un bougea, dans le lit de la chambre voisine. Martin, qui refermait la porte, gémit :

— Nous n'aurions pas dû... Elle n'y est pour rien, n'est-ce pas ?... Et dans son état...

Il n'osait pas entrer dans la chambre. Par contenance, il ramassa ses valises qu'il posa sur deux chaises.

— Voulez-vous que je fasse du café ?

Maigret frappait à la porte de la chambre à coucher.

— On peut entrer ?

Pas de réponse. Il poussa l'huis, reçut en plein visage le regard fixe de Mme Martin qui était couchée, immobile, les cheveux sur des épingles.

— Excusez-moi de vous déranger... Je vous ai ramené votre mari, qui a eu le tort de s'affoler.

Martin était derrière lui. Il le sentait, mais il ne pouvait pas le voir.

Des pas résonnaient dans la cour, et des voix, surtout des voix de femme : le personnel des bureaux et des laboratoires qui arrivait. Il était neuf heures moins une.

Un cri étouffé de la folle, à côté. Des médicaments sur la table de nuit.

— Vous vous sentez plus mal ?

Il savait bien qu'elle ne répondrait pas, qu'elle se tiendrait en dépit de tout sur la même réserve farouche.

On eût dit qu'elle avait peur d'un mot, d'un seul ! Comme si un mot eût pu déchaîner des catastrophes !

Elle avait maigri. Son teint était devenu plus terne. Mais les yeux, eux, ces étranges prunelles grises, gardaient leur vie propre, ardente, volontaire.

Martin entrait, les jambes molles. Par toute son attitude il semblait s'excuser, demander pardon.

Les yeux gris se tournèrent lentement vers lui, glacés, si durs qu'il détourna la tête en balbutiant :

— C'est à la gare de Jeumont... Une minute de plus et j'étais en Belgique...

Il eût fallu des mots, des phrases, du bruit pour meubler tout ce vide que l'on sentait autour de chaque personnage. Un vide qui était palpable, au point que les voix résonnaient comme dans un tunnel ou dans une grotte.

Mais on ne parlait pas. On articulait péniblement quelques syllabes, avec des regards anxieux, puis le silence retombait à la façon implacable d'un brouillard.

Il se passait quelque chose, pourtant. Quelque chose de lent, de sournois : une main qui glissait sous la couverture, s'élevait en un mouvement insensible jusqu'à l'oreiller.

Une main maigre et moite de Mme Martin. Maigret, tout en regardant ailleurs, suivait ses progrès, attendait le moment où cette main atteindrait enfin son but.

— Le docteur ne doit pas venir ce matin ?

— Je ne sais pas... Est-ce que quelqu'un s'occupe de moi ?... Je suis ici comme une bête qu'on laisse mourir...

Mais l'œil devenait plus clair parce que la main touchait enfin l'objet convoité.

Un froissement à peine perceptible de papier.

Maigret fit un pas en avant, saisit Mme Martin au poignet. Elle paraissait sans force, presque sans vie. N'empêche que d'une seconde à l'autre elle fit preuve d'une vigueur inouïe.

Ce qu'elle tenait, elle ne voulait pas le lâcher. Assise sur son lit, elle se défendait rageusement. Elle approchait sa main de sa bouche. Elle déchirait avec les dents la feuille blanche qu'elle étreignait.

— Lâchez-moi !... Lâchez-moi ou je crie !... Et toi ?... Tu le laisses faire ?...

— Monsieur le commissaire... Je vous en supplie... gémissait Martin.

Il tendait l'oreille. Il craignait de voir accourir les locataires. Il n'osait pas intervenir.

— Brute !... Sale brute !... Battre une femme !

Non ! Maigret ne la battait pas. Il se contentait de lui maintenir la main, en serrant peut-être le poignet un peu fort, pour empêcher la femme de détruire le papier.

— Vous n'avez pas honte !... Une femme à la mort...

Une femme qui déployait une énergie comme Maigret en avait rarement rencontré dans sa carrière de policier ! Son chapeau melon tomba sur le lit. Elle mordit soudain le commissaire au poignet.

Mais elle ne pouvait pas rester longtemps avec les nerfs aussi tendus et il parvint à écarter les doigts, tandis qu'elle poussait un gémissement de douleur.

Maintenant elle pleurait ! Elle pleurait sans pleurer, de dépit, de rage, peut-être aussi pour avoir une attitude ?

— Et toi, tu l'as laissé faire…

Le dos de Maigret était trop large pour la chambre exiguë. Il semblait remplir tout l'espace, intercepter la lumière.

Il s'approchait de la cheminée, déployait la feuille dont des bouts manquaient, parcourait des yeux un texte dactylographié, surmonté d'un en-tête.

*Maîtres Laval et Piollet*
*du Barreau de Paris*
*Avocats-Conseils*
*Contentieux*

À droite, en rouge, la mention : *Affaire Couchet et Martin. Consultation du 18 novembre.*

Deux pages de texte serré, à un interligne. Maigret n'en lisait que des bribes, à mi-voix, et on entendait les machines à écrire crépiter dans les bureaux des Sérums Rivière.

*Vu la loi du…*
*Étant donné que la mort de Roger Couchet est postérieure à celle de son père…*
*… qu'aucun testament ne peut frustrer un fils légitime de la part à laquelle il a droit…*

*... que le second mariage du testataire avec la dame Dormoy a eu lieu sous le régime de la communauté des biens...*

*... que l'héritier naturel de Roger Couchet est sa mère...*

*... avons l'honneur de vous confirmer que vous êtes en droit de revendiquer la moitié de la fortune laissée par Raymond Couchet, tant biens meubles qu'immeubles... que, d'après nos renseignements particuliers, nous évaluons sous réserve d'erreur à la somme de cinq millions environ, la valeur de la maison connue sous le nom « Sérums du docteur Rivière » étant portée dans cette évaluation pour trois millions...*

*...*

*nous tenons à votre entière disposition pour tous actes nécessaires à l'annulation du testament et...*

*...*

*vous confirmons que sur les sommes ainsi recouvrées nous retiendrons une commission de dix pour cent (10 %) pour frais de...*

Mme Martin avait cessé de pleurer. Elle était recouchée et son froid regard fixait à nouveau le plafond.

Martin se tenait dans l'embrasure de la porte, plus dérouté que jamais, ne sachant que faire de ses mains, de ses yeux, de tout son corps.

— Il y a un post-scriptum ! murmura le commissaire pour lui-même.

Ce post-scriptum était précédé de la mention : *Strictement confidentiel.*

*Nous croyons savoir que Mme Couchet, née Dormoy, est disposée, elle aussi, à attaquer le testament.*

*D'autre part, nous nous sommes renseignés sur la troisième bénéficiaire, Nine Moinard.*

*C'est une femme aux mœurs douteuses, qui n'a encore pris aucune disposition pour revendiquer ses droits.*

*Étant donné qu'elle est actuellement sans ressources, il nous paraît que le plus expéditif est de lui offrir une somme quelconque à titre de dédommagement.*

*Nous évaluons, quant à nous, cette somme à vingt mille francs, ce qui est susceptible de séduire une personne dans la situation de Mlle Moinard.*

*Nous attendons votre décision à ce sujet.*

Maigret avait laissé éteindre sa pipe. Il repliait lentement le papier, le glissait dans son portefeuille.

Autour de lui, c'était le silence le plus absolu. Martin en arrivait à retenir son souffle. Sa femme, sur le lit, le regard fixe, avait déjà l'air d'une morte.

— Deux millions cinq cent mille francs… murmura le commissaire. Moins les vingt mille francs à donner à Nine pour qu'elle se montre accommodante… Il est vrai que Mme Couchet en mettra sans doute la moitié…

Il eut la certitude qu'un sourire de triomphe, à peine dessiné, mais éloquent, glissait sur les lèvres de la femme.

— C'est une somme !… dites donc, Martin…

Celui-ci tressaillit, essaya de se mettre sur la défensive.

— Combien pensez-vous avoir ?… Je ne parle pas d'argent… Je parle de la condamnation… Vol… Assassinat… Peut-être établira-t-on la préméditation…

À votre avis?... Pas d'acquittement, bien sûr, puisqu'il ne s'agit pas d'un crime passionnel... Ah! si seulement votre femme avait renoué des relations avec son ancien mari... Mais ce n'est pas le cas... Affaire d'argent, rien que d'argent... Dix ans?... Vingt ans?... Voulez-vous mon avis?...

» Remarquez qu'on ne peut jamais deviner la décision des juges populaires...

» N'empêche qu'il y a des précédents... Eh bien! on peut dire qu'en général, s'ils sont indulgents pour les drames d'amour, ils se montrent d'une sévérité extrême pour ces affaires d'intérêt...

On eût dit qu'il parlait pour parler, pour gagner du temps.

— C'est compréhensible! Ce sont des petits-bourgeois, des commerçants... Ils croient n'avoir rien à craindre de maîtresses qu'ils n'ont pas ou dont ils sont sûrs... Mais ils ont tout à craindre des voleurs... Vingt ans?... Eh bien! non!... Moi, je penche pour la tête...

Martin ne bougeait plus. De lui et de sa femme, c'était maintenant lui le plus livide. Au point qu'il dut se retenir au chambranle de la porte.

— Seulement, Mme Martin sera riche... Elle est à l'âge où l'on sait jouir de la vie et de la fortune...

Il s'approcha de la fenêtre.

— À moins que cette fenêtre... C'est la pierre d'achoppement... On ne manquera pas de faire remarquer que d'ici on pouvait tout voir... Tout, vous m'entendez!... Et c'est grave!... Parce que cela pourrait impliquer une idée de complicité... Or, dans le Code, il y a un petit texte qui empêche l'assassin, même acquitté, d'hériter de la victime... Pas seulement l'assassin… Les complices… Vous voyez l'importance que prend cette fenêtre…

Ce n'était plus le silence autour de lui. C'était quelque chose de plus absolu, de plus inquiétant, presque d'irréel : une absence totale de toute vie.

Et brusquement une question :

— Dites-moi, Martin ! Qu'est-ce que vous avez fait du revolver ?…

Un frémissement de vie dans le corridor : la vieille Mathilde, évidemment, avec sa face lunaire, son ventre mou sous le tablier à carreaux.

La voix aiguë de la concierge, dans la cour.

— Madame Martin !… C'est Dufayel !…

Maigret s'assit dans une bergère qui oscilla, mais ne se brisa pas tout de suite.

11

*Le dessin sur le mur*

— Répondez !... Ce revolver...

Il suivit le regard de Martin et s'aperçut que Mme Martin, qui avait toujours le regard braqué vers le plafond, remuait les doigts sur le mur.

Le pauvre Martin faisait des efforts inouïs pour comprendre ce qu'elle voulait lui dire. Il s'impatientait. Il voyait que Maigret attendait.

— Je...

Que pouvait bien signifier ce carré, ou ce trapèze, qu'elle esquissait de son doigt maigre ?

— Eh bien ?

À ce moment, Maigret en eut vraiment pitié. La minute dut être terrible. Martin pantelait d'impatience.

— Je l'ai lancé dans la Seine...

Le sort en était jeté ! Pendant que le commissaire tirait le revolver de sa poche, le posait sur la table, Mme Martin se dressait sur son lit, avec un visage de furie.

— Moi, j'ai fini par le retrouver dans la poubelle... disait Maigret.

Et la voix sifflante de la femme, qui avait la fièvre :

— Là!... Comprends-tu, maintenant?... Es-tu content?... Tu as raté l'occasion, une fois de plus, comme tu as toujours raté l'occasion!... À croire que tu l'as fait exprès, par crainte d'aller en prison... Mais tu iras quand même!... Car le vol, c'est toi!... Les trois cent soixante billets que monsieur a jetés dans la Seine...

Elle était effrayante. On comprenait qu'elle s'était trop contenue. La détente était brutale. Et son exaltation était telle que parfois plusieurs mots se présentaient en même temps à ses lèvres, qu'elle embrouillait les syllabes...

Martin baissait la tête. Son rôle était terminé. Comme sa femme le lui reprochait, il avait échoué lamentablement.

— ... Monsieur se met en tête de voler, mais il laisse son gant sur la table...

Tous les griefs de Mme Martin allaient y passer, en vrac, en désordre.

Maigret entendit derrière lui la voix humble de l'homme au pardessus mastic.

— Il y avait des mois qu'elle me montrait le bureau par la fenêtre, Couchet qui avait l'habitude de se rendre aux lavabos... Et elle me reprochait de faire le malheur de sa vie, d'être incapable de nourrir une femme... J'y suis allé...

— Vous lui avez dit que vous y alliez?

— Non! Mais elle le savait bien. Elle était à la fenêtre...

— Et de loin vous avez vu le gant que votre mari oubliait, madame Martin ?

— Comme il aurait laissé sa carte de visite ! À croire qu'il voulait me faire enrager...

— Vous avez pris votre revolver et vous êtes allée là-bas... Couchet est rentré alors que vous étiez dans le bureau... Il a cru que c'était vous qui aviez volé...

— Il a voulu me faire arrêter, oui ! Voilà ce qu'il a voulu faire ! Comme si ce n'était pas grâce à moi qu'il est devenu riche !... Qui est-ce qui le soignait, au début, quand il gagnait à peine de quoi manger du pain sans beurre ?... Et tous les hommes sont les mêmes !... Il a été jusqu'à me reprocher d'habiter la maison où il avait ses bureaux... Il m'a accusée de partager avec mon fils l'argent qu'il lui donnait...

— Et vous avez tiré ?

— Il avait déjà décroché le téléphone pour appeler la police !

— Vous vous êtes dirigée vers les poubelles. Sous prétexte d'y chercher une petite cuiller, vous avez enfoui le revolver dans les ordures... Qui avez-vous rencontré alors ?...

Elle cracha :

— Le vieil imbécile du premier...

— Personne d'autre ?... Je croyais que votre fils était venu... Il n'avait plus d'argent...

— Et puis après ?...

— Il ne venait pas pour vous, mais pour son père, n'est-ce pas ? Seulement vous ne pouviez pas le laisser aller jusqu'au bureau, où il aurait découvert le cadavre... Vous étiez dans la cour, tous les deux... Qu'est-ce que vous avez dit à Roger ?

— Qu'il s'en aille... Vous ne pouvez pas comprendre un cœur de mère...

— Et il est parti... Votre mari est rentré... Il n'a été question de rien entre vous deux... Est-ce bien cela ?... Martin pensait aux billets qu'il avait fini par jeter dans la Seine, parce qu'au fond c'est un pauvre bougre de brave homme...

— Pauvre bougre de brave homme ! répéta Mme Martin avec une rage inattendue. Ha ! Ha !... Et moi ?... Moi qui ai toujours été malheureuse...

— Martin ne sait pas qui a tué... Il se couche. Un jour passe sans que vous parliez de rien... Mais, la nuit suivante, vous vous relevez pour fouiller les vêtements qu'il a retirés... Vous cherchez en vain les billets... Il vous regarde... Vous le questionnez... Et c'est la crise de rage que la vieille Mathilde a entendue derrière la porte... Vous avez tué pour rien !... Cet imbécile de Martin a jeté les billets !... Une fortune dans la Seine, faute de cran !... Vous en êtes malade... La fièvre vous prend... Martin, lui, qui ignore que vous avez tué, est allé annoncer la nouvelle à Roger...

» Et celui-là a compris... Il vous a vue dans la cour... Vous l'avez empêché d'avancer... Il vous connaît...

» Il croit que je le soupçonne... Il s'imagine qu'on va l'arrêter, l'accuser... Et il ne peut pas se défendre sans accuser sa mère...

» Ce n'est peut-être pas un garçon sympathique... Mais, sans doute, son genre de vie a-t-il quelques excuses... Il est écœuré... Écœuré des femmes avec qui il couche, des drogues, du Montmartre où il traîne et, par-dessus tout, de ce drame de famille dont il est seul à deviner tous les ressorts...

» Il saute par la fenêtre !

Martin s'était appuyé au mur, le visage dans ses bras repliés. Mais sa femme regardait fixement le commissaire, comme si elle n'attendait que le moment d'intervenir dans son récit, d'attaquer à son tour.

Alors Maigret montra la consultation écrite des deux avocats.

— Lors de ma dernière visite, Martin est tellement effrayé qu'il va avouer son vol... Mais vous êtes là... Il vous voit par l'entrebâillement de la porte... Vous lui adressez des signes énergiques et il se tait...

» N'est-ce pas ce qui lui ouvre enfin les yeux ?... Il vous interroge... Oui, vous avez tué ! Vous le lui criez à la face ! Vous avez tué à cause de lui, pour réparer son oubli, pour ce gant resté sur le bureau !... Et, parce que vous avez tué, vous n'hériterez même pas, malgré le testament !... Ah ! si seulement Martin était un homme !...

» Qu'il parte à l'étranger... On croira à sa culpabilité... La police se tiendra tranquille et vous irez le retrouver avec les millions...

» Mon pauvre Martin, va !...

Et Maigret écrasa presque le bonhomme sous une tape formidable à l'épaule. Il parlait d'une voix sourde. Il laissait tomber les mots sans insister.

— Avoir tant fait pour cet argent !... La mort de Couchet... Roger qui se jette par la fenêtre... Et s'apercevoir à la dernière minute qu'on ne l'aura pas !... Vous préférez préparer vous-même les bagages de Martin... Des valises bien en ordre... Du linge pour des mois...

— Taisez-vous ! supplia Martin.

La folle cria. Maigret ouvrit brusquement la porte et la vieille Mathilde faillit tomber en avant !

Elle s'enfuit, effrayée par le ton du commissaire, et pour la première fois elle referma vraiment sa porte, tourna la clef dans la serrure.

Maigret lança un dernier regard dans la chambre. Martin n'osait pas bouger. Sa femme, assise sur le lit, maigre, les omoplates saillantes sous la chemise de nuit, suivait le policier des yeux.

Elle était si grave, si calme tout à coup, qu'on se demandait avec inquiétude ce qu'elle préparait.

Maigret se souvint de certains regards, au cours de la scène précédente, de certains mouvements des lèvres. Et il eut, juste en même temps que Martin, l'intuition de ce qui se passait.

Ils ne pouvaient pas intervenir. Cela se déroula en dehors d'eux, comme un mauvais rêve.

Mme Martin était maigre, maigre. Et ses traits devenaient encore plus douloureux. Qu'est-ce qu'elle regardait, à des endroits où il n'y avait rien que les objets banals de la chambre ?

Qu'est-ce qu'elle suivait avec attention à travers la pièce ?

Son front se plissait. Ses tempes battaient. Martin cria :

— J'ai peur !

Rien n'avait changé dans le logement. Un camion pénétrait dans la cour et on entendait la voix aiguë de la concierge.

On eût dit que Mme Martin faisait un grand effort, toute seule, pour franchir une montagne inaccessible. Deux fois sa main esquissa le geste de repousser quelque chose de son visage. Enfin elle avala sa salive, sourit comme quelqu'un qui arrive au but :

— Vous viendrez quand même tous me demander un peu d'argent... Je dirai à mon notaire de ne pas vous en donner...

Martin pantela des pieds à la tête. Il comprit que ce n'était pas un délire passager, provoqué par la fièvre.

Elle avait perdu la raison, définitivement !

— On ne peut pas lui en vouloir. Elle n'a jamais été tout à fait comme une autre, n'est-ce pas ?... se lamenta-t-il.

Il attendait la confirmation du commissaire.

— Mon pauvre Martin...

Martin pleurait ! Il saisissait la main de sa femme et il y frottait son visage. Elle le repoussait. Elle avait un sourire supérieur, méprisant.

— Pas plus de cinq francs à la fois... J'ai assez souffert, moi, de...

— Je vais téléphoner à Sainte-Anne... dit Maigret.

— Vous croyez ?... C'est... c'est nécessaire de l'enfermer ?...

La force de l'habitude ? Martin s'affolait à l'idée de quitter son logement, cette atmosphère de reproches et de disputes quotidiennes, cette vie sordide, cette femme qui, une dernière fois, essayait de penser mais qui, découragée, vaincue, se couchait avec un grand soupir et balbutiait :

— Qu'on m'apporte la clef...

Quelques minutes plus tard Maigret traversait comme un étranger le grouillement de la rue. Chose qui lui arrivait rarement, il avait un affreux mal de tête et il entra dans une pharmacie pour avaler un cachet.

Il ne voyait rien autour de lui. Les bruits de la ville se confondaient avec d'autres, avec des voix surtout, qui continuaient à résonner sous son crâne.

Une image le hantait plus que les autres : Mme Martin qui se levait, qui ramassait par terre les vêtements de son mari et qui cherchait l'argent ! Et Martin la regardant de son lit !

Le regard interrogateur de la femme !

— *Je les ai jetés dans la Seine...*

C'est depuis ce moment qu'il y avait quelque chose de fêlé. Ou plutôt il y avait toujours eu un décalage dans son cerveau ! Déjà quand elle vivait dans la confiserie de Meaux !

Seulement cela ne se remarquait pas. C'était une jeune fille presque jolie ! Nul ne s'inquiétait de ses lèvres trop minces...

Et Couchet l'épousait !

— Qu'est-ce que je deviendrais s'il t'arrivait quelque chose ?

Maigret dut attendre, pour traverser le boulevard Beaumarchais. Sans raison il pensa à Nine.

— Elle n'aura rien ! Pas un sou... murmura-t-il à mi-voix. Le testament sera annulé. Et c'est Mme Couchet, née Dormoy...

Le colonel avait dû commencer les démarches. C'était naturel. Mme Couchet aurait tout ! Tous les millions...

C'était une femme distinguée, qui saurait tenir son rang...

Maigret montait lentement l'escalier, poussait la porte de l'appartement du boulevard Richard-Lenoir.

— Devine qui est arrivé ?

Mme Maigret mettait quatre couverts sur la nappe blanche. Maigret apercevait sur le buffet un cruchon de mirabelle.

— Ta sœur !

Ce n'était pas difficile à deviner puisque, chaque fois qu'elle venait d'Alsace, elle apportait un cruchon d'alcool de fruits et un jambon fumé.

— Elle est allée faire quelques courses avec André...

Le mari ! Un brave garçon qui dirigeait une briqueterie.

— Tu as l'air fatigué... J'espère que tu ne sors plus aujourd'hui, au moins ?

Maigret ne sortit pas. À neuf heures du soir, il jouait au *Nain Jaune*, avec sa belle-sœur et son beau-frère. La mirabelle parfumait la salle à manger.

Et Mme Maigret riait à tout moment aux éclats parce qu'elle n'était jamais parvenue à connaître les cartes et qu'elle faisait toutes les bêtises imaginables.

— Tu es sûre que tu n'as pas de neuf ?
— Oui, j'en ai...
— Alors, pourquoi ne joues-tu pas ?

À Maigret, tout cela faisait l'effet d'un bain chaud. Il n'avait plus mal à la tête.

Il ne pensait plus à Mme Martin, qu'une voiture d'ambulance conduisait à Sainte-Anne, tandis que son mari sanglotait tout seul dans l'escalier vide.

FIN

*Antibes (Alpes-Maritimes), décembre 1931.*

*Le Fou de Bergerac*

# 1

## *Le voyageur qui ne peut pas dormir*

Hasard sur toute la ligne! La veille, Maigret ne savait pas qu'il allait entreprendre un voyage. C'était pourtant la saison où Paris commençait à lui peser : un mois de mars épicé d'un avant-goût de printemps, avec un soleil clair, pointu, déjà tiède.

Mme Maigret était en Alsace pour une quinzaine de jours, auprès de sa sœur qui attendait un bébé.

Or, le mercredi matin, le commissaire recevait une lettre d'un collègue de la Police Judiciaire qui avait pris sa retraite deux ans plus tôt et qui s'était installé en Dordogne.

*… Surtout, si un bon vent t'amène dans la région, ne manque pas de venir passer quelques jours chez moi. J'ai une vieille servante qui n'est contente que quand il y a du monde à la maison. Et la saison du saumon commence…*

Un détail fit rêver Maigret : le papier à lettres était à en-tête. Il y avait, gravé, le profil d'une gentilhommière flanquée de deux tours rondes. Puis les mots :

*La Ribaudière*
*par Villefranche-en-Dordogne*

À midi, Mme Maigret téléphonait d'Alsace qu'on espérait la délivrance de sa sœur pour la nuit suivante et elle ajoutait :

— On se croirait en été... Il y a des arbres fruitiers en fleurs !...

Hasard... Hasard... Un peu plus tard, Maigret était dans le bureau du chef, à bavarder.

— À propos... Vous n'êtes jamais allé à Bordeaux pour faire ces vérifications dont nous avons parlé ?...

Une affaire insignifiante. Ce n'était pas urgent. À l'occasion, Maigret devrait passer à Bordeaux pour fouiller les archives de la ville.

Une association d'idées : *Bordeaux-la Dordogne...*

Et il y avait, à cet instant-là, un rayon de soleil sur le globe de cristal qui servait de presse-papiers au chef.

— C'est une idée !... Je n'ai rien en train pour le moment...

Vers la fin de l'après-midi, il prit le train à la gare d'Orsay, avec un billet de première classe pour Villefranche. L'employé lui recommanda de ne pas oublier de changer à Libourne.

— À moins que vous soyez dans le wagon-couchettes qu'on accroche à la correspondance...

Maigret ne prêta pas attention à ces mots, lut quelques journaux, se dirigea vers le wagon-restaurant où il resta jusqu'à dix heures du soir.

Quand il revint dans son compartiment, les rideaux étaient tirés, la lampe en veilleuse, et un vieux couple avait conquis les deux banquettes.

Un employé passait.

— Est-ce que, par hasard, il n'y aurait pas une couchette libre ?

— Pas en première... Mais je crois qu'il y en a une en seconde... Si cela vous est égal...

— Parbleu !

Et voilà Maigret transportant le long des couloirs son sac de voyage. L'employé ouvre plusieurs portes, découvre enfin le compartiment où la couchette du haut seule est occupée.

Ici encore, la lampe est en veilleuse, les rideaux tirés.

— Désirez-vous que j'allume ?

— Merci.

Il règne une chaleur moite. On entend quelque part un léger sifflement comme s'il y avait une fuite à la tuyauterie du chauffage. Quelqu'un bouge, là-haut, bouge et respire dans la couchette supérieure.

Alors, sans bruit, le commissaire retire ses chaussures, son veston, son gilet. Il s'étend, reprend bientôt son chapeau melon qu'il pose en travers sur sa tête car il y a un mince courant d'air qui vient on ne sait d'où.

Est-ce qu'il s'endort ? Il s'assoupit en tout cas. Peut-être une heure. Peut-être deux. Peut-être plus. Mais il garde une demi-conscience.

Et, dans cette demi-conscience, c'est une sensation de malaise qui domine. À cause de la chaleur, que contrarie le courant d'air ?

Plutôt à cause de l'homme d'en haut, qui ne reste pas un instant tranquille !

Combien de fois se retourne-t-il par minute ? Or, il est juste au-dessus de la tête de Maigret. Chaque mouvement déclenche des vacarmes.

Il respire d'une façon irrégulière, comme s'il avait la fièvre.

Au point que Maigret, excédé, se lève, passe dans le couloir où il fait les cent pas. Seulement, dans le couloir, il fait trop froid.

Et c'est à nouveau le compartiment, la somnolence qui décale les sensations et les idées.

On est séparé du reste du monde. L'atmosphère est une atmosphère de cauchemar.

Est-ce que l'homme, là-haut, ne vient pas de se soulever sur les coudes, de se pencher pour essayer d'apercevoir son compagnon ?

Par contre, Maigret n'a pas le courage de faire un mouvement. La demi-bouteille de bordeaux et les deux fines qu'il a bues au wagon-restaurant lui restent sur l'estomac.

La nuit est longue. Aux arrêts, on entend des voix confuses, des pas dans les couloirs, des portières qui claquent. On se demande si le train se remettra jamais en marche.

À croire que l'homme pleure. Il y a des moments où il cesse de respirer. Puis soudain il renifle. Il se retourne. Il se mouche.

Maigret regrette de n'être pas resté dans son coupé de première, avec le vieux couple.

Il s'assoupit. Il s'éveille. Il s'endort à nouveau. Enfin il n'y tient plus. Il tousse pour se raffermir la voix.

— Je vous en prie, monsieur, essayez donc de rester tranquille !

Il est gêné, car sa voix est beaucoup plus bourrue qu'il le voudrait. Si l'homme est malade, pourtant ?

Il ne répond pas. Il reste immobile. Il doit faire un effort inouï pour éviter le plus léger bruit. Et Maigret se demande soudain si c'est bien un homme. Cela pourrait être une femme ! Il ne l'a pas vu ! L'autre est invisible, coincé entre le sommier et le plafond du train.

Et la chaleur qui monte doit, là-haut, être suffocante. Voilà Maigret qui essaie de régler le radiateur ! L'appareil est détraqué !

Ouf ! Trois heures du matin...

— Cette fois-ci, il faut que je m'endorme !

Il n'a plus du tout sommeil. Il est devenu presque aussi nerveux que son compagnon. Il guette.

— Bon ! Il recommence...

Et Maigret s'oblige à respirer régulièrement en comptant jusqu'à cinq cents avec l'espoir de s'endormir.

Décidément, l'homme pleure ! Sans doute quelqu'un qui est allé à Paris pour un enterrement ! Ou le contraire ! Un pauvre bougre qui travaillait à Paris et qui a reçu une mauvaise nouvelle de sa province : sa mère malade, ou morte... Ou bien sa femme... Maigret se repent d'avoir été dur avec lui... Qui sait ?... Parfois on accroche au train un fourgon mortuaire...

Et la belle-sœur, en Alsace, qui accouche ! Trois enfants en quatre ans !

Maigret dort. Le train s'arrête, repart... Il franchit un pont métallique qui fait un bruit de catastrophe et Maigret ouvre brusquement les yeux.

Alors il reste immobile à regarder les deux jambes qui pendent devant lui. L'homme d'en haut s'est assis sur sa couchette. Avec des précautions infinies, il lace ses chaussures. C'est la première chose que le commissaire voit de lui et, malgré la lampe en veilleuse, il remarque que ce sont des souliers vernis, à tige. Les chaussettes, par contre, sont de laine grise et semblent avoir été tricotées à la main.

L'homme s'arrête, écoute. Peut-être guette-t-il la respiration de Maigret qui a changé de rythme ? Le commissaire recommence à compter.

C'est d'autant plus difficile qu'il est intéressé au plus haut point par les mains qui nouent les lacets et qui tremblent tellement qu'elles recommencent quatre fois le même nœud.

On traverse une petite gare, sans s'arrêter. On ne voit que des lumières qui percent la toile des rideaux.

L'homme descend ! Cela tient de plus en plus du cauchemar. Il pourrait descendre d'une façon naturelle. Est-ce la crainte de recevoir une nouvelle semonce qui l'embarrasse ?

Son pied cherche longtemps l'escabeau. Il est sur le point de dégringoler. Il tourne le dos au commissaire.

Et le voilà dehors, oubliant de refermer la porte. Il plonge vers le fond du couloir.

Si ce n'était cette porte ouverte, sans doute Maigret en profiterait-il pour se rendormir. Mais il doit se lever pour la refermer. Il regarde.

Il a juste le temps d'endosser son veston, en oubliant son gilet.

Car l'inconnu, au bout du couloir, a ouvert la porte du wagon. Ce n'est pas un hasard ! Au même moment, le train ralentit. On devine une forêt qui défile le long de la voie. Quelques nuages sont éclairés par une lune invisible.

Les freins grincent. De quatre-vingts kilomètres à l'heure, on doit être descendu à trente, peut-être plus bas.

Et l'homme bondit, disparaît derrière le talus qu'il doit descendre sur les reins. Maigret réfléchit à peine. Il se précipite. Le train a encore ralenti. Il ne risque rien.

Le voilà dans le vide. Il tombe sur le côté. Il roule. Il fait trois tours sur lui-même, s'arrête près d'un rang de fils de fer barbelés.

Un feu rouge s'éloigne avec le fracas du convoi.

Le commissaire ne s'est rien cassé. Il se relève. La chute de son compagnon a dû être plus brutale car, à cinquante mètres de là, il commence seulement à se redresser, lentement, péniblement.

La situation est ridicule. Maigret se demande à quel instinct il a obéi en sautant sur le remblai, tandis que ses bagages continuent vers Villefranche-en-Dordogne. Il ne sait même pas où il est!

Il ne voit que des bois : une grande forêt sans doute. Quelque part, il y a le ruban clair d'une route qui s'enfonce dans la futaie.

Pourquoi l'homme ne bouge-t-il plus? Il n'est qu'une ombre agenouillée. A-t-il vu son suiveur? Est-il blessé?

— Hé! là-bas... lui crie Maigret qui cherche son revolver dans sa poche.

Il n'a pas le temps de le saisir. Il voit du rouge. Et il reçoit un choc à l'épaule avant même d'entendre la détonation.

Cela n'a pas duré un dixième de seconde et déjà l'homme s'est levé, court à travers un taillis, traverse la grand-route, s'enfonce dans l'obscurité complète.

Maigret, lui, a poussé un juron. Ses yeux sont humides, non pas de douleur, mais de stupéfaction, de rage, de désarroi. Cela a été si vite fait! Et sa situation est tellement pitoyable!

Il lâche son revolver, se baisse pour le ramasser, grimace parce que son épaule est douloureuse.

Plus exactement, c'est autre chose : la sensation que du sang s'écoule en abondance, qu'à chaque pulsation du cœur le liquide chaud gicle de l'artère coupée.

Il n'ose plus courir. Il n'ose plus bouger. Il ne ramasse même pas son arme.

Ses tempes sont moites, sa gorge serrée. Et sa main, comme il s'y attend, rencontre à hauteur de l'épaule du liquide gluant. Il serre, cherche l'artère, tâtonne pour empêcher ce sang de s'en aller.

Et dans une demi-conscience il a l'impression que le train s'arrête à moins d'un kilomètre de là, reste arrêté longtemps, longtemps, tandis que Maigret tend l'oreille, angoissé.

Qu'est-ce que cela peut bien lui faire que le train s'arrête? C'est machinal! L'absence du bruit du convoi l'effraie comme un vide.

Enfin! Le bruit recommence, là-bas. Il y a un peu de rouge mouvant dans le ciel, derrière les arbres.

Plus rien!

Que Maigret, debout, qui tient son épaule de la main droite. Au fait, c'est l'épaule gauche! Il essaie de bouger le bras gauche. Il arrive à le soulever légèrement, mais le bras retombe, trop lourd.

Dans le bois, on n'entend rien. À croire que l'homme n'a pas continué à fuir, mais qu'il s'est tapi dans les broussailles. Et, quand Maigret va rejoindre la grand-route, ne tirera-t-il pas à nouveau pour l'achever ?

— Idiot ! idiot ! idiot !… gronde Maigret, qui se sent infiniment misérable.

Qu'est-ce qu'il avait besoin de sauter sur le ballast ? Au petit jour, son ami Leduc l'attendra à la gare de Villefranche et la servante aura préparé un saumon.

Maigret marche. Une démarche molle. Il s'arrête après trois mètres, repart, s'arrête encore.

Il n'y a que la route d'un peu claire dans la nuit, une route blanche, poussiéreuse comme en plein été. Mais le sang coule toujours. Moins fort. La main de Maigret retient le plus gros du flot. N'empêche que cette main est engluée.

On ne dirait pas qu'il a été blessé trois fois dans sa vie. Il est aussi impressionné qu'en montant sur une table d'opération. Il préférerait une douleur franche à ce lent écoulement de son sang.

Parce que ce serait bête, quand même, de mourir, ici, tout seul, cette nuit ! Sans même savoir où il est ! Avec ses bagages qui continuent le voyage sans lui !

Tant pis si l'homme tire ! Il marche aussi vite qu'il peut, penché en avant, dans un vertige. Il y a un poteau indicateur. Mais la partie de droite seule est éclairée par un halo de lune : *3,5 km*.

Qu'est-ce qu'il y a à 3,5 km ? Quelle ville ? Quel village ?

Une vache meugle dans cette direction. Le ciel est un peu plus pâle. C'est l'est, sans doute ! Et le jour qui va poindre !

L'inconnu ne doit plus être là. Ou alors, il a renoncé à achever le blessé. Maigret calcule qu'il a encore de l'énergie pour trois ou quatre minutes et il essaie de les mettre à profit. Il marche comme à la caserne, à pas réguliers, en les comptant pour s'empêcher de penser.

La vache qui a meuglé doit appartenir à une ferme. Les fermiers se lèvent tôt... Donc...

Cela coule jusqu'à son flanc gauche, sous la chemise, sous la ceinture du pantalon...

Est-ce de la lumière qu'il aperçoit? Est-ce déjà le délire?

— Si je perds plus d'un litre de sang... pense-t-il.

C'est de la lumière. Mais il y a un champ labouré à traverser et ça, c'est plus pénible. Ses pieds s'enfoncent dans la terre. Il frôle un tracteur abandonné.

— Quelqu'un!... Allô!... Quelqu'un!... Vite!...

Ce *vite* de désespoir lui a échappé et le voilà appuyé au tracteur. Il glisse. Il est assis par terre. Il entend une porte qu'on ouvre et il devine une lanterne qui se balance au bout d'un bras.

— Vite!

Pourvu que l'homme qui va venir, qui s'approche, pense à empêcher le sang de couler! La main de Maigret, elle, lâche prise, retombe, toute molle, à son côté!

— Un... deux... un... deux...

Chaque fois c'est un flot de sang qui veut s'enfuir.

Des images confuses, avec des vides entre elles. Et toutes sont marquées au coin de cette note d'effroi que donne le cauchemar.

Un rythme... Les pas d'un cheval... De la paille sous la tête et des arbres défilant à droite...

Cela, Maigret le comprit. Il était étendu dans une charrette. Il faisait jour. On avançait lentement le long d'une route bordée de platanes...

Il ouvrit les yeux, sans bouger... Il finit par voir dans le champ de son regard un homme qui marchait avec nonchalance, en balançant le fouet qu'il tenait à la main.

Cauchemar? Maigret n'avait pas vu l'homme du train en face. Il ne connaissait de lui qu'une vague silhouette, des chaussures en chevreau verni et des chaussettes de laine grise...

Alors, pourquoi croyait-il que ce paysan qui le conduisait était l'homme du train?

Il voyait un visage buriné, avec de grosses moustaches grises, des sourcils épais... Et des yeux clairs qui regardaient droit devant eux sans s'occuper du blessé...

Où était-on?... Où allait-on?...

La main du commissaire bougea et il sentit quelque chose d'anormal autour de sa poitrine, quelque chose comme un épais pansement.

Puis les idées se brouillèrent dans sa tête au moment même où un rayon de soleil le pénétrait brutalement par les yeux...

Après, il y eut des maisons, des façades blanches... Une rue large, toute baignée de lumière... Du bruit derrière la charrette, un bruit de foule en marche... Et des voix... Mais il ne distinguait pas les mots... Les cahots de la charrette lui faisaient mal...

Plus de cahots... Rien qu'un mouvement de tangage, de roulis qu'il n'avait jamais connu...

Il était sur une civière... Devant lui marchait un homme en blouse blanche... On refermait une

grande grille derrière laquelle grouillait de la foule...
Quelqu'un courait...

— Conduisez-le tout de suite à l'amphithéâtre...

Il ne bougeait pas la tête. Il ne pensait pas. Et pourtant il regardait.

On traversait un parc où s'élevaient des petits bâtiments très propres, en briques blanches. Sur des bancs, il y avait des gens vêtus d'un uniforme gris. Certains avaient la tête bandée ou la jambe... Des infirmières s'affairaient...

Et dans son esprit paresseux il essayait sans y parvenir de formuler le mot hôpital...

Où était le paysan qui ressemblait à l'homme du train?... Aïe!... On montait un escalier... Cela faisait mal...

Et Maigret se réveillait à nouveau pour voir un homme qui se lavait les mains en le regardant avec gravité...

Il en avait comme un choc à la poitrine... Cet homme avait une barbiche, de gros sourcils!

Est-ce qu'il ressemblait au paysan?... En tout cas, il ressemblait à l'homme du train!...

Maigret ne pouvait pas parler. Il ouvrait la bouche. L'homme à barbiche disait tranquillement :

— Mettez-le au 3... Cela vaut mieux qu'il soit isolé, à cause de la police...

Comment, à cause de la police? Qu'est-ce qu'on voulait dire?...

Des gens en blanc l'emmenaient, lui faisaient à nouveau traverser le parc. Il y avait du soleil comme le commissaire n'en avait jamais vu : un soleil si clair, si gai, qui semblait remplir les moindres recoins!...

On le couchait dans un lit. Les murs étaient blancs. Il faisait presque aussi chaud que dans le train.

Quelque part, une voix disait :

— C'est le commissaire qui demande quand il pourra...

Le commissaire, n'était-ce pas lui? Il n'avait rien demandé! Tout cela était ridicule!

Et surtout cette histoire de paysan qui ressemblait au docteur et à l'homme du train!

En somme, est-ce que l'homme du train avait une barbiche grise? De la moustache? De gros sourcils?

— Desserrez-lui les dents... Bien... Pas davantage...

C'était le docteur qui lui versait quelque chose dans la bouche.

Pour l'achever, parbleu, en l'empoisonnant!

Quand Maigret, vers le soir, reprit ses sens, l'infirmière qui le veillait se dirigea vers le couloir de l'hôpital où cinq hommes attendaient : le juge d'instruction de Bergerac, le procureur, le commissaire de police, un greffier et le médecin légiste.

— Vous pouvez entrer! Mais le professeur recommande que vous ne le fatiguiez pas trop. D'ailleurs, il a un si drôle de regard que je ne serais pas étonnée qu'il soit fou!

Et les cinq hommes se regardèrent avec un sourire entendu.

2

*Cinq hommes déçus*

Cela ressembla à une scène de mélodrame, jouée par de mauvais acteurs : l'infirmière, en se retirant, souriait, avec un dernier regard à Maigret.

Un regard qui voulait dire : « Je vous le laisse ! »

Et les cinq messieurs prenaient possession de la pièce avec des sourires divers, mais tous aussi menaçants ! À croire que ce n'était pas vrai, qu'ils le faisaient exprès, qu'ils voulaient jouer une bonne blague à Maigret !

— Passez, monsieur le procureur...

Un tout petit homme, avec des cheveux coupés en brosse, un regard terrible qu'il avait dû étudier pour l'harmoniser avec sa profession. Et une affectation de froideur, de méchanceté !

Il ne fit que passer devant le lit de Maigret en lançant à ce dernier un bref coup d'œil puis, comme à une cérémonie, il alla se placer devant le mur, son chapeau à la main.

Et le juge d'instruction défilait de même, ricanait en regardant le blessé, se plantait à côté de son supérieur.

Puis le greffier… Ils étaient déjà trois le long du mur, pareils à trois conjurés !… Et voilà que le médecin allait les rejoindre !…

Il ne restait que le commissaire de police, un gros aux yeux saillants, qui allait jouer le rôle d'exécuteur des hautes œuvres.

Un coup d'œil aux autres. Ensuite, il laissa tomber lentement sa main sur l'épaule de Maigret.

— Pincé, hein !

À d'autres moments, cela aurait pu être extrêmement amusant. Maigret ne sourit même pas, fronça au contraire les sourcils avec inquiétude.

Inquiétude à son propre égard ! Il avait toujours l'impression que la ligne de démarcation entre la réalité et le rêve était imprécise, s'effaçait à chaque instant davantage.

Et voilà qu'on lui jouait cette véritable parodie d'enquête ! Le commissaire de police, grotesque, prenait des airs finauds.

— J'avoue que je ne suis pas fâché de voir enfin comment est faite ta bobine !

Et les quatre autres, contre le mur, qui regardaient sans broncher !

Maigret fut étonné de pousser un long soupir, de sortir sa main droite des draps.

— À qui en voulais-tu, cette nuit ?… Encore une femme, ou une jeune fille ?…

Alors seulement, Maigret se rendit compte de toutes les paroles qu'il lui faudrait prononcer pour rétablir la situation et il en fut épouvanté. Il était harassé. Il avait sommeil. Tout son corps était endolori...

— Autant!... balbutia-t-il machinalement, avec un geste mou.

Les autres ne comprirent pas. Il répéta plus bas :

— Autant!... Demain...

Et il ferma les yeux, confondant bientôt le procureur, le juge, le médecin, le commissaire et le greffier dans un même personnage qui ressemblait au chirurgien, au paysan et à l'homme du train.

Le lendemain matin, il était assis sur son lit, ou plutôt il avait le torse légèrement soulevé par deux oreillers et il regardait l'infirmière qui allait et venait dans le soleil, mettant la chambre en ordre.

C'était une belle fille, grande, forte, d'un blond agressif, et à chaque instant elle avait une façon à la fois provocante et craintive de regarder le blessé.

— Dites donc... Il est bien venu cinq messieurs, hier?...

Elle le prit de haut, ricana :

— Ça ne prend pas !

— Si vous voulez... Alors, dites-moi ce qu'ils venaient faire ici...

— Je n'ai pas le droit de vous adresser la parole et j'aime mieux vous déclarer que je répéterai tout ce que vous pourrez me dire !

Le plus curieux, c'est que Maigret puisait une sorte de jouissance dans cette situation comme, au petit jour, quand on fait certains rêves que l'on s'entête à terminer avant le réveil complet.

Le soleil était aussi vibrant que dans les contes de fées illustrés. Quelque part, dehors, des soldats passaient à cheval et quand ils tournèrent l'angle d'une rue, la sonnerie des trompettes éclata triomphalement.

Au même moment, l'infirmière passait près du lit et Maigret, qui voulait attirer son attention pour la questionner à nouveau, saisit le bas de sa robe entre deux doigts.

Elle se retourna, poussa un cri terrible et s'enfuit.

Les choses ne s'arrangèrent qu'un peu avant midi. Le chirurgien était occupé à retirer le pansement de Maigret quand le commissaire de police arriva. Il portait un chapeau de paille tout neuf, une cravate bleu de roi.

— Vous n'avez même pas eu la curiosité d'ouvrir mon portefeuille ? lui dit Maigret gentiment.

— Vous savez très bien que vous n'avez pas de portefeuille !

— Bon. Tout s'explique. Téléphonez à la P.J. On vous dira que je suis le commissaire divisionnaire Maigret. Si vous voulez aller plus vite en besogne, avertissez mon collègue Leduc, qui a une campagne à Villefranche... Mais, avant tout, veuillez me dire où je suis !...

L'autre résista encore. Il eut des sourires pleins de finesse. Il donna même de petits coups de coude au chirurgien.

Et jusqu'à l'arrivée de Leduc, qui s'amena dans une vieille Ford, les gens se tinrent sur la réserve.

Il fallut enfin convenir que Maigret était bien Maigret et non le *Fou de Bergerac* !

Leduc avait le teint rose, fleuri, d'un bon petit rentier et depuis qu'il avait quitté la P.J. il affectait de ne fumer qu'une pipe en écume dont le tuyau de merisier dépassait de sa poche.

— Voilà l'histoire en quelques phrases. Je ne suis pas de Bergerac, mais j'y viens chaque samedi pour le marché, avec ma voiture... J'en profite pour faire un bon dîner à l'*Hôtel d'Angleterre*... Eh bien! il y a un mois à peu près, on a découvert sur la grand-route une femme morte... Étranglée plus exactement... Et pas seulement étranglée!... Une fois le corps inerte, l'assassin avait poussé le sadisme jusqu'à enfoncer une grande aiguille dans le cœur...

— Qui était cette femme ?

— Léontine Moreau, de la ferme du Moulin-Neuf. On ne lui a rien volé...

— Et pas de... ?

— Pas d'outrages, bien que ce soit une belle fille d'une trentaine d'années... Le crime a eu lieu à la tombée de la nuit, alors qu'elle revenait de chez sa belle-sœur... Et d'une !... L'autre...

— Il y en a deux ?

— Deux et demie... L'autre est une gamine de seize ans, la fille du chef de gare, qui était allée se promener en vélo... On l'a retrouvée dans le même état...

— Le soir ?

— Le lendemain matin. Mais le crime a été commis le soir... Enfin, la troisième est une servante de l'hôtel, qui avait été voir son frère, qui est cantonnier et qui travaille sur la route à cinq ou six kilomètres... Elle était à pied... Quelqu'un, tout à coup, l'a saisie par-derrière et l'a renversée... Mais elle est vigoureuse... Elle est parvenue à mordre le poignet de l'homme... Il a poussé un juron et s'est enfui... Elle ne l'a vu que de dos, vaguement, courant dans le sous-bois...

— C'est tout ?

— C'est tout ! Les gens sont persuadés qu'il s'agit d'un fou réfugié dans les bois des environs. On ne veut à aucun prix admettre que c'est peut-être quelqu'un de la ville... Quand le fermier est venu annoncer qu'il t'avait trouvé sur la route, on a cru que c'était toi l'assassin et que, tentant un nouveau crime, tu avais été blessé...

Leduc était grave. Il ne paraissait pas apprécier le comique de cette méprise.

— D'ailleurs, ajouta-t-il, il y a des gens qui n'en démordront pas.

— Qui est-ce qui enquête sur ces crimes ?

— Le Parquet et la police locale.

— Laisse-moi dormir, veux-tu ?

C'était à cause de sa faiblesse, sans doute : Maigret avait sans cesse une envie irrésistible de sommeiller. Il n'était bien que dans une demi-veille, les yeux clos, de préférence tourné vers le soleil dont les rayons traversaient ses paupières.

Maintenant, il avait des personnages nouveaux à évoquer, à animer dans son esprit comme un enfant fait marcher les soldats multicolores de sa boîte.

La fermière de trente ans... La fille du chef de gare... La servante de l'hôtel...

Il se souvenait du bois, des grands arbres, de la route claire et il imaginait l'agression, la victime roulant dans la poussière, l'autre brandissant sa longue aiguille...

C'était fantastique ! Surtout évoqué dans cette chambre d'hôpital d'où l'on entendait les bruits paisibles de la rue. Quelqu'un resta au moins dix minutes avant de pouvoir mettre son auto en marche, sous la fenêtre même de Maigret. Le chirurgien arriva dans une voiture souple et rapide qu'il conduisait lui-même.

Il était huit heures du soir et les lampes étaient allumées quand il se pencha au chevet de Maigret.

— C'est grave ?

— Ce sera surtout long... Une quinzaine de jours d'immobilité...

— Je ne pourrais pas, par exemple, m'installer à l'hôtel ?

— Vous n'êtes pas bien ici ?... Évidemment, si vous avez quelqu'un pour vous soigner...

— Dites donc ! Entre nous, qu'est-ce que vous pensez, vous, du fou de Bergerac ?

Le médecin resta un bon moment sans répondre. Maigret fut plus précis.

— Vous croyez, comme les gens, que c'est une espèce de forcené qui vit dans les bois ?

— Non !

Parbleu ! Maigret avait eu le temps d'y penser, de se souvenir des quelques affaires analogues qu'il avait connues ou dont il avait entendu parler.

— Un homme qui, dans la vie courante, doit se comporter comme vous et moi, n'est-il pas vrai ?

— C'est probable !

— Autrement dit, il y a beaucoup de chances pour qu'il habite Bergerac et qu'il y exerce une profession quelconque...

Le chirurgien lui lança un drôle de regard, hésita, se troubla.

— Vous avez une idée ? poursuivit Maigret sans le quitter des yeux.

— J'en ai eu beaucoup, tour à tour... Je les prends... Je les rejette avec indignation... Je les reprends... Étudiés sous un certain angle, les gens deviennent tous suspects de dérangement cérébral...

Maigret rit.

— Et toute la ville y a passé ! Depuis le maire et même depuis le procureur jusqu'au premier passant venu... Sans oublier vos collègues, le portier de l'hôpital...

Non ! le chirurgien ne riait pas !

— Un instant... Ne bougez plus... dit-il, comme il sondait la plaie à l'aide d'une fine lame. C'est plus terrible que vous croyez...

— Combien d'habitants, à Bergerac ?

— Dans les seize mille... Tout me porte à croire que le fou appartient à une classe sociale supérieure... Et même...

— L'aiguille, évidemment ! grommela Maigret en grimaçant, parce que le chirurgien lui faisait mal.

— Que voulez-vous dire ?

— Que cette aiguille plantée exactement dans le cœur, sans coup férir, deux fois de suite, prouve déjà quelques connaissances anatomiques...

Ce fut le silence. Le chirurgien avait le front soucieux. Il rétablit le pansement autour de l'épaule et du torse de Maigret, se redressa en soupirant.

— Vous disiez que vous préférez être installé dans une chambre d'hôtel ?

— Oui... J'y ferai venir ma femme...

— Vous voulez vous occuper de cette affaire ?

— Et comment !

La pluie eût suffi à tout gâcher. Mais il n'y eut pas une goutte de pluie pendant quinze jours pour le moins.

Et Maigret fut installé dans la plus belle chambre de l'*Hôtel d'Angleterre*, au premier étage. Son lit fut tiré près des fenêtres, si bien qu'il jouissait du panorama de la grand-place, où il voyait l'ombre quitter un rang de maisons pour passer lentement au rang opposé.

Mme Maigret acceptait la situation comme elle acceptait tout, sans étonnement, sans fièvre. Elle était d'une heure dans la chambre, que cette chambre devenait sa chambre, qu'elle y apportait ses petites commodités, sa note personnelle.

Deux jours avant, elle devait être la même au chevet de sa sœur qui accouchait, en Alsace.

— Une grosse fille ! Si tu la voyais ! Elle pèse près de cinq kilos...

Elle questionnait le chirurgien.

— Qu'est-ce qu'il peut manger, docteur ? Un bon bouillon de poule ? Il y a une chose que vous devez lui interdire : c'est sa pipe !... C'est comme la bière ! Dans une heure, il va m'en demander...

Il y avait au mur un papier peint merveilleux rouge et vert ! Un rouge sanglant ! Un vert criard ! De longues raies qui chantaient dans le soleil !

Et les méchants petits meubles d'hôtel, en pitchpin verni, mal d'aplomb sur des jambes trop grêles !

Une chambre immense, à deux lits. Et une cheminée vieille de deux siècles dans laquelle on avait installé un radiateur bon marché !

— Ce que je me demande, c'est pourquoi tu es descendu derrière cet homme... Suppose que tu sois tombé sur les rails... Une idée !... Je vais te préparer une crème au citron... J'espère qu'ils me laisseront disposer de la cuisine...

Les moments de rêve étaient plus rares, maintenant. Même quand il fermait les yeux dans un rayon de soleil, Maigret avait des idées à peu près nettes.

Mais il continuait à agiter des personnages créés ou reconstitués par son imagination.

— La première victime... La fermière... Mariée?... Des enfants?...

— Mariée avec le fils des fermiers... Mais elle ne s'entendait pas fort avec sa belle-mère qui l'accusait d'être trop coquette et de mettre des combinaisons en soie pour traire les vaches...

Alors, patiemment, avec amour, comme un peintre brosse une toile, Maigret échafaudait en esprit un portrait de la fermière, qu'il voyait appétissante, bien en chair, bien lavée, apportant dans la maison de ses beaux-parents des idées modernes et consultant des catalogues de Paris.

Elle revenait de la ville... Et il voyait très bien la route... Elles devaient se ressembler toutes, à cause des grands arbres mettant de l'ombre des deux côtés... Et du sol crayeux, très blanc, vibrant au moindre rayon de soleil...

Puis la gamine sur son vélo.

— Est-ce qu'elle avait un amoureux?

— On n'en parle pas! Tous les ans, elle allait passer quinze jours de vacances à Paris chez une tante...

Le lit était moite. Le chirurgien venait deux fois par jour. Après le déjeuner, Leduc arrivait dans sa Ford, faisait des manœuvres maladroites sous les fenêtres avant de se mettre dans l'alignement.

Le troisième matin, il vint avec un chapeau de paille, lui aussi, comme le commissaire de police.

Le procureur fit une visite. Il prit Mme Maigret pour la servante et lui tendit sa canne et son chapeau melon.

— Bien entendu, vous excuserez la méprise... Mais le fait que vous n'aviez pas de papiers sur vous...

— Oui! Mon portefeuille a disparu. Mais asseyez-vous donc, cher monsieur...

Il avait toujours un air agressif. Il n'en pouvait rien. Cela tenait à son petit nez en boule, aux poils trop raides de ses moustaches.

— Cette affaire est lamentable et menace la tranquillité d'un si beau pays... Que cela arrive à Paris, où le vice règne à l'état endémique... Mais ici!...

Sacrebleu! Lui aussi avait d'épais sourcils! Comme le paysan! Comme le docteur! Des sourcils gris pareils à ceux que Maigret attribuait machinalement à l'homme du train!

Et une canne à pommeau d'ivoire sculpté.

— Enfin! J'espère que vous vous rétablirez rapidement et que vous ne garderez pas un trop mauvais souvenir de notre région!...

Ce n'était qu'une visite de politesse. Il avait hâte de s'en aller.

— Vous avez un excellent médecin... Il est élève de Martel... Dommage que, pour le reste...

— Quel reste?...

— Je m'entends... Ne vous tracassez pas... À bientôt... Je ferai prendre chaque jour de vos nouvelles...

Maigret mangea sa crème au citron, qui était un pur chef-d'œuvre. Mais il souffrait de sentir un fumet de truffes qui montait de la salle à manger.

— C'est inouï! disait sa femme. Ici, ils servent les truffes comme ailleurs les pommes à l'huile! À croire qu'elles ne coûtent que deux sous! Même au menu à quinze francs...

Et c'était le tour de Leduc.

— Assieds-toi... Un peu de crème?... Non?... Qu'est-ce que tu sais de la vie intime de mon docteur, dont j'ignore même le nom...

— Le docteur Rivaud!... Je ne sais pas grand-chose... Des on-dit... Il vit avec sa femme et sa belle-sœur... Les gens du pays prétendent que la belle-sœur est autant sa femme que l'autre... Mais...

— Et le procureur?

— M. Duhourceau?... On t'a déjà dit?...

— Va toujours!

— Sa sœur, qui est veuve d'un capitaine au long cours, est folle... D'autres affirment qu'il l'a fait interner à cause de sa fortune...

Maigret jubilait. Son ancien camarade le regardait avec ahurissement, assis sur son lit, faisant de petits yeux pour contempler la place.

— Et encore?

— Rien! Dans les petites villes...

— Seulement, vois-tu, mon vieux Leduc, ceci n'est pas une petite ville comme une autre! C'est une petite ville où il y a un fou!

Le plus drôle, c'est que Leduc manifestait une réelle inquiétude.

— Un fou en liberté! Un fou qui n'est fou que par intermittence et qui, le reste du temps, va et vient, parle comme toi et moi...

— Ta femme ne s'ennuie pas trop ici?

— Elle bouleverse les cuisines! Elle donne des recettes au chef et recopie celles qu'il lui refile... Au fond, c'est peut-être le chef qui est fou...

Il y a une véritable griserie d'avoir échappé à la mort, d'être convalescent, d'être dorloté, surtout, dans une atmosphère irréelle.

Et de faire travailler son cerveau quand même, par dilettantisme...

D'étudier un pays, une ville, de son lit, de sa fenêtre...

— Est-ce qu'il existe une bibliothèque municipale?
— Parbleu!
— Eh bien! tu serais un amour d'aller m'y chercher tous les bouquins qui traitent des maladies mentales, des perversions, des manies... Et aussi de me monter l'annuaire des téléphones... Très instructif, l'annuaire des téléphones!... Demande donc en bas si leur appareil a un grand fil et si on peut de temps en temps me l'apporter ici...

La somnolence arrivait. Maigret la sentait monter en lui comme une fièvre, l'envahir jusqu'en ses fibres les plus profondes.

— Au fait, demain, tu déjeunes ici... C'est samedi...
— Et je dois acheter une chèvre! acheva Leduc en cherchant son chapeau de paille.

Quand il sortit, Maigret avait déjà les yeux clos et un souffle régulier s'exhalait de sa bouche entrouverte.

Le commissaire retraité rencontra le docteur Rivaud dans le corridor du rez-de-chaussée. Il le prit à part, hésita longtemps avant de murmurer :

— Vous êtes sûr que cette blessure ne peut pas avoir influé sur... sur l'intelligence de mon ami?... Tout au moins sur... Je ne sais comment dire... Vous me comprenez?...

Le médecin esquissa un geste vague de la main.

— D'habitude, c'est un homme intelligent?

— Très intelligent! Il n'en a pas toujours l'air mais...

— Ah!...

Et le chirurgien s'engagea dans l'escalier, le regard rêveur.

3

*Le billet de deuxième classe*

Maigret avait quitté Paris le mercredi après-midi. Dans la nuit, il recevait un coup de feu à proximité de Bergerac. Il passait à l'hôpital les journées de jeudi et de vendredi. Le samedi sa femme arrivait d'Alsace et Maigret s'installait avec elle dans la grande chambre du premier étage, à l'*Hôtel d'Angleterre*.

C'est le lundi que Mme Maigret lui dit tout à coup :
— Pourquoi n'as-tu pas voyagé avec ton libre parcours ?

Il était quatre heures de l'après-midi. Mme Maigret, qui ne tenait jamais en place, mettait, pour la troisième fois, de l'ordre dans la chambre.

Devant les fenêtres, les stores clairs étaient descendus jusqu'à mi-hauteur et, derrière leur écran lumineux, l'atmosphère bourdonnait de vie.

Maigret, qui fumait une de ses premières pipes, regarda sa femme avec un certain étonnement. Il lui sembla qu'en attendant sa réponse elle évitait de se tourner vers lui et qu'elle était rose, gênée.

La question était saugrenue. En effet, il possédait, comme tous les commissaires de la Brigade Mobile, un libre parcours de première classe lui permettant de voyager dans la France entière. Il s'en était servi pour venir de Paris.

— Viens t'asseoir ici ! grommela-t-il.

Et il vit sa femme hésiter. Il la força presque à s'asseoir au bord du lit.

— Raconte !

Il la regardait malicieusement et elle se troublait davantage.

— J'ai eu tort de te poser la question comme cela. Si je l'ai fait, c'est que par instants tu es bizarre.

— Toi aussi !

— Que veux-tu dire ?

— Qu'ils me trouvent tous bizarre et qu'au fond ils n'ont pas une foi entière dans mon histoire du train. Et maintenant...

— Oui ! Eh bien, voilà ! Tout à l'heure, dans le corridor, juste en face de notre porte, je changeais le paillasson de place et j'ai trouvé ceci...

Bien que vivant à l'hôtel, elle portait un tablier, pour se sentir un peu chez elle, comme elle disait. Elle tira un petit carton de sa poche. C'était un billet de seconde classe Paris-Bergerac, à la date du mercredi précédent.

— Près du paillasson... répéta Maigret. Prends un papier et un crayon...

Elle obéit sans comprendre, mouilla la mine.

— Écris... D'abord le patron de l'hôtel, qui est venu vers neuf heures du matin prendre de mes nouvelles...

Puis le chirurgien, un peu avant dix heures... Mets les noms en colonne... Le procureur est passé à midi et le commissaire de police est entré au moment où il s'en allait...

— Il y a encore Leduc! risque Mme Maigret.

— C'est cela! Ajoute Leduc! Est-ce tout? Plus, bien entendu, n'importe quel domestique de l'hôtel ou n'importe quel voyageur qui peut avoir laissé tomber le billet dans le corridor.

— Non!

— Pourquoi non?

— Parce que le corridor ne conduit qu'à cette chambre! Ou alors, il s'agirait de quelqu'un qui est venu écouter à la porte!

— Demande-moi le chef de gare au téléphone!

Maigret ne connaissait ni la ville, ni la gare, ni aucun des endroits dont les gens lui parlaient. Et pourtant il avait déjà reconstitué en esprit un Bergerac assez précis, où il ne manquait presque rien.

Un guide Michelin lui avait fourni un plan de la cité. Or, il était installé au cœur même de celle-ci. La place qu'il voyait était la place du Marché. Le bâtiment qui s'amorçait à droite était le Palais de Justice.

Le guide disait : *Hôtel d'Angleterre. Premier ordre. Chambres depuis vingt-cinq francs. Salles de bains. Repas à 15 et 18 francs. Spécialité de truffes, foie gras, ballottines de volaille, saumon de la Dordogne.*

La Dordogne était derrière Maigret, invisible. Mais il en suivait le cours à l'aide de toute une série de cartes postales. Une carte postale encore lui montrait la gare. Il savait que l'*Hôtel de France,* de l'autre côté de la place, était le concurrent de l'*Hôtel d'Angleterre.*

Et il imaginait les rues convergeant vers les grandes routes comme celle qu'il avait suivie d'une démarche vacillante.

— Le chef de gare est à l'appareil !

— Demande-lui si des voyageurs sont descendus du train de Paris, jeudi matin.

— Il dit que non !

— C'est tout !

C'était presque mathématiquement sûr que le billet appartenait à l'homme qui avait sauté sur la voie un peu avant Bergerac et qui avait tiré sur le commissaire !

— Sais-tu ce que tu devrais faire ? Aller voir la maison de M. Duhourceau, le procureur, puis celle du chirurgien...

— Pourquoi ?

— Pour rien ! Pour me raconter ce que tu auras vu.

Il resta seul et en profita pour dépasser le nombre de pipes qui lui était permis. Le soir tombait doucement et la grand-place était toute rose. Les voyageurs de commerce rentraient les uns après les autres de leur tournée, arrêtaient leur auto sur le terre-plein, devant l'hôtel. On entendait, en bas, le heurt des billes de billard.

C'était l'apéritif, dans la salle claire où le patron en bonnet blanc de cuisinier venait, de temps en temps, jeter un coup d'œil.

— *Pourquoi l'homme du train est-il descendu avant l'arrêt, au risque de se tuer, et pourquoi, se voyant suivi, a-t-il tiré ?*

En tout cas, l'homme connaissait la ligne, car il avait sauté sur le ballast au moment précis où le train ralentissait !

S'il n'était pas allé jusqu'à la gare, c'est que les employés le connaissaient !

Ce qui ne suffisait pas à prouver, d'ailleurs, que c'était l'assassin de la fermière du Moulin-Neuf et de la fille du chef de gare !

Maigret se souvenait de l'agitation de son compagnon de couchette, de sa respiration irrégulière, des silences suivis de soupirs désespérés.

— À cette heure-ci, Duhourceau doit être chez lui, dans son bureau, à lire les journaux de Paris ou à compulser des dossiers... Le chirurgien fait le tour des salles, suivi de l'infirmière... Le commissaire de police...

Maigret était sans hâte. D'habitude, au début d'une enquête, il était en proie à une impatience qui ressemblait à du vertige. L'incertitude lui était pénible. Il n'avait de paix que quand il commençait à pressentir la vérité.

Cette fois, c'était le contraire, peut-être à cause de son état.

Le docteur ne lui avait-il pas dit qu'il ne se lèverait pas avant une quinzaine de jours et qu'alors encore il devrait être très prudent ?

Il avait le temps. De longues journées à tuer en reconstituant, de son lit, un Bergerac aussi vivant que possible, avec tous les personnages à leur place.

— Il va falloir que je sonne pour qu'on fasse de la lumière !

Mais il était si paresseux qu'il n'en fit rien et que sa femme, en rentrant, le trouva dans l'obscurité complète. La fenêtre était toujours ouverte, laissant pénétrer l'air frais du soir. Les lampes dessinaient une guirlande de lumière autour de la place.

— Tu veux attraper une pneumonie?... A-t-on idée de rester la fenêtre ouverte quand...
— Eh bien?
— Eh bien quoi? J'ai vu les maisons! Je ne comprends d'ailleurs pas à quoi cela peut servir.
— Raconte!
— M. Duhourceau habite de l'autre côté du Palais de Justice, sur une place presque aussi grande que celle-ci. Une grosse maison à deux étages. Il y a un balcon de pierre au premier. Ce doit être son bureau, car la pièce était éclairée. J'ai vu un domestique qui fermait les volets du rez-de-chaussée.
— C'est gai?
— Que veux-tu dire? C'est une grosse maison comme toutes les grosses maisons! Plutôt sombre... En tout cas, il y a des rideaux en velours grenat qui ont dû coûter dans les deux mille francs par fenêtre. Un velours souple, soyeux, qui tombe en gros plis...

Maigret était ravi. À petites touches, il corrigeait l'image qu'il s'était faite de la maison.

— Le domestique?
— Quoi, le domestique?
— Il porte un gilet rayé?
— Oui!

Et Maigret aurait bien applaudi : une maison solide, solennelle, aux riches rideaux de velours, au balcon de pierre de taille, aux meubles anciens! Un domestique en gilet rayé! Et le procureur en jaquette, avec des pantalons gris, des souliers vernis, des cheveux blancs coupés en brosse.

— C'est vrai, pourtant, qu'il porte des souliers vernis!
— Des souliers à boutons! Je l'ai remarqué hier...

L'homme du train aussi portait des souliers vernis. Mais étaient-ils à boutons ? Étaient-ils à lacets ?

— Et la maison du docteur ?

— C'est presque au bout de la ville ! Une villa comme on en voit sur les plages...

— Cottage anglais !

— C'est cela ! Avec un toit bas, des pelouses, des fleurs, un joli garage, du gravier blanc dans les allées, des volets peints en vert, une lanterne en fer forgé... Les volets n'étaient pas fermés... J'ai aperçu sa femme qui brodait dans le salon.

— Et la belle-sœur ?

— Elle est rentrée en auto avec le docteur. Elle est très jeune, très jolie, très bien habillée... On ne croirait pas qu'elle vit dans une petite ville et elle doit faire venir ses robes de Paris...

Quel rapport cela pouvait-il avoir avec un maniaque qui attaquait les femmes sur la route, les étranglait pour leur transpercer ensuite le cœur d'une aiguille ?

Maigret n'essayait pas de le savoir. Il se contentait de mettre les gens à leur place.

— Tu n'as rencontré personne ?

— Personne que je connaisse. Les habitants ne doivent guère sortir le soir.

— Il y a un cinéma ?

— J'en ai aperçu un, dans une ruelle... On passe un film que j'ai vu à Paris il y a trois ans...

Leduc arriva vers dix heures du matin, laissa sa vieille Ford devant l'hôtel, frappa un peu plus tard à la porte de Maigret. Celui-ci était occupé à déguster un bol de bouillon que sa femme avait préparé elle-même à la cuisine.

— Ça va toujours ?

— Assieds-toi !... Non ! pas dans le soleil... Tu m'empêches de voir la place...

Depuis qu'il avait quitté la P.J., Leduc avait pris de l'embonpoint. Et il y avait en lui quelque chose de plus doux, de plus peureux que jadis.

— Qu'est-ce qu'elle te fait à déjeuner, aujourd'hui, ta cuisinière ?

— Des côtelettes d'agneau à la crème... Il faut que je mange assez légèrement...

» Dis donc ! Tu n'es pas allé à Paris, ces derniers temps ?

Mme Maigret tourna vivement la tête, surprise par cette question brutale. Et Leduc se troubla, regarda son collègue avec reproche.

— Que veux-tu dire ?... Tu sais bien que...

Évidemment ! Maigret savait bien que... Mais il observait la silhouette de son collègue, qui avait une petite moustache rousse... Il regardait ses pieds chaussés de gros souliers de chasse...

— Entre nous, qu'est-ce que tu t'offres, ici, en fait d'amour ?

— Tais-toi, intervint Mme Maigret.

— Pas du tout ! C'est une question très importante ! À la campagne, on ne trouve pas toutes les commodités de la ville... Ta cuisinière. Quel âge a-t-elle ?...

— Soixante-cinq ! Tu vois que...

— Rien d'autre ?

Le plus gênant, c'était peut-être le sérieux avec lequel Maigret posait ces questions, que d'habitude on profère sur un ton léger ou ironique.

— Pas de bergère dans les environs ?

— Il y a sa nièce, qui vient parfois donner un coup de main.

— Seize ans ?... Dix-huit ?...

— Dix-neuf... Mais...

— Et tu... vous... enfin...

Leduc ne savait plus comment se tenir et Mme Maigret, plus gênée que lui, fonça vers les profondeurs de l'appartement.

— Tu es indiscret !

— Autrement dit, c'est fait ?... Eh bien, mon vieux !...

Et Maigret parut ne plus y penser, grogna quelques instants plus tard :

— Duhourceau n'est pas marié... Est-ce que... ?

— On voit bien que tu viens de Paris ! Tu parles de ces choses-là comme si elles étaient les plus naturelles du monde. Crois-tu que le procureur raconte à tout le monde ses fredaines ?

— Mais, comme tout se sait, je suis persuadé que tu es au courant.

— Je ne sais que ce qu'on raconte.

— Tu vois !

— M. Duhourceau va à Bordeaux une ou deux fois par semaine... Et là...

Maigret ne cessait d'étudier son compagnon et un drôle de sourire flottait sur ses lèvres. Il avait connu un Leduc différent, qui n'avait pas de ces phrases prudentes, de ces gestes réservés, de ces frayeurs provinciales.

— Sais-tu ce que tu devrais faire, toi qui as la facilité d'aller et venir à ta guise ? Ouvrir une petite enquête pour savoir qui, mercredi dernier, était absent de la ville. Attends! Ceux qui m'intéressent surtout sont le docteur Rivaud, le procureur, le commissaire de police, toi et...

Leduc s'était levé. Vexé, il regardait son chapeau de paille comme quelqu'un qui va le mettre sur sa tête d'un geste sec et sortir.

— Non! C'est assez de plaisanterie... Je ne sais d'ailleurs pas ce que tu as... Depuis cette blessure, tu... enfin, tu n'es pas naturel!... Tu me vois, dans un petit pays comme ici, où tout se dit, faire une enquête sur le procureur de la République?... Et sur le commissaire de police!... Moi qui n'ai plus aucun titre officiel!... Sans compter que tes insinuations...

— Assieds-toi, Leduc!

— Je n'ai plus beaucoup de temps.

— Assieds-toi, te dis-je! Tu vas comprendre! Il existe, ici à Bergerac, un monsieur qui, dans la vie courante, a toutes les apparences d'un homme normal et qui, sans doute, exerce une profession quelconque. C'est ce monsieur qui, tout à coup, en proie à une crise de folie...

— Et tu me mets dans le tas des assassins possibles! Tu crois que je n'ai pas compris le sens de tes questions? Ce besoin de savoir si j'ai des maîtresses... Parce que, n'est-ce pas, tu te dis qu'un homme qui en est privé est plus susceptible qu'un autre de se laisser aller à...

Il se fâchait vraiment. Il était rouge. Ses yeux luisaient.

— Le Parquet s'occupe de cette affaire, ainsi que la police locale! Moi, elle ne me regarde pas! Maintenant, si tu veux te mêler de...

— ... ce qui ne me regarde pas!... Tant pis!... Mais suppose maintenant que, dans un jour ou deux, ou trois, ou huit, on découvre ta petite amie de dix-neuf ans avec une aiguille dans le cœur...

Ce ne fut pas long. La main de Leduc saisit le chapeau et il l'enfonça si fort sur sa tête que la paille craqua. Puis il sortit en refermant la porte d'un geste sec.

Mme Maigret, qui n'attendait que ce signal, entrait de son côté, nerveuse, inquiète.

— Qu'est-ce que Leduc t'a fait? Je t'ai rarement vu aussi désagréable avec quelqu'un. À croire que tu le soupçonnes de...

— Sais-tu ce que tu devrais faire? Tout à l'heure ou demain il reviendra, et je suis persuadé qu'il s'excusera de sa sortie trop brutale. Eh bien! je te demanderai d'aller déjeuner chez lui, à la Ribaudière...

— Moi? Mais...

— Maintenant, si tu veux être bien gentille, bourre-moi une pipe et relève un peu mes oreillers...

Une demi-heure plus tard, quand le docteur entra, Maigret eut un sourire ravi. Et il interpella Rivaud avec bonne humeur.

— Qu'est-ce qu'il vous a dit?

— Qui?

— Mon collègue Leduc... Il est inquiet! Il a dû vous demander de me faire subir un sérieux examen mental. Non, docteur, je ne suis pas fou... Mais...

Il se tut, car on lui mettait un thermomètre sur la langue. Pendant la prise de température, le chirurgien découvrait la plaie, qui était lente à se cicatriser.

— Vous vous remuez beaucoup trop!... 38,7... Je n'ai pas besoin de vous demander si vous avez fumé... L'air est opaque.

— Vous devriez lui interdire complètement la pipe, docteur! intervint Mme Maigret.

Mais son mari l'interrompit.

— Pouvez-vous me dire à quels intervalles les crimes de notre fou ont été commis?

— Attendez... Le premier a eu lieu il y a un mois... Le second une semaine plus tard... Puis, la tentative manquée, le vendredi suivant et...

— Savez-vous ce que je pense, docteur? C'est qu'il y a bien des chances pour que nous soyons à la veille d'un nouvel attentat. Je dirais plus : s'il ne se produit pas, c'est sans doute que l'assassin se sent surveillé. Et, s'il se produit...

— Eh bien?

— Eh bien! on pourra procéder par élimination. Supposez qu'au moment du crime, vous soyez dans cette chambre. Vous voilà du coup hors de cause! Supposez que le procureur soit à Bordeaux, le commissaire de police à Paris ou ailleurs, mon ami Leduc au diable...

Le médecin regardait fixement le malade.

— En somme, vous restreignez le champ des possibilités...

— Non! des probabilités.

— C'est égal! Vous le restreignez, dis-je, au petit groupe que vous avez trouvé à votre réveil, après l'opération...

— Pas exactement, puisque j'oublie le greffier! Je le restreins aux personnes qui m'ont rendu visite pendant la journée d'hier et qui ont pu laisser tomber par mégarde un billet de chemin de fer. Au fait, où étiez-vous mercredi dernier?

— Mercredi ?

Et le docteur, confus, fouillait dans sa mémoire. C'était un homme jeune, actif, ambitieux, aux gestes nets, aux allures élégantes.

— Je crois que... Attendez... Je suis allé à La Rochelle pour...

Mais il se raidit devant le sourire amusé du commissaire.

— Dois-je considérer ceci comme un interrogatoire ? Dans ce cas, je vous préviens que...

— Calmez-vous ! Pensez que je n'ai rien à faire de toute la journée, moi qui ai l'habitude d'une vie terriblement active. Alors, j'invente de petits jeux pour moi seul. Le jeu du fou ! Rien n'empêche un médecin d'être fou, ni un fou d'être médecin. On dit même que les aliénistes sont presque tous leurs propres clients. Rien n'empêche non plus un procureur de la République de...

Et Maigret entendit son compagnon demander tout bas à sa femme :

— Il n'a rien bu ?

Le plus beau, ce fut quand le docteur Rivaud fut parti. Mme Maigret s'approcha du lit, le front lourd de reproches.

— Est-ce que tu te rends compte de ce que tu fais ?... Vrai ! je ne te comprends plus !... Tu voudrais faire croire aux gens que c'est toi qui es fou que tu ne t'y prendrais pas autrement !... Le docteur n'a rien dit... Il est trop bien élevé... Mais j'ai senti que... Qu'est-ce que tu as à sourire ainsi ?...

— Rien ! Le soleil ! Ces lignes rouges et vertes de la tapisserie... Ces femmes qui caquettent sur la place...

Cette petite voiture couleur citron qui a l'air d'un gros insecte... Et ce fumet de foie gras... Seulement voilà !... Il y a un fou... Regarde la jolie fille qui passe, avec des mollets bien ronds de montagnarde... Elle a de tout petits seins en forme de poire... C'est peut-être elle que le fou...

Mme Maigret le regarda dans les yeux et elle comprit qu'il ne plaisantait plus, qu'il parlait très sérieusement, qu'il y avait de l'angoisse dans sa voix.

Il lui prit la main pour achever :

— Vois-tu, je suis persuadé que ce n'est pas fini ! Et je voudrais de toute mon âme empêcher qu'une belle fille, aujourd'hui bien vivante, passe un de ces jours sur cette place dans un corbillard, escortée par des gens en noir. Il y a un fou dans la ville, dans le soleil ! Un fou qui parle, qui rit, qui va et vient...

Et, d'une voix câline, il balbutia, les yeux mi-clos :

— Donne-moi une pipe quand même !

4

*Le rendez-vous des fous*

Maigret avait choisi l'heure qu'il préférait, neuf heures du matin, à cause de la qualité rare que le soleil avait à cette heure-là et aussi du rythme de la vie qui, sur la grand-place, partant de la porte ouverte par une ménagère, du bruit des roues d'une charrette, d'un volet brusquement écarté, allait en s'amplifiant jusqu'à midi.

De sa fenêtre, il pouvait voir sur un platane une des affiches qu'il avait fait poser par toute la ville.

*Mercredi à neuf heures, Hôtel d'Angleterre, le commissaire Maigret remettra une prime de cent francs à toute personne lui apportant un renseignement sur les agressions de Bergerac, qui paraissent être l'œuvre d'un fou.*

— Est-ce que je dois rester dans la chambre? questionnait Mme Maigret qui, même à l'hôtel, trouvait le moyen de travailler presque autant que dans son ménage.

— Tu peux rester !

— Je n'y tiens pas ! D'ailleurs, il ne viendra personne.

Maigret souriait. Il n'était que huit heures et demie et, tout en allumant sa pipe, il murmura en tendant l'oreille à un bruit de moteur :

— En voilà déjà un !

C'était le bruit familier de la vieille Ford qu'on reconnaissait dès qu'elle s'engageait dans la montée du pont.

— Pourquoi Leduc n'est-il pas venu hier ?

— Nous avons échangé quelques paroles. Nous n'avons pas tout à fait les mêmes idées sur le fou de Bergerac. N'empêche qu'il sera ici tout à l'heure !…

— Le fou ?

— Leduc… Le fou aussi !… Et peut-être même plusieurs fous !… C'est pour ainsi dire mathématique… Une annonce comme celle-là exerce une attirance irrésistible sur tous les détraqués, les imaginatifs, les grands nerveux, les épileptiques… Entre, Leduc !

Leduc n'avait même pas eu le temps de frapper à la porte. Il montra un visage un peu confus.

— Tu n'as pas pu venir hier ?

— Justement !… Je te prie de m'excuser… Bonjour, madame Maigret… J'ai été obligé d'aller chercher le plombier, à cause d'une conduite d'eau crevée… Ça va mieux ?

— Ça va !… Toujours le dos raide comme un cercueil, mais à part ça… Tu as vu mon affiche ?…

— Quelle affiche ?

Il mentait. Maigret faillit le lui dire. Mais, en fin de compte, il n'eut pas cette cruauté.

— Assieds-toi! Donne ton chapeau à ma femme. Dans quelques minutes, nous allons recevoir du monde. Et, entre autres, je mettrais ma main à couper que le fou sera ici.

On frappait à la porte. Pourtant, personne n'avait traversé la place. L'instant d'après, le patron de l'hôtel entrait.

— Excusez-moi... Je ne savais pas que vous aviez une visite... C'est à propos de l'affiche...

— Vous avez quelque chose à m'apprendre?

— Moi?... Non!... À quoi pensez-vous!... Si j'avais eu quelque chose à dire, je l'aurais déjà dit... Je voulais seulement savoir si on doit laisser monter tous ceux qui se présenteront...

— Mais oui! Mais oui!

Et Maigret le regardait à travers ses cils mi-clos. Cela devenait une manie, chez lui, de faire ainsi de petits yeux. Ou peut-être cela tenait-il à ce qu'il vivait obstinément dans un rayon de soleil?

— Vous pouvez nous laisser.

Et aussitôt, à Leduc :

— Un curieux homme aussi! Puissant, sanguin, fort comme un arbre, avec une peau rose qui semble toujours sur le point d'éclater...

— C'est un ancien garçon de ferme des environs, qui a commencé par épouser sa patronne. Il avait vingt ans et elle quarante-cinq...

— Et depuis lors?

— C'est son troisième mariage! Une fatalité! Elles meurent toutes...

— Il reviendra tout à l'heure.

— Pourquoi ?

— Ça, je n'en sais rien ! Mais il reviendra, quand tout le monde sera ici. Il trouvera un prétexte. À ce moment, le procureur doit sortir de chez lui, déjà vêtu de sa jaquette. Quant au docteur, je parierais qu'il galope à travers les salles pour expédier en cinq sec sa consultation du matin.

Maigret n'avait pas fini sa phrase qu'on voyait M. Duhourceau déboucher d'une rue et traverser la place à pas pressés.

— Et de trois !

— Comment, trois ?

— Le procureur, le patron et toi.

— Encore ? Écoute, Maigret...

— Chut ! Va ouvrir la porte à M. Duhourceau, qui hésite à frapper...

— Je reviendrai dans une heure ! annonça Mme Maigret, qui avait mis son chapeau.

Le procureur la salua cérémonieusement, serra la main du commissaire sans le regarder en face.

— On m'a mis au courant de votre expérience. J'ai tenu à vous voir auparavant. Tout d'abord, il est bien entendu que vous agissez à titre privé. Malgré cela, j'aurais aimé être consulté, étant donné qu'il y a une instruction en cours...

— Asseyez-vous, je vous prie. Leduc, débarrasse monsieur le procureur de son chapeau et de sa canne. Je disais justement à Leduc, monsieur le procureur, que tout à l'heure l'assassin sera certainement ici... Bon ! Voici le commissaire, qui regarde l'heure et qui va boire quelque chose en bas avant de monter...

C'était vrai ! On vit entrer le commissaire à l'hôtel, mais il ne se présenta que dix minutes plus tard à la porte de la chambre. Il parut stupéfait de trouver le procureur, s'excusa, bafouilla :

— J'ai cru de mon devoir de...

— Parbleu ! Leduc, cherche des chaises. Il doit y en avoir dans la chambre voisine... Voici nos clients qui commencent à arriver. Seulement, personne ne veut être le premier...

Trois ou quatre personnes, en effet, erraient sur la place en jetant de fréquents regards à l'hôtel. On sentait qu'elles cherchaient une contenance. Toutes suivirent des yeux la voiture du docteur qui stoppa juste devant la porte.

Il y avait, malgré le soleil printanier, de la nervosité dans l'air. Le médecin, comme ses prédécesseurs, eut un mouvement de contrariété en trouvant déjà tant de monde dans la chambre.

— C'est un véritable conseil de guerre ! remarqua-t-il en ricanant.

Et Maigret nota qu'il était mal rasé, que sa cravate était beaucoup moins bien nouée qu'à l'ordinaire.

— Vous croyez que le juge d'instruction...

— Il est parti à Saintes pour un interrogatoire et il ne rentrera pas avant ce soir.

— Et son greffier ? questionna Maigret.

— J'ignore s'il l'a emmené... Ou plutôt... Tenez ! le voilà qui sort de chez lui... Car il habite juste en face de l'hôtel, au premier étage de la maison à volets bleus...

Des pas dans l'escalier. Les pas de plusieurs personnes. Puis des chuchotements.

— Ouvre, Leduc.

Cette fois c'était une femme, et qui ne venait pas du dehors. C'était la servante qui avait failli être victime du fou et qui travaillait toujours à l'hôtel. Un homme la suivait, timide, embarrassé.

— C'est mon fiancé, qui est employé au garage. Il ne voulait pas me laisser venir, sous prétexte que, moins on en parlera…

— Entrez !… Vous aussi, le fiancé… Et vous aussi, patron…

Car le patron de l'hôtel était sur le palier, sa toque blanche à la main.

— Je voulais seulement savoir si ma domestique…

— Entrez ! Entrez ! Et vous, comment vous appelle-t-on ?

— Rosalie, monsieur… Seulement je ne sais pas si, pour la prime… Parce que, n'est-ce pas ? j'ai déjà dit tout ce que je savais…

Et le fiancé, rageur, grogna sans regarder personne :

— Pour autant que ce soit vrai !

— Bien sûr que c'est vrai ! Je n'aurais pas inventé…

— Tu n'as pas inventé non plus l'histoire du client qui voulait t'épouser ? Et quand tu me racontais que ta mère avait été enlevée par des romanichels…

La fille était furieuse, mais elle ne se démontait pas. C'était une forte paysanne aux attaches solides, à la chair drue. Dès qu'elle s'était un peu remuée elle avait les cheveux en désordre comme après une bataille et, en levant les bras pour se recoiffer, elle montrait des aisselles humides, aux poils roux.

— J'ai dit ce que j'ai dit… On m'a attaquée par-derrière et j'ai senti une main près de mon menton…

Alors, j'ai mordu de toutes mes forces... Même, tenez, qu'il y avait une bague en or au doigt...

— Vous n'avez pas vu l'homme ?

— Il s'est sauvé tout de suite dans le bois. Il était de dos. Et moi j'avais de la peine à me relever, vu que...

— Vous êtes donc incapable de le reconnaître ! C'est bien ce que vous avez déclaré à l'instruction ?

Rosalie se tut, mais il y avait quelque chose de menaçant dans l'expression butée de son visage.

— Reconnaîtriez-vous la bague ?

Et le regard de Maigret errait sur toutes les mains, sur les mains grassouillettes de Leduc, qui portait une lourde chevalière, sur celles, fines et longues, du docteur, qui n'avait qu'une alliance au doigt, sur celles encore, très pâles, à la peau cassante, du procureur, qui avait tiré son mouchoir de sa poche.

— C'était une bague en or !

— Et vous n'avez aucune idée de l'identité de votre agresseur ?

— Monsieur, je vous assure... commença le fiancé, le front en sueur.

— Parlez !

— Je ne voudrais pas qu'il arrive des malheurs. Rosalie est une bonne fille, je le dis devant elle. Mais elle rêve toutes les nuits. Parfois elle me raconte ses rêves. Puis, quelques jours après, il lui arrive de croire que c'est arrivé. C'est comme pour les romans qu'elle lit...

— Bourre-moi une pipe, veux-tu, Leduc ?

Sous les fenêtres, Maigret voyait maintenant un groupe d'une dizaine de personnes qui se consultaient et parlaient à mi-voix.

— Donc, Rosalie, vous avez quand même une petite idée…

La fille se tut. Seulement son regard se posa l'espace d'une seconde sur le procureur et Maigret vit une fois de plus les bottines de vernis noir, à boutons.

— Tu lui donneras ses cent francs, Leduc. Excuse-moi de t'employer comme secrétaire… Vous êtes content d'elle, vous, patron ?

— Comme femme de chambre, je n'ai rien à dire.

— Eh bien ! qu'on fasse entrer les suivants.

Le greffier s'était faufilé dans la pièce et se tenait le dos au mur.

— Vous étiez là ? Asseyez-vous donc…

— J'ai peu de temps devant moi… murmura le médecin en tirant sa montre de sa poche.

— Bah ! ce sera bien assez.

Et Maigret allumait sa pipe, regardait la porte s'ouvrir, un jeune homme entrer, vêtu de loques, les cheveux filasse, les yeux chassieux.

— J'espère que vous n'allez pas… murmura le procureur.

— Entre, mon garçon ! Quand as-tu eu ta dernière crise ?

— Il est sorti de l'hôpital il y a huit jours ! dit le docteur.

C'était évidemment un épileptique, le type même de ce que les gens des campagnes appellent l'idiot du village.

— Qu'est-ce que tu as à me dire ?

— Moi ?

— Oui, toi !… Raconte…

Mais, au lieu de parler, le jeune homme se mit à pleurer et après quelques instants ses sanglots étaient convulsifs. On pouvait craindre une crise. On devinait quelques syllabes mal articulées.

— C'est toujours après moi qu'on en a... Je n'ai rien fait!... Je le jure!... Alors, pourquoi ne me donne-t-on pas cent francs pour acheter un complet?...

— Cent francs! Au suivant! dit Maigret à Leduc.

Le procureur s'impatientait visiblement. Le commissaire de police avait pris un air dégagé et il remarqua :

— Si la police municipale procédait de la même manière, il est probable qu'au prochain conseil général...

Dans un coin, Rosalie et son fiancé se disputaient à voix basse. Le patron passait la tête par l'entrebâillement de la porte pour écouter les bruits du rez-de-chaussée.

— Vous espérez vraiment découvrir quelque chose? soupira M. Duhourceau.

— Moi?... Rien du tout...

— Dans ce cas...

— Je vous ai promis que le fou serait ici et il est probable qu'il y est.

Il n'était entré que trois personnes : un cantonnier qui avait vu, trois jours auparavant, une « ombre se faufiler entre les arbres » et s'enfuir à son approche.

— L'ombre ne vous a rien fait?

— Non!

— Et vous ne l'avez pas reconnue? Va pour cinquante francs!

Maigret était le seul à garder sa bonne humeur. Sur la place, il y avait une bonne trentaine d'habitants, par groupes, qui regardaient les fenêtres de l'hôtel.

— Et toi?

C'était un vieux paysan en deuil qui attendait, le regard farouche.

— Je suis le père de la première qui est morte. Eh bien ! je suis venu dire que, si je mets la main sur ce monstre-là, je...

Et lui aussi avait une tendance à se tourner plutôt vers le procureur.

— Vous n'avez aucune idée ?

— Une idée, peut-être pas ! Mais je dis ce que je dis, moi ! On ne peut rien faire à un homme qui a perdu sa fille ! On ferait mieux de chercher du côté où il y a déjà eu quelque chose. Je sais bien que vous n'êtes pas du pays... Vous ne savez pas... Tout le monde vous dira qu'il est arrivé des choses dont on n'a jamais su le fin mot...

Le médecin s'était levé, en proie à l'impatience. Le commissaire de police regardait ailleurs, en homme qui ne veut pas entendre. Quant au procureur, il était de pierre.

— Je vous remercie, mon vieux.

— Et surtout je ne veux ni de vos cinquante, ni de vos cent francs... Si un jour vous pouvez passer à la ferme... N'importe qui vous dira où elle se trouve...

Il ne demanda pas s'il devait rester. Il ne salua personne et s'en alla, les épaules rondes.

Son départ fut suivi d'un long silence et Maigret affecta d'être très occupé à tasser, de la seule main qu'il avait valide, la cendre dans sa pipe.

— Une allumette, Leduc...

Ce silence avait quelque chose de pathétique. Et on eût dit que les groupes épars sur la place évitaient, eux aussi, de faire le moindre bruit.

Rien que les pas du vieux fermier sur les graviers...

— Je te prie de te taire, entends-tu?

C'était le fiancé de Rosalie qui se surprenait à parler haut et la fille regardait droit devant elle, peut-être matée, peut-être hésitante.

— Eh bien, messieurs, soupira enfin Maigret, il me semble que cela ne va déjà pas si mal...

— Tous ces interrogatoires ont déjà été faits! répliqua le commissaire en se levant et en cherchant son chapeau.

— Seulement, cette fois, le fou est ici!

Maigret ne regardait personne. Il parlait en fixant la courtepointe blanche de son lit.

— Est-ce que vous croyez, docteur, que, ses crises passées, il se souvienne de ce qu'il a fait?

— C'est à peu près certain.

Le patron de l'hôtel était debout au milieu de la pièce et ce détail accroissait son embarras car, avec ses vêtements blancs, il attirait les regards.

— Va voir, Leduc, s'il y a encore du monde qui attend!

— Vous m'excuserez, mais je n'ai plus le temps! fit le docteur Rivaud en se levant. J'ai une consultation à onze heures et, là aussi, il s'agit de la vie d'un homme...

— Je vous accompagne... murmura le commissaire de police.

— Et vous, monsieur le procureur? murmura Maigret.

— Heu!... je... Oui... je...

Depuis quelques instants, Maigret ne paraissait pas satisfait et à plusieurs reprises il regarda vers la place avec impatience. Soudain, comme tout le monde était debout, prêt à partir, il se dressa légèrement sur son lit, murmura :

— Enfin !... Un instant, messieurs... Je crois que voici du nouveau...

Et il désignait une femme qui courait, se dirigeant vers l'hôtel. De sa place, le chirurgien pouvait la voir et il dit avec étonnement :

— Françoise !...

— Vous la connaissez ?

— C'est ma belle-sœur... Sans doute un malade a-t-il téléphoné... ou un accident...

On courait dans l'escalier. On parlait. La porte s'ouvrait et une jeune femme, haletante, pénétrait dans la chambre, regardait autour d'elle avec épouvante.

— Jacques !... Commissaire !... Monsieur le procureur...

Elle n'avait pas plus de vingt ans. Elle était mince, nerveuse, jolie.

Mais il y avait des traces de poussière sur sa robe. Son corsage était en partie déchiré. Elle portait sans cesse les deux mains à son cou.

— Je... Je l'ai vu... Et il m'a...

Personne ne bougeait. Elle avait de la peine à parler. Elle fit encore deux pas dans la direction de son beau-frère.

— Regarde !

Elle lui montrait son cou où l'on voyait des ecchymoses. Elle continuait à parler.

— Là... dans le bois du Moulin-Neuf... Je me promenais quand un homme...

— Je vous disais bien que nous saurions quelque chose ! grommela Maigret qui avait retrouvé sa placidité.

Leduc, qui le connaissait à fond, le regarda avec étonnement.

— Vous l'avez vu, vous, n'est-ce pas ? poursuivit Maigret.

— Pas longtemps ! Je ne sais pas comment j'ai fait pour me débarrasser de son étreinte... Je crois qu'il a heurté du pied une souche d'arbre... J'en ai profité pour frapper...

— Décrivez-le donc...

— Je ne sais pas... Un vagabond, sans doute... Avec des vêtements de paysan... De grandes oreilles très décollées... Je ne l'avais jamais vu...

— Il s'est enfui ?

— Il a compris que j'allais crier... On entendait le bruit d'une auto sur la route... Il s'est précipité vers les fourrés...

Elle reprenait peu à peu son souffle, gardait une main sur son cou, l'autre sur son sein.

— J'ai eu tellement peur... Peut-être que, sans le bruit de l'auto... J'ai couru jusqu'ici...

— Pardon ! N'étiez-vous pas plus près de la villa ?

— Là-bas, je savais qu'il n'y avait que ma sœur.

— C'était à gauche de la ferme ? questionna le commissaire de police.

— Tout de suite après la carrière abandonnée.

Et le commissaire, au procureur :

— Je vais faire fouiller le bois... Peut-être est-il encore temps ?

Le docteur Rivaud paraissait contrarié. Les sourcils froncés, il regardait sa belle-sœur qui s'était appuyée à la table et qui respirait plus normalement.

Leduc cherchait le regard de Maigret et, quand il parvint à le rencontrer, il ne cacha pas son ironie.

— Tout ceci semble prouver, en tout cas, éprouva-t-il le besoin d'insister, que le fou n'était pas ici ce matin.

Le commissaire de police descendait l'escalier, tournait à droite vers la mairie où il avait ses bureaux. Le procureur, lentement, brossait son chapeau melon du revers de la manche.

— Dès que le juge d'instruction reviendra de Saintes, mademoiselle, je vous demanderai de vous présenter à son cabinet, afin de renouveler vos déclarations et de signer le procès-verbal.

Il tendit à Maigret une main sèche.

— Je suppose que vous n'avez plus besoin de nous !

— Bien entendu ! Je n'espérais d'ailleurs pas vous voir vous déranger...

Maigret fit un signe à Leduc, qui comprit qu'il devait mettre tout le monde dehors. Rosalie et son fiancé se disputaient toujours.

Quand Leduc revint vers le lit, un sourire aux lèvres, il fut étonné de voir à son ami un visage sévère, anxieux.

— Eh bien ?

— Rien !

— Cela n'a pas donné !

— Cela a trop donné ! Bourre-moi encore une pipe, veux-tu, tant que ma femme n'est pas ici...

— Il me semblait que le fou devait venir ce matin.

— Parbleu !

— Pourtant...

— N'insiste pas, mon vieux. Ce qui serait terrible, vois-tu, c'est qu'il y ait encore une morte. Parce que, cette fois-ci...

— Quoi ?

— N'essaie pas de comprendre. Bon! Voilà ma femme qui traverse la place. Elle va me dire que je fume trop et cacher mon tabac. Glisses-en donc un peu sous l'oreiller...

Il avait chaud. Peut-être même était-il légèrement congestionné.

— Va!... Laisse l'appareil téléphonique à côté de moi...

— Je compte déjeuner à l'hôtel. C'est le jour du confit d'oie. Je viendrai te serrer la main après midi...

— Si tu veux!... À propos, la petite... Tu sais, celle dont tu m'as parlé... Il y a longtemps que vous... que tu ne l'as pas vue?...

Leduc tressaillit, regarda son camarade dans les yeux, gronda :

— C'est trop fort!

Et il sortit en oubliant son chapeau de paille sur la table.

5

*Les souliers vernis*

— Oui, madame... À l'*Hôtel d'Angleterre*... Il est bien entendu que vous êtes tout à fait libre de ne pas venir...

Leduc venait de sortir. Mme Maigret montait l'escalier. Le docteur, sa belle-sœur et le procureur étaient arrêtés sur la place, près de l'auto de Rivaud.

C'était à Mme Rivaud, qui devait être seule chez elle, que Maigret téléphonait. Il la priait de venir à l'hôtel, ne s'étonnait pas d'entendre une voix inquiète à l'autre bout du fil.

Mme Maigret écoutait la fin de la conversation, se débarrassait de son chapeau.

— C'est vrai qu'il y a encore eu une agression ?... J'ai rencontré des gens qui se précipitaient vers le Moulin-Neuf...

Maigret ne répondit pas, absorbé qu'il était par ses réflexions. Il voyait peu à peu changer le mouvement de la ville. La nouvelle circulait rapidement et des gens de plus en plus nombreux convergeaient vers un chemin s'amorçant à gauche de la place.

— Il doit y avoir un passage à niveau !... murmura Maigret, qui commençait à connaître la topographie de la ville.

— Oui ! C'est une longue rue, qui ressemble d'abord à une rue de ville et qui finit en chemin de terre. Le Moulin-Neuf est après le deuxième tournant. Il n'y a d'ailleurs plus de moulin, mais une grosse ferme, aux murs blancs. Quand je suis passée, on attelait des bœufs, dans une cour pleine de volailles. Il y a entre autres de beaux dindons...

Maigret écoutait à la façon d'un aveugle à qui on décrit un paysage.

— Il y a beaucoup de terres ?

— Ici, ils comptent par journaux. On m'a dit deux cents journaux, mais je ne sais pas combien cela fait. En tout cas, les bois commencent tout de suite. Plus loin, on croise la grand-route qui va à Périgueux...

Les gendarmes devaient être là-bas, et les quelques gardiens de la paix de Bergerac. Maigret les imaginait allant et venant à grandes enjambées dans les broussailles, comme pour une battue au lapin. Et les groupes arrêtés sur la route, les gosses grimpés sur les arbres...

— Maintenant, tu devrais me laisser. Retourne là-bas, veux-tu ?

Elle ne discuta pas. Comme elle sortait, elle croisa une jeune femme qui entrait à l'hôtel et elle se retourna avec étonnement, peut-être avec un rien de mauvaise humeur.

C'était Mme Rivaud.

— Asseyez-vous, je vous en prie. Et pardonnez-moi de vous avoir dérangée, surtout pour si peu de chose. Car je me demande même si j'ai des questions à vous poser ! Cette affaire est tellement embrouillée…

Il ne la quittait pas des yeux et elle restait comme hypnotisée sous son regard.

Maigret était étonné, mais pas désorienté. Il avait vaguement deviné que Mme Rivaud l'intéresserait et il s'apercevait que c'était une figure beaucoup plus curieuse qu'il n'avait osé l'espérer.

Sa sœur Françoise était fine, élégante, et rien en elle ne trahissait la campagne ou la petite ville.

Mme Rivaud attirait beaucoup moins le regard et ce n'était même pas ce que l'on peut appeler une jolie femme. Elle avait entre vingt-cinq et trente ans. Elle était de taille moyenne, un peu grasse. Ses vêtements étaient faits par une petite couturière, ou alors, s'ils sortaient d'une bonne maison, elle ne savait pas les porter.

Ce qui frappait le plus en elle, c'étaient ses yeux inquiets, douloureux. Inquiets et pourtant résignés.

Par exemple, elle regardait Maigret. On sentait qu'elle avait peur, mais qu'elle était incapable de réagir. En exagérant un peu, on pourrait dire qu'elle attendait d'être frappée.

Très petite-bourgeoise. Très *comme il faut* ! Maniant machinalement un mouchoir dont elle pourrait se tamponner les yeux au besoin !

— Il y a longtemps que vous êtes mariée, madame ?

Elle ne répondait pas tout de suite ! La question lui faisait peur. Tout lui faisait peur !

— Cinq ans! soufflait-elle enfin d'une voix neutre.
— Vous habitiez déjà Bergerac?

Et à nouveau elle regardait Maigret pendant un long moment avant de répondre.

— J'habitais l'Algérie, avec ma sœur et ma mère.

Il osait à peine continuer, tant il sentait que le moindre mot était capable de l'effaroucher.

— Le docteur Rivaud a habité l'Algérie?
— Il est resté deux ans à l'hôpital d'Alger...

Il regardait les mains de la jeune femme. Il avait l'impression qu'elles ne s'harmonisaient pas tout à fait avec sa tenue de bourgeoise. Ces mains-là avaient travaillé. Mais c'était délicat d'amener la situation sur ce terrain.

— Votre mère...

Il ne continua pas. Elle faisait face à la fenêtre et voilà qu'elle se levait, tandis que son visage exprimait l'effroi. En même temps, on entendait claquer dehors une portière d'auto.

C'était le docteur Rivaud qui descendait de sa voiture, pénétrait en courant dans l'hôtel, frappait rageusement à la porte.

— Vous êtes ici?

Il dit cela à sa femme, sans regarder Maigret, d'une voix sèche, puis il se retourna vers le commissaire.

— Je ne comprends pas... Vous avez besoin de ma femme?... Dans ce cas, vous auriez pu...

Elle baissait la tête. Maigret observait Rivaud avec un doux étonnement.

— Pourquoi vous fâchez-vous, docteur? J'ai éprouvé le désir de faire la connaissance de Mme Rivaud. Je suis malheureusement incapable de circuler et...

— L'interrogatoire est terminé ?

— Il ne s'agit pas d'un interrogatoire, mais d'un entretien paisible. Quand vous êtes entré, nous parlions de l'Algérie. Vous aimez ce pays ?

La quiétude de Maigret n'était qu'apparente. Toute son énergie était mise en œuvre, tandis qu'il parlait lentement. Il fixait ces deux êtres qu'il avait devant lui, Mme Rivaud qui paraissait prête à pleurer, Rivaud qui regardait autour de lui comme pour chercher des traces de ce qui s'était passé, et il voulait comprendre.

Il y avait quelque chose de caché. Il y avait quelque chose d'anormal.

Mais où ? Mais quoi ?

Il y avait quelque chose d'anormal aussi chez le procureur. Seulement tout cela était confus, embrouillé.

— Dites-moi, docteur, c'est en soignant votre femme que vous avez fait sa connaissance ?

Regard rapide de Rivaud à Mme Rivaud.

— Laissez-moi vous dire que cela importe peu. Si vous le permettez, je reconduirai ma femme en voiture et...

— Évidemment... Évidemment...

— Évidemment quoi ?

— Rien !... Pardon !... Je ne savais même pas que je parlais à voix haute... C'est une curieuse affaire, docteur ! Curieuse et effrayante. Plus j'avance et plus je la trouve effrayante. Par contre, votre belle-sœur a été prompte à reprendre son sang-froid après une émotion aussi forte. C'est une personne énergique !

Et il voyait Rivaud rester immobile, en proie à un malaise, attendant la suite. Est-ce que le docteur ne croyait pas que Maigret en savait beaucoup plus qu'il en disait ?

Le commissaire se sentait avancer, mais soudain tout fut bouleversé, les théories qu'il échafaudait, la vie de l'hôtel, de la ville.

Cela commença par l'arrivée sur la place d'un gendarme en vélo. Le gendarme contourna un pâté de maisons, se dirigeant vers celle du procureur. Au même moment, la sonnerie du téléphone retentit et Maigret décrocha.

— Allô, ici l'hôpital. Est-ce que le docteur Rivaud est toujours chez vous ?

Le docteur prit nerveusement le cornet, écouta avec stupeur, raccrocha, si ému qu'il resta un bon moment à regarder dans le vide.

— On l'a retrouvé ! dit-il enfin.

— Qui ?

— L'homme !... Du moins un cadavre... Dans le bois du Moulin-Neuf...

Mme Rivaud les fixait tour à tour sans comprendre.

— On me demande si je puis pratiquer l'autopsie... Mais...

Et voilà que c'était son tour, frappé par une pensée, de regarder Maigret soupçonneusement.

— Quand vous avez été attaqué... c'était dans le bois... vous avez riposté... vous avez tiré au moins un coup de revolver...

— Je n'ai pas tiré.

Et une autre idée venait au médecin, qui se passait la main sur le front dans un geste fébrile.

— La mort remonte à plusieurs jours... Mais alors, comment Françoise, ce matin ?... Venez...

Il emmenait sa femme, qui se laissait conduire docilement et un peu plus tard il la faisait prendre place dans sa voiture. Le procureur, lui, avait dû téléphoner pour commander un taxi, car il en arrivait un en face de chez lui. Et le gendarme repartait. Ce n'était plus la curiosité du matin. C'était une fièvre plus violente qui s'emparait de la ville.

Tout le monde, bientôt, y compris le patron de l'hôtel, se dirigea vers le Moulin-Neuf et il n'y eut que Maigret à rester dans son lit, le dos raide, son regard lourd braqué sur la place chaude de soleil.

— Qu'est-ce que tu as ?
— Rien.

Mme Maigret qui rentrait ne voyait son mari que de profil, mais elle comprenait qu'il y avait quelque chose, qu'il regardait dehors d'un air trop farouche. Elle ne fut pas longue à deviner et elle vint s'asseoir au bord du lit, prit machinalement la pipe vide qu'elle se mit en devoir de bourrer.

— Ce n'est rien... Je vais essayer de te donner tous les détails... J'étais là quand on l'a trouvé et les gendarmes m'ont laissée approcher...

Maigret regardait toujours dehors mais, tandis qu'elle parlait, ce furent d'autres images que celles de la place qui s'imprimèrent sur sa rétine.

— À cet endroit-là, le bois est en pente... Il y a des chênes au bord de la route... Puis c'est un bois de sapins... Des curieux étaient arrivés avec des autos qui stationnaient au tournant, sur le bas-côté... Les gendarmes d'un village voisin contournaient le bois, afin de cerner l'homme... Ceux d'ici s'avançaient lentement et le vieux fermier du Moulin-Neuf les accompagnait, un revolver d'ordonnance à la main...

On n'osait rien lui dire... Je crois qu'il aurait abattu l'assassin...

Maigret évoquait le bois, le sol couvert d'aiguilles de pin et les taches d'ombre et de lumière, les uniformes des gendarmes.

— Un gamin qui courait au côté du groupe a poussé un cri en montrant une forme étendue au pied d'un arbre...

— Des souliers vernis ?

— Oui ! Et des chaussettes de laine grise tricotées à la main. J'ai bien regardé, parce que je me suis souvenue de...

— Quel âge ?

— Peut-être cinquante ans. On ne sait pas exactement... Il avait la face contre terre... Quand on a découvert son visage, j'ai dû regarder ailleurs parce que... tu comprends !... il paraît qu'il y a au moins huit jours qu'il est là... J'ai attendu qu'on recouvre la tête d'un mouchoir... J'ai entendu dire que personne, en tout cas, ne le connaît. Ce n'est pas quelqu'un du pays...

— Une blessure ?

— Un grand trou à la tempe... Et quand il est tombé, il a dû mordre la terre dans son agonie...

— Qu'est-ce qu'ils font, maintenant ?

— Tout le pays arrive. On empêche les curieux d'entrer dans le bois. Lorsque je suis partie, on attendait le procureur et le professeur Rivaud... Ensuite, on transportera le corps à l'hôpital pour l'autopsie...

La place était déserte comme jamais encore Maigret ne l'avait vue. En tout et pour tout, un petit chien couleur café au lait qui se chauffait au soleil.

Et midi sonna, lentement. Des ouvriers et des ouvrières sortirent d'une imprimerie, dans une rue voisine, se précipitèrent vers le Moulin-Neuf, la plupart en vélo.

— Comment est-il habillé?

— En noir, avec un pardessus droit... C'est difficile à dire, à cause de l'état dans lequel...

Mme Maigret en avait mal au cœur. Pourtant elle proposa :

— Veux-tu que je retourne là-bas?...

Il resta seul. Il vit revenir le patron de l'hôtel, qui lui cria, du trottoir :

— Vous êtes au courant?... Dire qu'il faut que je vienne servir mes déjeuners!...

Et le silence, le ciel uni, la place jaune de soleil, les maisons vides.

Ce ne fut qu'une heure plus tard qu'il y eut un bruit de foule dans une rue proche : le corps qu'on ramenait à l'hôpital et que tout le monde escortait.

Puis l'hôtel se remplit. La place s'anima. Des verres s'entrechoquèrent au rez-de-chaussée. Des coups timides furent frappés à la porte et Leduc entra, hésitant à esquisser un léger sourire.

— Je peux entrer?

Il s'assit près du lit, alluma sa pipe avant de reprendre la parole.

— Et voilà!... soupira-t-il alors.

Il fut étonné, quand Maigret se tourna vers lui, de voir un visage souriant et surtout d'entendre prononcer :

— Alors, content?

— Mais...

— Et tous! Le docteur! Le procureur! Le commissaire! Tous ravis, en somme, de la bonne farce que l'on joue au méchant policier de Paris! Il s'est trompé sur toute la ligne, le policier! Il s'est cru très intelligent, il a fait tant de manières qu'à certain moment on était sur le point de le prendre au sérieux et que même certains ont eu peur...

— Tu avoueras que...

— Que je me suis trompé?

— On a retrouvé l'homme, quoi! Et la description correspond à celle que tu as faite de l'inconnu du train. Je l'ai vu. Un individu entre deux âges, plutôt mal habillé, encore qu'avec une certaine recherche. Il a reçu une balle dans la tempe, presque à bout portant, autant qu'on en puisse juger dans l'état où...

— Oui!

— M. Duhourceau est d'accord avec la police pour croire qu'il s'est suicidé, voilà une huitaine de jours, peut-être tout de suite après t'avoir attaqué.

— On a retrouvé l'arme près de lui?

— Justement! Ce n'est pas tout à fait cela. On a retrouvé dans la poche de son pardessus un revolver où il ne manquait qu'une balle...

— La mienne, parbleu!

— C'est ce qu'on va essayer d'établir... S'il s'est suicidé, l'affaire se simplifie... Se sentant traqué, sur le point d'être pris, il...

— Et s'il ne s'est pas suicidé?

— Il y a des hypothèses très plausibles... Un paysan, la nuit, peut avoir été attaqué par lui et avoir tiré... Puis, ensuite, avoir eu peur des complications, ce qui est assez dans l'esprit des campagnes.

— Et l'attentat contre la belle-sœur du docteur?

— Ils en ont parlé aussi. On est en droit de penser qu'un mauvais plaisant a simulé une agression et...

— Autrement dit, on a envie d'en finir! soupira Maigret en exhalant une bouffée de fumée qui s'étira en forme d'auréole.

— Ce n'est pas tout à fait vrai! Mais il est évident qu'il est inutile de traîner les choses en longueur et que, du moment...

Maigret rit de l'embarras de son collègue.

— Il y a encore le billet de chemin de fer! dit-il. Il faudra qu'on explique comment ce billet est venu de la poche de notre inconnu au corridor de l'*Hôtel d'Angleterre*...

Leduc regardait obstinément le tapis cramoisi et soudain il se décida à prononcer:

— Veux-tu un bon conseil?

— C'est de laisser tout cela tranquille! De me rétablir le plus vite possible et de quitter Bergerac...

— Pour venir passer quelques jours à la Ribaudière, comme c'était convenu entre nous! J'en ai parlé au docteur, qui dit qu'avec des précautions on pourrait dès maintenant te transporter là-bas...

— Et le procureur, qu'est-ce qu'il a dit, lui?

— Je ne comprends pas.

— Il a dû mettre son grain de sel aussi. Est-ce qu'il ne t'a pas rappelé que je n'ai absolument aucun titre, sinon celui de victime, à m'occuper de cette affaire?

Pauvre Leduc! Il voulait être gentil! Il tenait à ménager tout le monde! Et Maigret était impitoyable!

— Il faut reconnaître qu'administrativement...

Et soudain, prenant son courage à deux mains:

— Écoute, vieux! J'aime mieux être franc! Il est certain que, surtout après ta petite comédie de ce matin, tu as plutôt mauvaise presse dans le pays. Le procureur dîne chaque jeudi avec le préfet et il m'a dit tout à l'heure qu'il lui parlerait de toi, afin que tu reçoives des directives de Paris. Il y a surtout une chose qui te fait du tort : cette distribution de billets de cent francs... On dit...

— Que je veux encourager la lie de la population à vider son sac...

— Comment le sais-tu ?

— ... que je prête l'oreille à des insinuations malpropres et qu'en somme j'excite le mauvais esprit... Ouf !

Leduc se tut. Il n'avait rien à répondre. C'était bien là son avis, au fond. Plusieurs minutes plus tard, il risqua timidement :

— Si encore tu avais vraiment une piste !... Dans ce cas-là, je dois dire que je changerais d'avis et que...

— Je n'ai pas de piste ! Ou plutôt j'en ai quatre ou cinq. Ce matin, j'espérais que deux d'entre elles au moins me conduiraient à quelque chose. Eh bien ! non. Elles m'ont claqué dans la main !

— Tu vois !... Tiens ! Encore une gaffe, et peut-être une des plus graves, parce qu'elle te vaut un ennemi féroce... Cette idée de téléphoner à la femme du docteur !... Alors qu'il est tellement jaloux que peu de gens peuvent se vanter de l'avoir vue !... C'est tout juste s'il la laisse sortir de la villa...

— Et pourtant il est l'amant de Françoise ! Il ne serait donc jaloux que de l'une et pas de l'autre ?

— Cela ne me regarde pas. Françoise va et vient. Elle fait même de l'auto toute seule. Quant à la femme légitime... Bref, j'ai entendu Rivaud dire au procureur qu'il considérait ta démarche comme une goujaterie et que, en arrivant ici, il avait une forte envie de t'apprendre à vivre...

— Cela promet !

— Que veux-tu dire ?

— Que c'est lui qui fait mes pansements et sonde la plaie trois fois par jour !

Et Maigret rit, trop largement, trop bruyamment pour que ce fût sincère.

Il rit comme quelqu'un qui s'est mis dans une situation ridicule et qui s'obstine, parce qu'il est trop tard pour reculer, mais qui ne sait pas du tout comment s'en tirer.

— Tu ne vas pas déjeuner ? Il me semble t'avoir entendu parler de confit d'oie...

Et il rit encore ! Il y avait une partie passionnante à jouer ! Il y avait à faire partout, dans le bois, à l'hôpital, à la ferme du Moulin-Neuf, chez le docteur et dans la grave maison du procureur à rideaux peut-être, partout enfin, et du confit d'oie à manger, et des truffes en serviette, et toute une ville que Maigret n'avait même pas vue !

Lui était bouclé dans un lit, à une fenêtre, et il avait envie de crier chaque fois qu'il esquissait un geste un peu brusque ! On devait lui bourrer ses pipes parce qu'il était incapable de se servir de son bras gauche, si bien que Mme Maigret en profitait pour le mettre au régime !

— Tu acceptes de venir chez moi ?

— Quand ce sera fini, je le promets.

— Mais puisqu'il n'y a plus de fou !

— Est-ce qu'on sait ? Va déjeuner ! Si on te demande quelles sont mes intentions, réponds que tu n'en sais rien ! Et maintenant, au travail !

Il disait cela exactement comme s'il eût été en tête à tête avec une tâche matérielle écrasante, comme de brasser de la pâte à pain, ou de remuer des tonnes de terre.

Et il avait en effet beaucoup de choses à remuer : un amas confus, inextricable.

Mais c'était dans le domaine immatériel : des visages plus ou moins flous qui hantaient sa rétine, visage grognon et hautain du procureur, visage inquiet du docteur, pauvre figure chiffonnée de sa femme qui avait été soignée à l'hôpital d'Alger – soignée de quoi ? –, silhouette nerveuse et trop décidée de Françoise... Et Rosalie qui rêvait toutes les nuits, au grand désespoir de son fiancé – au fait, est-ce qu'ils couchaient déjà ensemble ? Et cette insinuation à l'égard du procureur – des choses qui auraient été étouffées ! Et cet homme du train qui n'avait sauté du wagon en marche que pour tirer sur Maigret et mourir ! Leduc et la nièce de sa cuisinière – tellement dangereux, cela ! Le patron de l'hôtel qui avait déjà eu trois femmes – mais il avait un tempérament à en tuer vingt !

Pourquoi Françoise avait-elle... ?

Pourquoi le docteur avait-il... ?

Pourquoi ce cachottier de Leduc... ?

Pourquoi ? Pourquoi ? Pourquoi ?

Et on voulait se débarrasser de Maigret en l'envoyant à la Ribaudière ?

Il rit une dernière fois, d'un rire d'homme gros. Et quand sa femme entra un quart d'heure plus tard, elle le trouva béatement endormi.

6

## *Le phoque*

Maigret fit un rêve éreintant. C'était au bord de la mer. Il faisait excessivement chaud et le sable, que la marée basse découvrait, était d'un roux de blés mûrs. Il y avait plus de sable que de mer. Celle-ci existait, quelque part, très loin, mais, jusqu'à l'horizon, on ne voyait que de petites mares entre les bancs de sable.

Est-ce que Maigret était un phoque? Peut-être pas exactement! Mais pas exactement une baleine non plus! Un animal très gros, très rond, d'un noir luisant.

Il était tout seul dans cette immensité torride. Et il se rendait compte qu'il lui fallait, coûte que coûte, s'en aller, s'en aller là-bas, vers la mer, où il serait enfin libre.

Seulement il ne pouvait pas bouger. Il avait des espèces de moignons comme les phoques, mais il ne savait pas s'en servir. C'était tout raide. Quand il se soulevait, il retombait lourdement dans le sable qui lui cuisait le dos.

Et il fallait absolument gagner la mer! Sinon, il s'enliserait dans ce sable qui se creusait sous lui à chaque mouvement.

Pourquoi était-il aussi raide? Est-ce qu'un chasseur ne l'avait pas blessé? Il n'arrivait pas à se souvenir. Et il tournait sur lui-même. Il était un gros tas noir, suant, pitoyable.

Quand il ouvrit les yeux, il vit le rectangle déjà ensoleillé de la fenêtre et sa femme qui, assise devant une table, prenait son petit déjeuner en le regardant.

Or, dès ce premier regard, il comprit qu'il y avait quelque chose. C'était un regard qu'il connaissait bien, trop grave, trop maternel, avec une pointe d'inquiétude.

— Tu as eu mal?

Sa deuxième impression fut qu'il avait la tête lourde.

— Pourquoi demandes-tu cela?

— Tu t'es agité toute la nuit. À plusieurs reprises tu as gémi...

Elle s'était levée pour venir l'embrasser.

— Tu as mauvaise mine! acheva-t-elle. Tu as dû avoir le cauchemar...

C'est alors qu'il se souvint du phoque et il fut partagé entre un sourd malaise et l'envie de rire. Mais il ne rit pas! Tout s'enchaînait. Mme Maigret, assise au bord du lit, disait doucement, comme si elle eût craint de l'effaroucher :

— Je crois qu'il faudra prendre une décision.

— Une décision ?

— J'ai parlé à Leduc, hier soir. Il est évident que tu seras mieux chez lui pour te reposer et achever de te rétablir.

Elle n'osait pas le regarder en face ! Il connaissait tout ça et il murmura :

— Toi aussi ?

— Que veux-tu dire ?

— Tu crois que je me trompe, n'est-ce pas ? Tu es persuadée que je ne réussirai pas et que...

Cela suffisait à lui mettre la sueur aux tempes et au-dessus de la lèvre.

— Calme-toi ! Le docteur va venir et...

C'était l'heure, en effet. Maigret ne l'avait pas revu depuis les scènes de la veille et l'idée de cette entrevue chassa pour un instant ses préoccupations.

— Tu me laisseras seul avec lui.

— Et nous partirons chez Leduc ?

— Nous ne partirons pas... Voilà sa voiture qui stoppe... Laisse-moi...

D'habitude, le docteur Rivaud montait les marches trois à trois, mais, ce matin-là, il fit une entrée plus digne, esquissa un salut à l'adresse de Mme Maigret qui sortait, posa sa trousse sur la table de nuit, sans mot dire.

La visite du matin se déroulait toujours de la même manière. Maigret se mettait le thermomètre dans la bouche pendant que le chirurgien lui retirait son pansement.

Il en fut comme les jours précédents et c'est dans cette attitude qu'eut lieu leur conversation.

— Bien entendu, commença le docteur, je ferai jusqu'au bout mon devoir envers le blessé que vous êtes. Je vous demande seulement de considérer que, dès maintenant, nos rapports devront se borner là. Vous voudrez bien noter, en outre, qu'étant donné que vous n'avez aucun caractère officiel, je vous interdis d'inquiéter des membres de ma famille.

Cela sentait la phrase préparée. Maigret ne broncha pas. Il avait le torse nu. On lui prenait le thermomètre des lèvres et il entendait grommeler :

— Encore 38° !

C'était beaucoup, il le savait. Le docteur fronçait les sourcils et, en évitant de le regarder, poursuivait :

— Sans votre attitude d'hier, je vous dirais, en médecin, que le mieux que vous ayez à faire est d'achever votre convalescence dans un endroit tranquille. Mais ce conseil pourrait être interprété autrement et... Est-ce que je vous fais mal ?

Car, tout en parlant, il sondait la blessure, où subsistaient des points d'infection.

— Non... Continuez...

Mais Rivaud n'avait plus rien à dire. La fin de la consultation se déroula dans le silence et c'est dans le silence aussi que le chirurgien rangea sa trousse, se lava les mains. Au moment de sortir, seulement, il regarda à nouveau Maigret en face.

Était-ce un regard de médecin ? Était-ce le regard du beau-frère de Françoise, du mari de l'étrange Mme Rivaud ?

En tout cas, c'était un regard où il y avait de l'inquiétude. Avant de sortir, il faillit parler. Il préféra se taire et, dans l'escalier seulement, il y eut des chuchotements entre lui et Mme Maigret.

Le plus grave c'est que le commissaire, maintenant, se souvenait de tous les détails de son rêve. Et il sentait d'autres avertissements. Tout à l'heure, il n'avait rien dit, mais l'auscultation avait été beaucoup plus douloureuse que la veille, ce qui était mauvais signe. Mauvais signe aussi cette fièvre persistante !

Au point qu'après avoir pris sa pipe sur la table de nuit, il la repoussa.

Sa femme entrait en soupirant.

— Qu'est-ce qu'il t'a dit ?

— Il ne veut rien dire ! C'est moi qui l'ai questionné. Il paraît qu'il t'a conseillé le repos complet.

— Où en est l'enquête officielle ?

Mme Maigret s'assit, résignée. Mais tout disait nettement qu'elle désapprouvait son mari, qu'elle ne partageait pas son entêtement, ni sa confiance.

— L'autopsie ?

— À quelques heures près, l'homme doit être mort peu après t'avoir attaqué.

— On n'a toujours pas trouvé l'arme ?

— Rien ! La photographie du cadavre est reproduite ce matin par tous les journaux, car personne ne le connaît. Même les journaux de Paris la publient.

— Montre...

Et Maigret prenait le journal avec une certaine émotion. En regardant la photographie, il avait l'impression qu'il était, en somme, le seul à connaître le mort.

Il ne l'avait pas vu. Mais ils avaient vécu une nuit ensemble. Il se souvenait du sommeil agité – était-ce vraiment du sommeil ? – de son compagnon de couchette, des soupirs, des espèces de sanglots qui éclataient soudain...

Puis des deux jambes qui pendaient, des souliers vernis, des chaussettes tricotées à la main...

La photographie était horrible, comme toutes les photographies de cadavres auxquels on essaie de rendre les apparences de la vie pour faciliter l'identification.

Un visage terne. Des yeux vitreux. Et Maigret n'était pas étonné de voir les joues envahies de barbe grise.

Pourquoi avait-il eu cette pensée, déjà dans le compartiment du train ? Il n'avait jamais imaginé son compagnon qu'avec une barbe grise !

Et il en avait une, ou plutôt des poils de trois centimètres qui poussaient partout sur le visage.

— Au fond, cette affaire ne te regarde pas !

Sa femme revenait à la charge, avec douceur, en s'excusant. Elle était navrée de l'état de santé de Maigret. Elle le regardait comme on regarde un être gravement atteint.

— J'ai écouté parler les gens, hier soir, au restaurant. Ils sont tous contre toi. Tu peux les questionner : personne ne te dira ce qu'il sait. Dans ces conditions…

— Veux-tu prendre un papier et une plume ?

Il dicta un télégramme pour un vieux camarade qu'il avait à la Sûreté d'Alger.

*Prière câbler urgence Bergerac tous renseignements concernant stage Dr Rivaud, hôpital d'Alger, il y a cinq ans. Merci. Cordialités. Maigret.*

Le visage de sa femme était éloquent. Elle écrivait. Mais elle ne croyait pas en cette enquête. Elle n'avait pas la foi.

Et il le sentait. Il enrageait. Il permettait le scepticisme chez d'autres. Chez sa femme, il lui était insupportable ! Si bien qu'il s'emporta, ou plutôt fut mordant.

— Voilà ! Inutile que tu corriges, ni que tu donnes ton avis ! Expédie ce télégramme ! Renseigne-toi sur les progrès de l'enquête ! Je ferai le reste.

Elle le regarda comme pour lui demander de faire la paix, mais il était déjà trop avant dans la colère.

— Je te demanderai en outre de garder désormais tes opinions pour toi ! Autrement dit, inutile de faire des confidences au docteur, à Leduc, ou à n'importe quel imbécile !

Il se tourna de l'autre côté, si lourdement, si maladroitement, que cela lui rappela le phoque de la nuit.

Il écrivait de la main gauche, ce qui rendait les caractères encore plus gras que d'habitude. Il respirait bruyamment, parce que sa pose était inconfortable. Deux gamins jouaient aux billes sur la place, juste au-dessous des fenêtres, et dix fois il faillit leur crier de se taire.

*Premier crime : la belle-fille du fermier du Moulin-Neuf est assaillie sur le chemin, étranglée, puis une longue aiguille est enfoncée dans sa poitrine et atteint le cœur.*

Il soupira, nota en marge :

*(heure, lieu exact, vigueur de la victime ?)*

Il ne savait rien ! Dans une enquête ordinaire, ces détails n'eussent demandé que quelques démarches. Actuellement, c'était tout un monde.

*Deuxième crime : la fille du chef de gare est assaillie, étranglée et a le cœur transpercé à l'aide d'une aiguille.*

*Troisième crime (raté) : Rosalie est attaquée par-derrière, mais elle met l'agresseur en fuite.*

*(Rêve toutes les nuits et lit des romans. Déposition du fiancé.)*

*Quatrième crime : un homme qui descend du train en marche et que je poursuis me blesse d'une balle à l'épaule. À noter que cela se passe, comme les trois autres événements, dans les bois du Moulin-Neuf.*

*Cinquième crime : l'homme est tué d'une balle dans la tête, dans les mêmes bois.*

*Sixième crime (?) : Françoise est assaillie, dans les bois du Moulin-Neuf, et a le dessus sur l'agresseur.*

Il froissa la feuille qu'il jeta en haussant les épaules. Il en prit une autre, traça d'une main négligente :

*Duhourceau : fou?*
*Rivaud : fou?*
*Françoise : folle?*
*Mme Rivaud : folle?*
*Rosalie : folle?*
*Commissaire : fou?*
*Hôtelier : fou?*
*Leduc : fou?*
*Inconnu aux souliers vernis : fou?*

Mais, au fait, pourquoi y avait-il besoin d'un fou dans l'histoire ? Maigret fronçait soudain les sourcils, évoquait ses premières heures à Bergerac.

Qui donc lui avait parlé de folie ? Qui avait insinué que les deux crimes n'avaient pu être commis que par un fou ?

*Le docteur Rivaud !*

Et qui avait aussitôt approuvé, qui avait aiguillé les recherches officielles dans ce sens ?

*Le procureur Duhourceau !*

Et si on ne cherchait pas de fou ? Si on cherchait tout simplement une explication logique à l'enchaînement des faits ?

Par exemple, cette histoire d'aiguille plantée dans le cœur ne pouvait-elle avoir pour seul but de faire croire, précisément, au crime d'un sadique ?

Sur une autre feuille, Maigret écrivit le titre : *Questions*. Et il orna les caractères comme un écolier désœuvré.

*1. Rosalie a-t-elle vraiment été assaillie ou ne l'a-t-elle été que dans son imagination ?*

*2. Françoise a-t-elle été assaillie ?*

*3. Si elle l'a été, est-ce par le même assassin que celui des deux premières femmes ?*

*4. L'homme aux chaussettes grises est-il l'assassin ?*

*5. Qui est l'assassin de l'assassin ?*

Mme Maigret entra, ne jeta qu'un coup d'œil vers le lit, alla dans le fond de la chambre retirer son chapeau et son manteau et vint enfin s'asseoir près de son mari.

D'un geste machinal, elle lui prit les papiers et le crayon des mains, soupira :

— Dicte !

Alors, un instant, il fut partagé entre le désir de faire une nouvelle scène, de considérer cette attitude comme un défi, comme une insulte, et le besoin de rétablir l'ordre dans le ménage, de s'attendrir.

Il détournait la tête, maladroit comme il l'était toujours dans ces circonstances-là. Elle parcourait des yeux les lignes qu'il avait écrites.

— Tu as une idée ?
— Rien du tout !

Il éclatait ! Non, il n'avait pas d'idée ! Non, il ne s'y retrouvait pas dans cette histoire compliquée comme à plaisir ! Il enrageait ! Il était sur le point de se laisser décourager ! Il avait envie de se reposer, de vivre les quelques jours de congé qu'il avait encore dans le petit manoir de Leduc, parmi la volaille, les bruits reposants de la ferme, l'odeur des vaches, des chevaux...

Mais il ne voulait pas reculer ! Il ne voulait pas de conseils !

Est-ce qu'elle comprenait enfin ? Est-ce qu'elle allait vraiment l'aider, au lieu de le pousser bêtement au repos ?

Voilà ce que disaient ses prunelles troubles !

Et elle répondait par un mot qu'elle n'employait pas souvent :

— Mon pauvre Maigret !

Car elle l'appelait Maigret dans certaines circonstances, quand elle reconnaissait qu'il était l'homme, le maître, la force et l'intelligence du ménage ! Elle ne le faisait peut-être pas cette fois avec beaucoup de conviction. Mais ne guettait-il pas sa réponse comme un enfant qui a besoin d'être encouragé ?

Voilà ! Maintenant, c'était passé !

— Mets-moi un troisième oreiller, veux-tu?

Finis les bêtes attendrissements, les petites colères, les enfantillages.

— Et bourre-moi une pipe!

Les deux gamins se disputaient, sur la place. L'un d'eux recevait une gifle et s'en allait droit vers une maison basse, se mettait à pleurer au moment d'y entrer et de se plaindre à sa mère.

— En somme, il faut, avant tout, concevoir un plan de travail. Eh bien! je crois que le mieux est de faire comme si nous ne devions plus recevoir d'éléments nouveaux! Autrement dit, tabler sur ce que nous connaissons et essayer toutes les hypothèses jusqu'à ce que l'une d'elles rende un son pur...

— J'ai rencontré Leduc, en ville.

— Il t'a parlé?

— Bien entendu! dit-elle en souriant. Il a de nouveau insisté pour que je te décide à quitter Bergerac et à nous installer chez lui. Il sortait de chez le procureur.

— Tiens! Tiens!

— Il a parlé avec volubilité, comme un homme ennuyé.

— Tu es allée à la morgue, revoir le cadavre?

— Il n'y a pas de morgue. On l'a mis dans la chambre d'arrêt. Cinquante personnes s'entassent à la porte. J'ai attendu mon tour.

— Tu as vu les chaussettes?

— De la belle laine. Elles ont été tricotées à la main.

— Ce qui indique un homme qui a une vie organisée ou qui, tout au moins, a une femme, une sœur ou une fille qui s'occupe de lui. Ou encore un vagabond!

Car les vagabonds reçoivent des chaussettes qui sont tricotées dans les ouvroirs par les jeunes filles de bonne famille.

— Seulement les vagabonds ne voyagent pas en couchette.

— Ni, généralement, les petits-bourgeois. Moins encore les petits employés. Du moins en France. La couchette laisse supposer quelqu'un qui est habitué à faire de grands trajets. Les souliers?...

— Il y a une marque. On en vend les mêmes dans cent ou deux cents succursales.

— Le costume?

— Un complet noir très usé, mais en bon drap, et qui a été fait sur mesure. Il a été porté trois ans, au moins, comme le pardessus.

— Le chapeau?

— On ne l'a pas retrouvé. Le vent a dû l'emporter plus loin.

Maigret chercha dans sa mémoire, ne parvint pas à se souvenir du chapeau de l'homme du train.

— Tu n'as rien remarqué d'autre?

— La chemise était reprisée au col et aux poignets. Du travail assez bien fait.

— Ce qui semble indiquer qu'une femme s'occupait de cet homme. Portefeuille, papiers, petits objets dans les poches?

— Rien qu'un fume-cigarette en ivoire, très court.

Ils parlaient tous les deux simplement, naturellement, comme deux bons collaborateurs. C'était la détente, après des heures d'énervement. Maigret fumait sa pipe à petites bouffées.

— Voilà Leduc qui arrive!

On le voyait traverser la place et sa démarche était plus désordonnée que d'habitude, son chapeau de paille un peu renversé sur la nuque. Quand il arriva sur le palier, Mme Maigret lui ouvrit la porte et il oublia de la saluer.

— Je sors de chez le procureur.

— Je sais.

— Oui... ta femme t'a dit... Je suis passé ensuite au commissariat pour m'assurer que la nouvelle était vraie. C'est quelque chose d'inouï, de renversant.

— J'écoute.

Leduc s'épongeait. Il but machinalement la moitié d'un verre de limonade préparé pour Maigret.

— Tu permets?... C'est la première fois que cela arrive... Naturellement, on a envoyé à Paris les empreintes digitales!... On vient de recevoir la réponse... Eh bien!...

— Eh bien?

— Notre cadavre est mort depuis des années!

— Tu dis?

— Je dis qu'officiellement notre cadavre est cadavre depuis des années. Il s'agit d'un certain Meyer, connu sous le nom de Samuel, condamné à mort à Alger et...

Maigret s'était soulevé sur les coudes.

— Et exécuté?

— Non! Décédé à l'hôpital quelques jours avant son exécution!

Mme Maigret ne put s'empêcher d'esquisser un sourire attendri, un tout petit peu moqueur, devant le visage rayonnant de son mari.

Il surprit ce sourire, faillit sourire à son tour. La dignité l'emporta. Il eut le front grave qui convenait.

— Qu'est-ce qu'il avait fait, Samuel ?

— La réponse de Paris ne le dit pas. Nous n'avons reçu qu'un télégramme chiffré. Nous aurons ce soir copie de sa fiche. Il ne faut pas oublier que Bertillon reconnaît lui-même qu'il y a une chance sur cent mille, si je ne me trompe, pour que les empreintes de deux hommes se ressemblent. Rien n'empêche que nous soyons tombés sur cette exception-là...

— Le procureur tire une tête ?

— Bien entendu, il est ennuyé. Il parle maintenant de faire appel à la Brigade Mobile. Mais il a peur de tomber sur des inspecteurs qui viendront prendre leurs instructions chez toi. Il m'a demandé si tu avais beaucoup d'influence dans la maison, etc.

— Bourre-moi une pipe ! dit Maigret à sa femme.

— C'est la troisième !

— Peu importe ! Je parie que je n'ai même plus 37 de fièvre ! Samuel ! Les souliers à élastique ! Samuel est un Juif. Les Juifs ont généralement les pieds sensibles. Ils ont aussi le culte de la famille : chaussettes tricotées. Et le culte de l'économie : le complet vieux de trois ans, en drap inusable...

Il s'interrompit.

— Je plaisante, mes enfants ! Mais je puis bien vous dire la vérité ! Je viens de passer quelques vilaines heures ! Rien que de penser à ce rêve... Maintenant, du moins, le phoque – à moins que ce phoque soit une baleine ! – le phoque, dis-je, a démarré... Et vous verrez qu'il ira cahin-caha son petit bonhomme de chemin.

Il éclata de rire, parce que Leduc regardait Mme Maigret avec inquiétude.

7

*Samuel*

Les deux nouvelles arrivèrent à peu près en même temps, dans la soirée, quelques minutes avant la visite du chirurgien.

D'abord un télégramme d'Alger :

*Docteur Rivaud inconnu hôpitaux. Amitiés. Martin.*

Maigret en avait à peine fait sauter la bande que Leduc entrait, sans oser demander à son collègue ce qu'il lisait.

— Regarde ceci !

Il jeta les yeux sur la dépêche, hocha la tête, soupira.

— Évidemment !

Et son geste signifiait : « Évidemment qu'il ne faut pas s'attendre à rencontrer de la simplicité dans cette affaire ! Nous trouverons à chaque pas, au contraire, des obstacles nouveaux ! Et j'ai raison de dire que le mieux à faire est de s'installer confortablement à la Ribaudière. »

Mme Maigret était sortie. Malgré le crépuscule, Maigret ne pensait pas à tourner le commutateur. Les réverbères de la place étaient allumés et il aimait, à cette heure-là, retrouver leur guirlande régulière. Il savait que la maison qui s'éclairerait la première était la seconde à gauche du garage et, sous la lampe, il devinerait alors la silhouette, toujours penchée sur un ouvrage, d'une couturière.

— La police a des nouvelles aussi ! grommela Leduc.

Il était embarrassé. Il ne voulait pas avoir l'air de venir mettre Maigret au courant. Peut-être même lui avait-on demandé de le laisser dans l'ignorance des résultats de l'enquête officielle.

— Des nouvelles de Samuel ?

— Justement ! D'abord on a reçu sa fiche. Ensuite Lucas, qui a eu à s'occuper de lui jadis, a téléphoné de Paris, afin de donner des détails.

— Raconte !

— On ne sait pas exactement d'où il est. Mais on a de bonnes raisons de croire qu'il est né en Pologne, ou en Yougoslavie. Quelque part par là, en tout cas ! Un homme taciturne, qui ne mettait pas volontiers les gens au courant de ses affaires. À Alger, il avait un bureau. Devine de quoi ?

— Une spécialité terne, j'en suis sûr !

— Commerce de timbres-poste !

Et Maigret était ravi, parce que cela cadrait à merveille avec l'individu du train.

— Commerce de timbres-poste qui cachait autre chose, comme de juste ! Le plus fort, c'est que c'était si bien fait que la police ne s'est aperçue de rien et qu'il a fallu un double crime pour... Je répète *grosso modo* ce que Lucas a dit au téléphone. Le bureau en question était à peu près une des plus grosses usines de faux passeports et surtout de faux contrats de travail. Samuel avait des correspondants à Varsovie, à Vilna, en Silésie, à Constantinople...

La nuit, maintenant, était toute bleue. Les maisons se découpaient en blanc nacré. En bas, c'était la rumeur habituelle de l'apéritif.

— Curieux ! articula Maigret.

Mais ce qu'il trouvait curieux, ce n'était pas la profession de Samuel. C'était de voir aboutir à Bergerac des fils tendus jadis entre Varsovie et Alger !

Et surtout de retomber, en partant d'une affaire purement locale, d'un crime de petite ville, sur la pègre internationale.

Des gens comme Samuel, il en avait eu des centaines à étudier, à Paris et ailleurs, et il l'avait toujours fait avec une curiosité mêlée de gêne, pas tout à fait de répulsion, comme s'ils eussent été d'une espèce différente de l'espèce humaine ordinaire.

Des individus que l'on retrouve barmen en Scandinavie, gangsters en Amérique, tenanciers de maisons de jeu en Hollande ou ailleurs, maîtres d'hôtel ou directeurs de théâtre en Allemagne, négociants en Afrique du Nord...

C'était là, devant la place idéalement paisible de Bergerac, l'évocation d'un monde effrayant par sa force, sa multitude et par le tragique de son destin.

Le centre et l'est de l'Europe, depuis Budapest jusqu'à Odessa, depuis Tallinn jusqu'à Belgrade, grouillant d'une humanité trop dense...

Des centaines de milliers de Juifs affamés s'en allant chaque année dans toutes les directions : cales d'émigrants à bord des paquebots, trains de nuit, enfants sur les bras, vieux parents que l'on traîne, visages résignés, tragiques, défilant près des poteaux frontière...

Chicago compte plus de Polonais que d'Américains... La France en a absorbé des trains et des trains et les secrétaires de mairie, dans les villages, doivent se faire épeler les noms que les habitants viennent décliner lors des naissances ou des décès...

Il y a tous ceux qui s'exilent officiellement, avec des papiers en règle...

Il y a les autres, qui n'ont pas la patience d'attendre leur tour, ou qui ne peuvent pas obtenir de visa...

Et alors, ce sont des Samuel qui interviennent ! Des Samuel qui connaissent tous les villages-réservoirs et toutes les destinations, toutes les gares frontière, tous les timbres de consulats et les signatures de fonctionnaires...

Des Samuel qui parlent dix langues et autant de dialectes...

Et qui cachent leur activité derrière un commerce prospère, autant que possible international.

Bien trouvés, les timbres-poste !

*Monsieur Lévy, à Chicago,*
*Je vous adresse par le prochain paquebot deux cents timbres rares, vignette orange, de Tchécoslovaquie...*

Et, bien entendu, Samuel, comme la plupart de ses pareils, ne devait pas s'occuper que des hommes !

Dans les maisons spéciales de l'Amérique du Sud, ce sont les Françaises qui constituent le dessus du panier. Leurs expéditeurs travaillent à Paris, sur les Grands Boulevards.

Mais le gros de la troupe, la marchandise à bon marché, est fourni par l'est de l'Europe. Des filles de la campagne qui partent là-bas à quinze ans ou à seize et en reviennent à vingt – ou n'en reviennent pas ! – après avoir gagné leur dot !

Tout cela, c'est la pâture quotidienne, au Quai des Orfèvres.

Ce qui troublait Maigret, c'était la brusque irruption de ce Samuel dans l'affaire de Bergerac où il n'y avait eu jusque-là que le procureur Duhourceau, le docteur et sa femme, Françoise, Leduc, le patron de l'hôtel…

L'intrusion d'un monde nouveau, d'une atmosphère violemment différente…

Toute l'affaire, en somme, qui changeait de ton ! En face de lui, Maigret voyait une petite épicerie dont il finissait par connaître tous les bocaux. Plus loin, la pompe à essence du garage, pompe qui ne devait être là que pour garnir, car on servait toujours l'essence par bidons !

Leduc racontait :

— Encore une idée étonnante d'avoir installé l'affaire en Algérie… Samuel avait d'ailleurs une clientèle importante d'Arabes et même de nègres venus de l'intérieur…

— Son crime ?

— Deux crimes ! Deux hommes de sa race, inconnus à Alger, qu'on a retrouvés morts dans un terrain vague. Ils venaient tous les deux de Berlin. On a fait des recherches. On a appris, de fil en aiguille, qu'ils travaillaient depuis longtemps avec Samuel. L'enquête a duré des mois. On ne trouvait pas de preuves. Samuel est tombé malade et, de l'infirmerie de la prison, il a fallu le transporter à l'hôpital.

» On a à peu près reconstitué le drame : les deux associés de Berlin venant se plaindre d'irrégularités. Samuel devait être un malin qui les volait tous. De là à des menaces...

» Et notre homme les a supprimés !

» Il a été condamné à mort. Mais on n'a pas eu besoin de l'exécuter, puisqu'il est mort à l'hôpital quelques jours après le verdict...

» C'est tout ce que je sais !

Le docteur fut étonné de trouver les deux hommes dans l'obscurité et ce fut lui qui, d'un geste sec, tourna le commutateur. Puis il posa sa trousse sur la table, après un salut rapide, se débarrassa de son pardessus de demi-saison, fit couler de l'eau chaude dans le lavabo.

— Je te laisse ! dit Leduc en se levant. Je te verrai demain...

Il ne devait pas être ravi d'avoir été surpris par Rivaud dans la chambre de Maigret. Il habitait le pays, lui ! Il avait intérêt à ménager les deux camps, puisque aussi bien il existait maintenant deux camps !

— Soigne-toi bien ! Au revoir, docteur !

Et celui-ci, qui se savonnait les mains, répondit par un grognement.

— La température ?

— Couci-couça ! riposta Maigret.

Il se sentait d'humeur enjouée, comme au début de l'affaire, quand c'était un si grand bonheur pour lui de se sentir encore vivant.

— La douleur ?

— Bah ! Je commence à m'habituer...

Il y avait une série de gestes quotidiens, toujours les mêmes, qui étaient devenus une sorte de rite, et cela s'accomplit une fois de plus.

Pendant ce temps, le visage de Rivaud était sans cesse très près de celui de Maigret, qui remarqua soudain :

— Vous n'avez pas le type israélite très prononcé !

Pas de réponse, mais la respiration régulière, un peu sifflante, du docteur qui sondait la blessure. Quand ce fut fini, le pansement remis en place, il déclara :

— Vous êtes désormais transportable.

— Que voulez-vous dire ?

— Que vous n'êtes plus prisonnier dans cette chambre d'hôtel. N'était-il pas question que vous alliez passer quelques jours chez votre ami Leduc ?

Un homme maître de lui, c'était un fait ! Depuis un quart d'heure au moins, Maigret le tenait sous son regard et il ne bronchait pas, esquissant les gestes délicats de sa profession sans un frémissement des doigts.

— Dorénavant, je ne viendrai que tous les deux jours et, pour les autres soins, je vous enverrai mon assistant. Vous pouvez avoir toute confiance en lui.

— Autant qu'en vous ?

Il y avait des moments – c'était rare, d'ailleurs ! – où Maigret ne pouvait s'empêcher de lancer une petite phrase de ce genre, avec un air benêt qui lui donnait tout son sel.

— Bonsoir !

Et voilà ! Il était parti ! Maigret restait à nouveau seul avec tous ses personnages dans la tête, plus le fameux Samuel qui était venu s'ajouter à la collection et qui, d'emblée, avait pris la première place.

Un Samuel qui, comme ultime originalité, avait celle, peu courante, d'être mort deux fois !

Était-ce lui, l'assassin des deux femmes, le maniaque de l'aiguille ?

Dans ce cas, il y avait déjà plusieurs bizarreries, deux au moins : d'abord qu'il ait choisi Bergerac pour théâtre de ses exploits.

Les gens de cette sorte préfèrent les villes, où les habitants sont plus mélangés et où, par conséquent, ils ont des chances de passer inaperçus.

Or, on n'avait jamais vu Samuel à Bergerac, ni dans tout le département, et il n'était pas homme, avec ses souliers vernis, à vivre dans les bois comme un bandit d'opérette.

Fallait-il supposer qu'il trouvait abri chez quelqu'un ? Chez le docteur ? Chez Leduc ? Chez Duhourceau ? À l'*Hôtel d'Angleterre* ?

Deuxièmement, les crimes d'Alger étaient des crimes réfléchis, des crimes intelligents, visant à la suppression de complices devenus dangereux.

Les crimes de Bergerac, au contraire, étaient l'œuvre d'un maniaque, d'un obsédé sexuel ou d'un sadique !

Entre les premiers et les autres, Samuel était-il devenu fou ? Ou bien, pour une raison subtile, avait-il éprouvé le besoin de simuler la folie, et l'histoire de l'aiguille n'était-elle qu'un sinistre paravent ?

— Je serais curieux de savoir si Duhourceau est déjà allé en Algérie ! grommela Maigret à mi-voix.

Sa femme entrait. Elle était lasse. Elle jeta son chapeau sur la table, se laissa tomber dans la bergère.

— Quel métier tu as choisi ! soupira-t-elle. Quand je pense que tu t'agites de la sorte toute ta vie...

— Du nouveau ?

— Rien d'intéressant. J'ai entendu dire qu'on avait reçu le rapport de Paris au sujet de Samuel. On le garde secret.

— Je le connais.

— Leduc ? C'est bien de sa part. Car tu n'as pas meilleure presse dans le pays. Les gens sont déroutés. Il y en a qui prétendent que l'histoire Samuel n'a rien de commun avec les crimes du fou, qu'il s'agit tout simplement d'un homme qui est venu se suicider dans les bois et qu'un jour ou l'autre il y aura une autre femme assassinée...

— Tu t'es promenée du côté de la villa de Rivaud ?

— Oui ! Je n'ai rien vu. Par contre, j'ai appris une toute petite chose qui n'a peut-être pas d'importance. À deux ou trois reprises, il est venu à la villa une femme d'un certain âge, assez vulgaire, qu'on croit être la belle-mère du docteur. Mais personne ne sait où elle habite, ni si elle vit encore. La dernière fois, c'était il y a deux ans.

— Passe-moi l'appareil téléphonique !

Et Maigret demanda le commissariat.

— C'est le secrétaire ?... Non, pas la peine de déranger le patron... Dites-moi simplement le nom de jeune fille de Mme Rivaud... Je suppose que vous n'y voyez aucun inconvénient.

Quelques instants plus tard il souriait. La main sur le micro, il dit à sa femme :

— On est allé appeler le commissaire pour savoir si l'on doit me donner le renseignement ! Ils sont embarrassés ! Ils voudraient bien refuser. Allô !... Oui... Vous dites ?... Beausoleil ?... Je vous remercie...

Et, après avoir raccroché :

— Un nom magnifique ! Et maintenant, je vais te donner un travail de bénédictin ! Tu vas prendre le Bottin ! Tu feras une liste de toutes les écoles de médecine de France. Tu téléphoneras à chacune d'elles et tu demanderas s'il y a eu un diplôme décerné, voilà quelques années, à un certain Rivaud...

— Tu crois qu'il ne serait pas... Mais... mais alors, comme c'est lui qui t'a soigné...

— Va toujours !

— Tu veux que je téléphone de la cabine qui est en bas ? J'ai remarqué que, de la salle, on entend tout ce qui se dit...

— Justement !

Et il resta seul une fois de plus, bourra une pipe, ferma la fenêtre, car la température fraîchissait.

Il n'avait besoin d'aucun effort pour imaginer la villa du médecin, la maison sombre du procureur.

Lui qui éprouvait une telle volupté à aller renifler des atmosphères !

Celle de la villa ne devait-elle pas être des plus curieuses ? Un décor simple, net de lignes ! Une de ces maisons qui font envie à ceux qui passent et qui se disent :

— Comme ils sont heureux là-dedans !

On voit des pièces claires, des rideaux éblouissants, des fleurs dans le jardin, des cuivres qui étincellent... L'auto ronronne à la porte du garage... Une jeune fille svelte saute au volant, ou bien c'est le chirurgien aux allures si nettes...

Que pouvaient-ils se dire, le soir, tous les trois ? Est-ce que Mme Rivaud était au courant des amours de sa sœur et de son mari ?

Elle n'était pas jolie ! Elle le savait ! Elle n'avait rien d'une amoureuse, mais faisait plutôt penser à une mère de famille résignée...

Et Françoise, elle, qui éclatait de vie !

Est-ce qu'on se cachait pour elle ? Les baisers s'échangeaient-ils, furtifs, derrière les portes ?

Était-ce au contraire une situation admise une fois pour toutes ? Maigret avait vu cela ailleurs, dans une maison bien plus austère d'apparence. Et c'était en province aussi !

D'où sortaient ces Beausoleil ? L'histoire de l'hôpital d'Alger était-elle vraie ?

En tout cas, Mme Rivaud devait être, en ce temps-là, une petite fille du peuple. Cela se sentait à de menus détails, à certains regards, à certains gestes, à un rien dans le maintien, dans la façon de s'habiller...

Deux petites filles du peuple... L'aînée, qui *marquait* davantage, trahissait même après des années ses origines...

La plus jeune, au contraire, beaucoup mieux adaptée et capable de faire illusion...

Est-ce qu'elles se détestaient ? Est-ce qu'elles se faisaient des confidences ? Étaient-elles jalouses l'une de l'autre ?

Et la mère Beausoleil, qui était venue deux fois à Bergerac ? Sans savoir pourquoi, Maigret évoquait une grosse commère ravie d'avoir casé ses filles, leur recommandant d'être bien gentilles avec un monsieur aussi important et aussi riche que le chirurgien.

On lui faisait sans doute une petite rente !

— Je la vois très bien à Paris, dans le dix-huitième arrondissement, ou mieux encore, à Nice...

S'entretenait-on des crimes, en dînant ?

Faire une visite là-bas, une seule, de quelques minutes seulement ! Regarder les murs, les bibelots, les menus objets traînant dans toute maison et révélant si bien la vie intime d'une famille !

Chez M. Duhourceau aussi ! Car il y avait un lien, peut-être extrêmement ténu, mais il y en avait un !

Tout cela formait un clan ! Cela se soutenait !

Brusquement Maigret sonna, fit prier le patron de monter. Et il lui demanda à brûle-pourpoint :

— Savez-vous si M. Duhourceau dîne souvent chez les Rivaud ?

— Tous les mercredis. Je le sais parce qu'il ne veut pas avoir sa voiture à lui et que c'est mon neveu qui fait le taxi et...

— Merci !

— C'est tout ?

L'hôtelier s'en allait, ahuri. Et Maigret, autour de la nappe blanche qu'il imaginait, plaçait un convive de plus : le procureur de la République, qu'on devait mettre à droite de Mme Rivaud.

— Et c'est un mercredi, ou plutôt la nuit de mercredi à jeudi, que j'ai été assailli en sautant du train et que Samuel a été tué ! découvrit-il soudain.

Donc, ils avaient dîné ensemble, là-bas. Maigret avait l'impression d'avancer soudain à pas de géant. Il décrocha le récepteur téléphonique.

— Allô! Le bureau de Bergerac? Ici, police, mademoiselle...

Il faisait la grosse voix, car il avait peur d'être éconduit.

— Voulez-vous me dire si, mercredi dernier, M. Rivaud a reçu une communication téléphonique de Paris?

— Je vais consulter sa feuille.

Cela ne prit pas une minute.

— Il a reçu à deux heures de l'après-midi une communication d'Archives 14-67...

— Vous avez là-bas la liste des abonnés de Paris classés par numéros?

— Il me semble avoir vu ça quelque part. Vous gardez l'appareil?

Une jolie fille, sûrement! Et gaie! Maigret lui parlait en souriant.

— Allô!... J'ai trouvé. C'est le restaurant des *Quatre Sergents,* place de la Bastille.

— Une communication de trois minutes?

— Non! Trois unités! Autrement dit neuf minutes.

Neuf minutes! À deux heures! Le train partait à trois! Le soir, pendant que Maigret roulait, dans le wagon surchauffé, sous la couchette de son compagnon tourmenté par l'insomnie, le procureur dînait chez les Rivaud...

Maigret était en proie à une impatience folle. Pour un peu, il eût sauté de son lit! Car il sentait qu'il approchait du but mais que ce n'était plus le moment de se tromper.

La vérité était là, quelque part, à portée de la main. Ce n'était plus qu'une question de flair, d'interprétation des éléments qu'il possédait...

Seulement, c'est à ces moments-là qu'on risque de se lancer tête baissée sur une fausse piste.

— Voyons... Ils sont à table... Qu'est-ce que Rosalie a insinué contre M. Duhourceau?... Sans doute des ardeurs incompatibles avec son âge et ses fonctions... Dans les petites villes, on ne peut pas caresser le menton d'une fillette sans passer pour un vilain monsieur... Est-ce que Françoise?... C'est assez bien le type de femme à enflammer un homme d'un certain âge... Donc, ils sont à table... Dans le train, Samuel et moi... Et Samuel a déjà peur... Car c'est un fait qu'il a peur... Il tremble... Il respire mal...

Maigret était en nage. Il entendait, en bas, les serveuses remuer des assiettes.

— Est-ce qu'il saute du train en marche *parce qu'il se croit poursuivi ou parce qu'il se croit attendu?*

Ça, c'est une question-base! Maigret le sent. Il a touché un point sensible. Il répète à mi-voix, comme si quelqu'un allait lui répondre :

— ... *parce qu'il se sent poursuivi ou parce qu'il se croit attendu...*

Or, le coup de téléphone...

Sa femme entre, si agitée qu'elle ne remarque pas l'animation de Maigret.

— Il faut faire venir tout de suite un médecin, un vrai! C'est inouï! C'est un crime... Quand je pense...

Et elle le regarde comme pour chercher sur son visage des stigmates inquiétants.

— Il n'a pas de diplôme!... Il n'est pas médecin!... On ne l'a trouvé nulle part sur les registres... Je comprends maintenant cette fièvre qui dure, cette plaie qui ne se referme pas…

— Et voilà ! triomphe Maigret. *C'est parce qu'il se sait attendu !*

La sonnerie résonne. La voix du patron, à l'appareil :

— M. Duhourceau demande s'il peut monter !

8

*Un bibliophile*

D'un instant à l'autre, la physionomie de Maigret se transforma, devint neutre, morne, résignée, comme celle d'un malade quelconque qui s'enfonce dans l'ennui.

Peut-être à cause de cela la physionomie de la chambre, elle aussi, changea. Elle était sans prestige, avec le lit défait qu'on avait changé de place, le rectangle de tapis plus neuf là où il se trouvait auparavant, des médicaments sur la table de nuit, le chapeau de Mme Maigret ailleurs.

Comme par hasard, Mme Maigret venait d'allumer un petit réchaud à alcool pour y préparer une tisane.

L'ensemble, vu ainsi, était un peu écœurant. On frappa de petits coups secs à la porte. Mme Maigret alla au-devant du procureur et celui-ci, après s'être incliné, lui tendit tout naturellement sa canne et son chapeau, se dirigea vers le lit.

— Bonsoir, commissaire.

Il n'était pas trop embarrassé. Il faisait plutôt penser à un homme qui s'est remonté pour accomplir une tâche déterminée.

— Bonsoir, monsieur le procureur. Asseyez-vous, je vous en prie…

Et, pour la première fois, Maigret vit un sourire sur le visage renfrogné de M. Duhourceau. Un retroussis des lèvres ! C'était préparé aussi !

— J'ai eu presque des remords à cause de vous… Cela vous étonne ?… Oui, je m'en suis voulu d'avoir été un peu trop sévère à votre égard… Il est vrai que vous avez parfois une attitude tellement crispante…

Il était assis, les deux mains à plat sur les cuisses, le corps penché en avant et Maigret le regardait en face, mais avec de gros yeux qui paraissaient vides de pensées.

— Bref, j'ai résolu de vous mettre au courant de…

Certes, le commissaire entendait. Mais il eût été bien incapable de répéter la moindre des phrases de son interlocuteur. Il était occupé, en réalité, à l'étudier trait par trait, tant au physique qu'au moral.

Un teint très clair, presque trop clair, que les cheveux gris et les poils des moustaches mettaient encore en valeur… M. Duhourceau n'avait pas de maladie de foie… Il n'était pas sanguin, ni goutteux…

De quel côté donnait-il prise à la maladie ? Car on n'atteint pas soixante-cinq ans sans se sentir un point faible !

— Artériosclérose ! répondit Maigret.

Et il fixait les doigts maigres, les mains à la peau soyeuse mais aux veines saillantes et dures comme du verre.

Un petit homme sec, nerveux, intelligent, rageur !

— Et moralement, quel est son point faible, quel est son vice ?

Il y en avait un ! Cela se sentait ! Sous toute la dignité du procureur, il y avait quelque chose de flou, de fuyant, de honteux...

Il parlait :

— ... dans deux ou trois jours au plus tard, l'instruction sera close... Car les faits parlent d'eux-mêmes !... Comment Samuel a-t-il échappé à la mort et a-t-il fait enterrer un autre à sa place, ceci regarde le Parquet d'Alger, s'il lui plaît de déterrer cette vieille histoire... À mon avis, il n'en sera même pas question...

Il y avait des moments où sa voix baissait d'un ton. C'était quand il cherchait le regard de Maigret et qu'il ne trouvait que du vide ! Alors, il se demandait si le commissaire l'écoutait, s'il ne fallait pas prendre cette absence comme une ironie supérieure.

Il faisait un effort, sa voix se raffermissait.

— Toujours est-il que ce Samuel, qui n'était peut-être déjà pas trop sain d'esprit là-bas, arrive en France, se cache un peu partout et est bientôt en proie à la folie... C'est un cas fréquent, le docteur Rivaud vous le dira... Il commet ses crimes... Dans le train, il croit que vous êtes sur sa piste... Il tire dans votre direction et, de plus en plus affolé, il finit par se suicider...

Le procureur ajouta, avec un geste beaucoup trop désinvolte :

— Remarquez que je n'attache guère d'importance à l'absence du revolver près du cadavre... Les annales judiciaires nous fournissent des centaines d'exemples de ce genre... Un rôdeur peut être passé par là, ou un enfant... Et cela se saura dans dix ans ou dans vingt... L'important, c'est que le coup de feu ait été tiré d'assez près et l'autopsie démontre que c'est le cas... Voilà, en quelques mots...

Maigret, lui, se répétait :

— Quel est son vice ?

Pas l'alcool ! Pas le jeu ! Et, chose étrange, le commissaire était tenté de répondre : pas les femmes !

L'avarice ? C'était déjà plus plausible ! On imaginait mieux M. Duhourceau, toutes portes closes, ouvrant son coffre-fort et alignant sur la table des liasses de billets, des petits sacs d'or...

Pour tout dire, il donnait plutôt l'impression d'un solitaire ! Or, le jeu est un vice en commun ! L'amour aussi ! L'alcool presque toujours...

— Monsieur Duhourceau, êtes-vous déjà allé en Algérie ?

— Moi ?

Quand quelqu'un répond *moi* de la sorte, c'est neuf fois sur dix qu'il veut gagner du temps.

— Pourquoi me demandez-vous ça ? Est-ce que j'ai l'air d'un colonial ? Non, je ne suis jamais allé en Algérie, ni même au Maroc. Mon plus grand voyage a consisté à visiter les fjords de Norvège. C'était en 1923...

— Oui... Je ne sais vraiment pas pourquoi je vous ai posé cette question... Vous ne pouvez vous imaginer à quel point cette perte de sang m'a affaibli...

Encore un vieux truc de Maigret : passer d'un sujet à un autre et parler tout à coup de choses qui n'ont aucun lien avec la conversation.

L'interlocuteur, qui craint un piège, essaie de deviner une intention cachée là où il n'y en a pas. Il fait un effort cérébral violent, s'énerve, se fatigue et finit par perdre le fil de ses propres idées.

— C'est ce que je disais au docteur. Au fait, qui fait la cuisine, chez eux?

— Mais...

Et Maigret ne lui donnait pas le temps de répondre.

— Si c'est une des deux sœurs, ce n'est certainement pas Françoise! On la voit mieux au volant d'une voiture de luxe qu'en train de surveiller un ragoût... Voulez-vous être assez aimable pour me passer le verre d'eau?...

Et Maigret, soulevé sur un coude, se mit à boire, mais si maladroitement qu'il laissa tomber le verre et son contenu sur la jambe de M. Duhourceau.

— Excusez-moi!... C'est stupide!... Ma femme va vous essuyer immédiatement... Encore heureux que cela ne fasse pas tache...

L'autre était furieux. L'eau, qui avait transpercé le pantalon, devait lui couler le long du mollet.

— Ne vous dérangez pas, madame... Comme votre mari dit, cela ne fait pas tache... Cela n'a donc pas d'importance...

Il y mettait de l'ironie.

Les discours de Maigret, ce petit incident par surcroît, lui avaient fait perdre la bonne humeur de commande affichée au début. Il était debout. Il se souvenait qu'il avait encore différentes choses à dire.

Mais maintenant il jouait mal son rôle, n'atteignant qu'à une cordialité très relative.

— Quant à vous, commissaire, quelles sont vos intentions?

— Toujours les mêmes !

— C'est-à-dire ?...

— Arrêter l'assassin, bien entendu ! Puis ma foi, si j'ai encore du temps devant moi, aller voir enfin cette Ribaudière où je devrais me trouver depuis une dizaine de jours.

M. Duhourceau était blême de colère, d'indignation. Comment ? Il s'était donné la peine de rendre cette visite, de raconter tout ce qu'il avait raconté, de faire presque la cour à Maigret !

Puis après lui avoir renversé un verre d'eau sur la jambe – et le procureur était persuadé que Maigret l'avait fait exprès ! – on lui déclarait tranquillement :

— Je vais arrêter l'assassin !

On lui disait cela, à lui, magistrat, au moment même où il venait d'affirmer qu'il n'y avait plus d'assassin ! Est-ce que cela n'avait pas l'air d'une menace ? Fallait-il partir une fois de plus en claquant les portes ?

Eh bien ! M. Duhourceau parvint à sourire.

— Vous êtes obstiné, commissaire !

— Vous savez, quand on est couché toute la journée et qu'on n'a rien à faire... Vous n'auriez pas, par hasard, quelques livres à me prêter ?...

Encore un coup de sonde. Et Maigret eut bien l'impression que le regard de son interlocuteur était plus inquiet.

— Je vous en enverrai...

— Des ouvrages gais, n'est-ce pas ?

— Il est temps que je m'en aille...

— Ma femme va vous apporter votre chapeau et votre canne ! Vous dînez chez vous ?

Et il tendit sa main au procureur, qui n'osa pas la refuser. La porte refermée, Maigret resta immobile, le regard au plafond, et sa femme commença :

— Tu crois que... ?

— Est-ce que Rosalie travaille toujours à l'hôtel ?

— Je crois que c'est elle que j'ai rencontrée dans l'escalier.

— Tu devrais aller me la chercher.

— Les gens vont encore dire...

— Peu importe !

En attendant, Maigret se répétait :

— Duhourceau a peur ! Il a eu peur dès le début ! Peur qu'on découvre l'assassin et peur qu'on pénètre dans sa vie privée ! Rivaud aussi a peur. Mme Rivaud a peur...

Restait à établir quel rapport ces gens pouvaient avoir avec Samuel, exportateur de pauvres diables de l'Europe centrale et spécialiste en fausses pièces officielles !

Le procureur n'était pas israélite. Rivaud l'était peut-être, mais ce n'était pas sûr.

La porte s'ouvrait. Rosalie entrait, suivie de Mme Maigret, et elle essuyait de grosses mains rouges à son tablier de toile.

— Monsieur m'a fait appeler ?

— Oui, mon petit... Entrez... Asseyez-vous ici...

— Nous n'avons pas le droit de nous asseoir dans les chambres !

Le ton faisait présager de la suite ! Ce n'était plus la fille bavarde et familière des jours précédents. On avait dû la chapitrer, l'intimider peut-être par des menaces...

— Je voulais vous demander un simple renseignement. Vous n'avez jamais travaillé chez le procureur ?

— J'y ai travaillé deux ans !

— C'est bien ce que je pensais ! Comme cuisinière ? Comme femme de chambre ?

— Il n'a pas besoin de femme de chambre, puisque c'est un homme !

— Évidemment !... Dans ce cas, vous faisiez les gros travaux... C'est vous qui deviez cirer les parquets, prendre les poussières...

— Je faisais le ménage, quoi !

— C'est cela ! Et c'est ainsi que vous avez surpris les petits secrets de la maison ! Il y a combien d'années de ça ?

— Il y a un an que j'ai quitté la place !

— Autrement dit, vous étiez aussi belle fille qu'aujourd'hui... Mais si !...

Maigret ne riait pas. Il avait un art tout particulier pour dire ces choses avec un air de conviction admirable. Rosalie, d'ailleurs, n'était pas laide. Elle avait des formes plantureuses qui avaient déjà dû attirer bien des mains curieuses.

— Est-ce que le procureur venait vous regarder travailler ?

— Il n'aurait plus manqué que ça ! C'est moi qui l'aurais laissé traîner dans mes seaux et mes torchons !

Une chose adoucissait un peu Rosalie : c'était de voir Mme Maigret vaquer à de menus travaux de ménage. C'était elle, surtout, qu'elle regardait et à certain moment elle ne put s'empêcher de dire :

— Je vous apporterai une petite brosse... Il y en a en bas... Avec le balai, c'est trop fatigant...

— Le procureur recevait beaucoup de femmes ?
— Je ne sais pas !
— Mais si ! Répondez-moi gentiment, Rosalie ! Vous n'êtes pas seulement une belle fille, vous êtes une bonne fille, et vous vous souvenez que j'ai été le seul à vous défendre, l'autre jour, quand ils insinuaient...
— Ça ne servirait quand même à rien !
— Quoi ?
— Que je parle ! D'abord Albert – c'est mon fiancé – y perdrait son avenir, car il veut entrer dans l'administration... Puis on me ferait enfermer comme folle !... Tout ça parce que je rêve toutes les nuits et que je raconte mes rêves...

Elle s'animait. Il n'y avait plus qu'à la pousser un peu.

— Vous parliez de scandale...
— Si ce n'était que cela !
— Donc, vous me disiez que M. Duhourceau ne recevait pas de femmes ! Mais il va souvent à Bordeaux...
— Ça, je m'en moque !
— Alors, le scandale...
— Tout le monde pourrait vous le raconter... Car ça s'est su... Il y a bien deux ans de ça... Un paquet était arrivé à la poste, un petit paquet recommandé qui venait de Paris... Or, quand le facteur a voulu le prendre, il s'est aperçu que l'étiquette s'était décollée... On ne savait plus pour qui c'était... Il n'y avait pas de nom d'expéditeur...

» On a attendu huit jours avant de l'ouvrir, parce qu'on espérait que quelqu'un viendrait le réclamer... Et savez-vous ce qu'on a trouvé ?...

» Des photographies !... Mais pas des photographies comme les autres... Rien que des femmes nues... Et pas seulement des femmes... Des couples...

» Alors, pendant deux ou trois jours, on s'est demandé qui recevait des choses pareilles à Bergerac... Le receveur des postes avait même appelé le commissaire...

» Eh bien ! un beau jour, on a vu passer un paquet tout pareil, emballé dans le même papier... L'étiquette était du même modèle que celle qui s'était décollée et le colis était adressé à M. Duhourceau ! Voilà !...

Maigret n'était pas étonné du tout. N'avait-il pas conclu tout à l'heure : vice solitaire ?

Ce n'était pas pour compter son argent que le vieillard s'enfermait le soir dans son bureau sombre du premier étage ! C'était pour contempler des photographies, sans doute aussi des livres libertins.

— Écoutez-moi, Rosalie ! Je vous promets de ne pas parler de vous ! Avouez que, quand vous avez appris ce que vous venez de dire, vous avez regardé dans les bibliothèques...

— Qui est-ce qui vous l'a dit ?... D'abord, celles du bas, qui ont des grillages, étaient toujours fermées... Une fois seulement j'en ai trouvé une qui avait sa clef...

— Et qu'est-ce que vous avez vu ?

— Vous le savez bien ! Même que j'en ai eu le cauchemar pendant des nuits et que je suis restée plus d'un mois à ne pas vouloir approcher d'Albert...

Hum ! Ses relations avec le blond fiancé se précisaient !

— Des livres très gros, n'est-ce pas ? Sur du beau papier, avec des gravures...

— Oui... Et des autres... Des choses qu'on n'imagine pas...

Est-ce que c'était là tout le secret de M. Duhourceau ? Dans ce cas, c'était pitoyable ! Un pauvre bonhomme, célibataire, isolé à Bergerac où il ne pouvait sourire à une femme sans que cela fît scandale...

Il se consolait en devenant bibliophile à sa manière, en collectionnant les estampes galantes, les photographies érotiques, les livres que les catalogues nomment aimablement « ouvrages pour connaisseurs »...

Et il avait peur...

Seulement, cette passion-là n'avait guère de rapport avec les deux femmes assassinées ni surtout avec Samuel !

À moins que Samuel fût son fournisseur de photos ? Oui ? Non ?... Maigret hésitait. Rosalie se balançait d'une jambe à l'autre, très rouge, étonnée elle-même d'en avoir tant dit.

— Si votre femme n'avait pas été ici, je n'aurais jamais osé...

— Est-ce que le docteur Rivaud venait souvent chez M. Duhourceau ?

— Presque jamais ! Il téléphonait !

— Personne de sa famille ?

— Sauf Mlle Françoise, qui lui a servi de secrétaire !

— Au procureur ?

— Oui ! Elle avait même apporté une petite machine à écrire qui se renfermait dans une boîte.

— Elle s'occupait des affaires judiciaires ?

— Je ne sais pas de quoi elle s'occupait, mais c'était un travail à part, qu'elle faisait dans le petit bureau qu'une tenture sépare de la bibliothèque... Une grosse tenture en velours vert...

— Et?... commença Maigret.

— Je n'ai pas dit ça! Je n'ai rien vu!

— Cela n'a pas continué?

— Pendant six mois... Puis la demoiselle est allée chez sa mère, à Paris ou à Bordeaux, je ne sais pas au juste...

— En résumé, M. Duhourceau ne vous a jamais fait la cour?

— Il aurait été bien reçu!

— Et vous ne savez rien! Je vous remercie! Je vous promets que vous ne serez pas inquiétée, que votre fiancé ne saura pas que vous êtes venue ici ce soir.

Quand elle fut sortie, Mme Maigret, qui avait refermé la porte, soupira :

— Si ce n'est pas malheureux!... Des hommes intelligents, qui occupent une pareille situation...

Elle s'étonnait toujours, Mme Maigret, quand elle découvrait quelque chose de pas joli! Elle ne concevait même pas la possibilité d'instincts plus troubles que ses instincts de brave épouse désolée de n'avoir pas d'enfant.

— Tu crois que cette fille n'exagère pas? Si tu veux mon avis, elle cherche à se rendre intéressante! Elle raconterait n'importe quoi, pourvu qu'on l'écoute! Et, maintenant, je parierais qu'elle n'a jamais été attaquée...

— Moi aussi!

— C'est comme la belle-sœur du docteur... Elle n'est pas forte... On la renverserait d'une main... Et elle serait parvenue à se débarrasser de l'homme?...

— Tu as raison !

— Je vais plus loin ! Je pense que si cela continue, dans huit jours on ne s'y reconnaîtra plus entre la vérité et le mensonge ! Ces histoires-là font travailler les cervelles ! Les gens racontent le matin, comme leur étant arrivées, des histoires qu'ils ont pensées le soir en s'endormant... Voilà déjà M. Duhourceau qui devient un vilain monsieur !... Demain, on te dira que le commissaire de police trompe sa femme et que... Mais toi ! Qu'est-ce qu'on peut bien dire sur toi ?... Car il n'y a pas de raison pour qu'on n'en parle pas... Il faudra un jour ou l'autre que je leur montre notre livret de famille si je ne veux pas passer pour ta maîtresse...

Maigret la regardait en riant avec attendrissement. Elle s'emballait. Toutes ces complications l'effrayaient.

— C'est comme ce docteur qui n'est pas docteur...

— Qui sait ?

— Comment, qui sait ? Puisque j'ai téléphoné à toutes les universités, à toutes les écoles de médecine et que...

— Donne-moi ma tisane, veux-tu ?

— Celle-là, au moins, ne te fera pas de mal, car ce n'est pas lui qui l'a ordonnée.

Tout en buvant, il gardait la main de sa femme dans la sienne. Il faisait chaud. Un filet de vapeur fusait du radiateur avec un sifflement régulier, comme un ronron de matou.

En bas, le dîner était terminé. Les parties de jacquet et de billard commençaient.

— Une bonne tisane, c'est encore ce qui...

— Oui, chérie... Une bonne tisane...

Et il lui embrassa la main, avec une tendresse qui se cachait sous des airs ironiques.

— Tu verras ! Si tout va bien, dans deux ou trois jours, nous serons chez nous…

— Et tu commenceras une nouvelle enquête !

9

*L'enlèvement de la chanteuse légère*

Maigret s'amusait de l'air embarrassé de Leduc, qui grommelait :
— Qu'appelles-tu me confier une mission délicate ?
— Une mission, si tu veux, que tu es seul capable de remplir ! Allons ! Ne fais pas cette tête-là ! Il ne s'agit ni d'aller cambrioler le procureur, ni de pénétrer par escalade et effraction dans la villa des Rivaud…

Et Maigret attira à lui un journal de Bordeaux, souligna de l'ongle une petite annonce.

*On recherche une dame Beausoleil, anciennement à Alger, pour héritage. S'adresser notaire Maigret, Hôtel d'Angleterre, à Bergerac. Urgent.*

Leduc ne riait pas. Il regardait son collègue d'un air saumâtre.
— Tu veux que je fasse le faux notaire ?

Et il disait cela avec un tel enthousiasme à rebours que Mme Maigret, qui était au fond de la chambre, ne put s'empêcher de rire.

— Mais non ! L'annonce a paru dans une dizaine de journaux de la région bordelaise et dans les principaux quotidiens de Paris...

— Pourquoi Bordeaux ?

— Ne t'inquiète pas. Combien arrive-t-il de trains par jour à Bergerac ?

— Trois ou quatre !

— Il ne fait ni trop chaud, ni trop froid. Il ne pleut pas. Est-ce qu'il y a un bistrot devant la gare ? Oui. Voici donc la mission : te trouver sur le quai à l'arrivée de chaque train jusqu'à ce que tu aperçoives Mme Beausoleil...

— Mais je ne la connais pas !

— Moi non plus ! Je ne sais même pas si elle est grosse ou maigre. Elle doit avoir entre quarante et soixante ans. Et j'ai plutôt dans l'idée qu'elle est grasse.

— Cependant, puisque l'annonce dit de se présenter ici, je ne vois pas pourquoi je...

— Très subtil ! Seulement, moi, je prévois qu'il y aura à la gare une troisième personne, qui empêchera la dame de venir ici. Compris la mission ? Amener la dame quand même. En souplesse !

Maigret n'avait jamais vu la gare de Bergerac mais il avait sous les yeux une carte postale qui la représentait. On distinguait le quai éclairé en plein par le soleil, le petit bureau du chef de gare, la lampisterie.

C'était assez savoureux d'imaginer le pauvre Leduc, avec son chapeau de paille, faisant les cent pas en attendant chaque train, dévisageant les voyageurs, suivant toutes les dames mûres, leur demandant au besoin si elles s'appelaient Beausoleil.

— Je compte sur toi ?

— Puisque c'est nécessaire !

Et il s'en alla, piteux. On le vit essayer le démarreur de sa voiture et, n'arrivant pas à mettre celle-ci en marche, tourner longtemps la manivelle.

Un peu plus tard, l'assistant du docteur Rivaud, qui remplaçait celui-ci auprès de Maigret, entrait dans la chambre, adressait de grands saluts à Mme Maigret, puis au commissaire.

C'était un jeune homme roux, timide, osseux, qui se heurtait à tous les meubles, s'excusait par des kyrielles de *pardon*.

— Pardon, madame... Pouvez-vous me dire où il y a de l'eau chaude ?...

Et, comme il manquait de renverser la table de nuit :

— Pardon !... Oh ! pardon...

Tout en soignant Maigret, il s'inquiétait :

— Je ne vous fais pas mal ?... Pardon... Vous ne voudriez pas vous tenir un peu plus droit ?... Pardon...

Maigret souriait en pensant à Leduc garant sa vieille Ford devant la gare.

— Le docteur Rivaud a beaucoup de travail ?

— Il est très occupé, oui ! Il est toujours très occupé.

— C'est un homme assez actif, n'est-ce pas ?

— Très actif !... Je veux dire qu'il est extraordinaire !... Pardon !... Pensez qu'il commence le matin à sept heures, par la consultation gratuite… Puis il a sa clinique… Puis l'hôpital… Remarquez qu'il ne se fie pas à ses assistants, comme tant d'autres, et qu'il veut voir tout par lui-même…

— L'idée ne vous est jamais venue qu'il n'est peut-être pas médecin ?

L'autre faillit suffoquer, prit le parti de rire.

— Vous plaisantez ! Le docteur Rivaud n'est pas un médecin : c'est un très grand médecin. Et, s'il voulait vivre à Paris, il aurait bientôt une réputation unique.

L'opinion était sincère. On sentait chez le jeune homme un enthousiasme réel, exempt d'arrière-pensées.

— Vous savez à quelle université il a fait ses études ?

— À Montpellier, je crois. Oui ! C'est bien cela… Il m'a parlé de ceux qui ont été ses professeurs, là-bas. Ensuite, il a été assistant, à Paris, du docteur Martel.

— Vous en êtes certain ?

— J'ai vu, dans son laboratoire, une photographie représentant le docteur Martel entouré de tous ses élèves.

— C'est curieux.

— Pardon ! Est-ce que, vraiment, l'idée vous est venue que le docteur Rivaud n'est pas médecin ?

— Pas spécialement…

— Je vous le répète et vous pouvez m'en croire : c'est un maître ! Je ne lui fais qu'un seul reproche, c'est celui de trop travailler car, à ce régime, il s'usera vite. Je l'ai vu plusieurs fois dans un état de nervosité qui…

— Ces derniers temps ?

— Entre autres, oui ! Or, vous avez vu qu'il ne m'a permis de le remplacer auprès de vous que quand la guérison a été assurée. Et il ne s'agit pas d'un cas très grave ! Un autre vous aurait passé dès le premier jour à son assistant...

— Ses collaborateurs l'aiment beaucoup ?

— Tous l'admirent !

— Je vous demande s'ils l'aiment.

— Oui... je crois... il n'y a pas de raison...

Mais il y avait une restriction dans l'accent. L'assistant faisait évidemment une différence entre l'admiration et l'affection.

— Vous allez souvent chez lui ?

— Jamais ! Je le vois chaque jour à l'hôpital.

— Si bien que vous ne connaissez pas sa famille.

Pendant toute cette conversation, c'étaient les soins habituels, les gestes que Maigret pouvait maintenant prévoir les uns après les autres. Le store était baissé, tamisant le soleil, mais on entendait les bruits de la place.

— Il a une bien jolie belle-sœur.

Le jeune homme ne répondit pas, feignit de ne pas avoir entendu.

— Il se rend assez souvent à Bordeaux, n'est-ce pas ?

— On l'y appelle parfois ! S'il le voulait, il aurait des opérations à faire partout, à Paris, à Nice, et même à l'étranger...

— Malgré sa jeunesse !

— Pour un chirurgien, c'est une qualité ! On n'aime pas, en général, les chirurgiens d'un certain âge.

C'était fini. L'assistant se lavait les mains, cherchait une serviette, bafouillait à l'adresse de Mme Maigret qui lui en apportait une :

— Oh! pardon...

Encore de nouveaux traits, pour Maigret, à ajouter à la physionomie du docteur Rivaud. Ses confrères en parlaient comme d'un maître. Il était d'une activité dévorante!

Ambitieux? C'était probable! Et pourtant il ne s'installait pas à Paris, où sa place était tout indiquée.

— Tu y comprends quelque chose? dit Mme Maigret quand ils furent seuls.

— Moi?... Lève le store, veux-tu?... Il est évident qu'il est médecin. Sinon, il ne tromperait pas longtemps son entourage, surtout en travaillant, non dans le secret d'un cabinet de consultation, mais dans un hôpital...

— Pourtant, les universités...

— Une chose à la fois. Pour le moment, j'attends Leduc, qui sera bien embarrassé de sa compagne. Tu n'as pas entendu un train? Si c'est celui de Bordeaux, il y a des chances que...

— Qu'est-ce que tu espères?

— Tu verras! Donne-moi les allumettes...

Il allait mieux. La température était tombée à 37,5 et la raideur de son bras droit avait presque disparu. Ce qui était meilleur signe encore, c'est que, dans son lit, il ne pouvait plus rester immobile. Il passait son temps à changer de position, à arranger les oreillers, à se soulever, à s'étendre...

— Tu devrais donner quelques coups de téléphone...

— À qui?

— Je voudrais connaître la position de chaque personnage qui m'intéresse. Demande d'abord le procureur. Quand tu entendras sa voix au bout du fil, raccroche...

Ce fut fait. Pendant ce temps-là, Maigret contemplait la place et fumait sa pipe à petites bouffées.

— Il est chez lui !

— Maintenant, téléphone à l'hôpital. Demande le docteur…

Il y était, lui aussi !

— Reste à téléphoner à sa villa… Si c'est sa femme qui répond, demande Françoise… Si c'est Françoise, demande Mme Rivaud…

Mme Rivaud répondit. Elle déclara que sa sœur était absente et demanda si elle ne pouvait pas lui faire la commission.

— Raccroche !

Des gens qui devaient être intrigués et qui passeraient la matinée à chercher l'auteur du coup de téléphone !

Cinq minutes plus tard, l'autobus de l'hôtel arrivait de la gare avec trois voyageurs, et le garçon montait leurs bagages. Puis ce fut, en vélo, le facteur qui apportait le sac postal au bureau de poste.

Enfin la corne caractéristique de la vieille Ford, puis la vieille Ford elle-même, qui s'arrêta sur le terre-plein. Maigret vit qu'il y avait quelqu'un à côté de Leduc et il crut apercevoir une troisième personne sur la banquette du fond.

Il ne se trompait pas. Le pauvre Leduc descendait le premier, regardait autour de lui, d'un air anxieux, en homme qui craint le ridicule, aidait à descendre une grosse dame qui faillit lui tomber dans les bras.

Une jeune fille avait déjà sauté à terre. Son premier soin était de lancer un coup d'œil méchant à la fenêtre de Maigret.

C'était Françoise, vêtue d'un coquet tailleur vert tendre.

— Je peux rester ? demanda Mme Maigret.
— Pourquoi pas ?... Ouvre la porte... Ils arrivent...

C'était un vacarme dans l'escalier. On devinait la respiration forte de la grosse dame, qui entra en s'épongeant.

— C'est ici le notaire qui n'est pas un notaire !

Une voix vulgaire. Et pas seulement la voix ! Peut-être n'avait-elle pas plus de quarante-cinq ans ? En tout cas, elle avait encore des prétentions à la beauté, car elle était maquillée comme une femme de théâtre.

Une blonde à la chair abondante et fluide, aux lèvres un peu molles.

En la regardant, on avait l'impression de l'avoir déjà vue quelque part. Et soudain on comprenait : c'était le type même, devenu rare, de la chanteuse légère des cafés-concerts de jadis ! La bouche en cœur. La taille pincée. Le regard provocant. Et ces épaules laiteuses largement dénudées. Cette façon particulière de se dandiner en marchant, de regarder l'interlocuteur comme, des tréteaux, on regarde le public...

— Madame Beausoleil ? questionna Maigret très galamment. Asseyez-vous, je vous en prie... Vous aussi, mademoiselle...

Mais Françoise ne s'asseyait pas. Elle était à cran.

— Je vous préviens, dit-elle, que je porterai plainte ! On n'a jamais vu une chose pareille...

Leduc restait près de la porte, si piteux qu'on devinait que les choses n'avaient pas marché toutes seules.

— Calmez-vous, mademoiselle. Et excusez-moi d'avoir désiré voir votre mère...

— Qui vous dit que c'est ma mère ?

Mme Beausoleil ne comprenait pas. Elle regardait tour à tour Maigret, très calme, et Françoise raidie par la rage.

— Je le suppose, du moins, puisque vous êtes allée l'attendre à la gare...

— Mademoiselle voulait empêcher sa mère de venir ici ! soupira Leduc qui fixait le tapis.

— Et alors, qu'as-tu fait ?

Ce fut Françoise qui répondit :

— Il nous a menacées... Il a parlé de mandat d'arrêt, comme si nous étions des voleuses... Qu'il le montre, le mandat d'arrêt, sinon...

Et elle tendait la main vers le récepteur téléphonique. Il était évident que Leduc avait quelque peu outrepassé ses droits. Il n'en était pas fier.

— Je voyais le moment où elles déclenchaient un scandale dans la salle des pas perdus !

— Un instant, mademoiselle. Qui voulez-vous appeler ?

— Mais... le procureur...

— Asseyez-vous !... Remarquez que je ne vous empêche pas de lui téléphoner... Au contraire !... Mais peut-être, dans l'intérêt de tout le monde, vaut-il mieux ne pas vous presser...

— Maman, je te défends de répondre !

— Moi, je n'y comprends plus rien ! Enfin, êtes-vous notaire ou commissaire de police ?

— Commissaire !

Et elle esquissa un geste comme pour dire : « Dans ce cas-là... »

On sentait la femme qui a déjà eu affaire à la police et qui en garde le respect ou tout au moins la crainte de cette institution.

— Je ne vois quand même pas pourquoi, moi...

— Ne craignez rien, madame... Vous allez comprendre... J'ai simplement quelques questions à vous poser et...

— Il n'y a pas d'héritage ?

— Je ne sais pas encore...

— C'est odieux ! gronda Françoise. Maman, ne réponds pas !

Elle ne tenait pas en place. Du bout des doigts, elle déchiquetait son mouchoir. Et parfois elle lançait un regard haineux à Leduc.

— Je suppose que, de votre profession, vous êtes artiste lyrique ?

Il savait que ces deux petits mots-là allaient chatouiller sa partenaire au point sensible.

— Oui, monsieur... J'ai chanté à l'*Olympia* au temps où...

— Je crois, en effet, me souvenir de votre nom... Beausoleil... Yvonne, n'est-ce pas ?...

— Joséphine Beausoleil !... Mais les médecins me recommandaient les pays plus chauds et j'ai entrepris des tournées en Italie, en Turquie, en Syrie, en Égypte...

Au temps des cafés chantants ! Il la voyait très bien, sur les petits tréteaux de ces sortes d'établissements à la mode de Paris, fréquentés par tous les gommeux et les officiers de la ville... Puis elle descendait dans la salle, faisait le tour des tables, un plateau à la main, buvait enfin le champagne avec les uns ou les autres...

— Vous avez échoué en Algérie ?
— Oui ! J'avais eu une première fille, au Caire.

Françoise était prête à piquer une crise de nerfs. Ou encore à se jeter sur Maigret !

— Père inconnu ?
— Pardon, je le connaissais très bien ! Un officier anglais attaché à...
— En Algérie, vous avez eu votre seconde fille, Françoise...
— Oui... Et cela a été la fin de ma carrière théâtrale... En effet, je suis restée assez longtemps malade... Quand j'ai été rétablie, j'avais perdu la voix...
— Et ?...
— Le père de Françoise s'est occupé de moi, jusqu'au jour où il a été rappelé en France... Car il appartenait à l'administration des douanes...

Tout ce que Maigret avait pensé était confirmé. Maintenant, il pouvait reconstituer la vie de la mère et des deux filles à Alger : Joséphine Beausoleil, restée appétissante, avait des amis sérieux. Les filles grandissaient...

Est-ce qu'elles n'allaient pas suivre tout naturellement la même voie que leur mère ?

L'aînée avait seize ans...

— Je voulais en faire des danseuses ! Parce que la danse, c'est beaucoup moins ingrat que le chant ! Surtout à l'étranger ! Germaine a commencé à prendre des leçons avec un ancien camarade établi à Alger...
— Et elle est tombée malade...
— Elle vous l'a dit ?... Oui, elle n'avait jamais été bien forte... Peut-être d'avoir trop voyagé quand elle était toute petite !... Car je ne voulais pas la mettre en

nourrice... J'accrochais une sorte de berceau entre les filets du compartiment...

Une brave femme, en somme ! Elle était très à l'aise, maintenant ! Elle ne paraissait même pas comprendre la rage de sa fille ! Est-ce que Maigret ne lui parlait pas poliment, avec prévenance ? Et il employait un langage tout simple qu'elle comprenait !

Elle était artiste. Elle avait voyagé. Elle avait eu des amants, puis des enfants. Est-ce que ce n'était pas dans l'ordre des choses ?

— Elle a souffert de la poitrine ?

— Non ! c'était dans la tête... Elle se plaignait toujours d'avoir mal... Puis, un beau jour, elle a fait une méningite et elle a dû être transportée d'urgence à l'hôpital...

Temps d'arrêt ! Jusque-là, cela avait été tout seul. Mais Joséphine Beausoleil arrivait au point critique. Elle ne savait plus ce qu'elle devait dire et elle cherchait Françoise du regard.

— Le commissaire n'a pas le droit de t'interroger, maman ! Ne réponds plus...

C'était facile à dire ! Seulement elle savait, elle, qu'il est dangereux de se mettre la police à dos. Elle aurait bien voulu contenter tout le monde.

Leduc, qui avait repris son aplomb, adressait à Maigret des œillades qui signifiaient : « Cela avance ! »

— Écoutez, madame... Vous pouvez parler ou vous taire... C'est votre droit... Ce qui ne signifie pas qu'on ne vous obligera pas à parler dans un autre endroit que celui-ci... Par exemple, en cour d'assises...

— Mais je n'ai rien fait !

— Justement ! C'est pourquoi, à mon avis, le plus sage est de parler. Quant à vous, mademoiselle Françoise...

Elle n'écoutait pas. Elle avait décroché le récepteur téléphonique. Et elle parlait d'une voix anxieuse, regardait Leduc à la dérobée, comme si elle craignait de voir celui-ci lui arracher l'appareil des mains.

— Allô!... Il est à l'hôpital?... Peu importe!... Il faut l'appeler tout de suite... Ou plutôt, dites-lui qu'il vienne sans perdre un instant à l'*Hôtel d'Angleterre*... Oui!... Il comprendra... De la part de Françoise!...

Elle écouta encore un instant, raccrocha, regarda Maigret froidement, avec défi.

— Il va venir... Ne parle pas, maman...

Elle tremblait. Des perles de sueur roulaient sur son front, collaient les petits cheveux châtains des tempes.

— Vous voyez, monsieur le commissaire...

— Mademoiselle Françoise... Vous remarquerez que je ne vous ai pas empêchée de téléphoner... Au contraire!... Je cesse d'interroger votre mère... Maintenant, voulez-vous un conseil?... Appelez également M. Duhourceau qui est chez lui...

Elle chercha à deviner sa pensée. Elle hésita. Elle finit par décrocher d'un geste nerveux.

— Allô!... 167, s'il vous plaît...

— Viens ici, Leduc.

Et Maigret lui chuchota quelques mots à l'oreille. Leduc parut surpris, gêné.

— Tu crois que...?

Il se décida à partir et on le vit tourner la manivelle de sa voiture.

— Ici, c'est Françoise... Oui... Je vous téléphone de la chambre du commissaire... Ma mère est arrivée... Oui! le commissaire demande que vous veniez... Non!... Non!... Je vous jure que non!...

Et cette cascade de *non* était prononcée avec force, avec angoisse.

— *Puisque je vous dis que non!*

Elle resta debout près de la table, toute raide.

Maigret, en allumant sa pipe, la regardait en souriant, tandis que Joséphine Beausoleil se mettait de la poudre.

10

*Le billet*

Le silence durait depuis quelques instants, quand Maigret vit Françoise sourciller en regardant vers la place, puis détourner brusquement la tête avec inquiétude.

C'était Mme Rivaud qui traversait le terre-plein, se dirigeant vers l'hôtel. Illusion d'optique? Ou bien le fait qu'il se passait des choses graves teintait-il tout de sombre? Toujours est-il que, vue à distance, elle faisait penser à un personnage de drame. Elle semblait poussée en avant par une force invisible à laquelle elle ne tentait pas de résister.

On distingua bientôt son visage. Il était pâle. Les cheveux étaient en désordre. Le manteau n'était pas boutonné.

— Voilà Germaine... remarqua enfin Mme Beausoleil. On a dû lui dire que je suis ici...

Mme Maigret, machinalement, alla ouvrir la porte. Et quand on vit Mme Rivaud de tout près, on comprit qu'elle vivait vraiment une heure tragique.

Pourtant elle faisait un effort pour être calme, pour sourire. Mais il y avait de l'égarement dans son regard. Ses traits avaient des frémissements soudains qu'elle ne pouvait pas réprimer.

— Excusez-moi, monsieur le commissaire… On m'a dit que ma mère et ma sœur étaient ici et…

— Qui vous a dit cela?

— Qui?… répéta-t-elle en tremblant.

Quelle différence entre elle et Françoise! Mme Rivaud était la sacrifiée, la femme qui avait gardé ses allures plébéiennes et qu'on devait traiter sans le moindre égard. Sa mère elle-même la regardait avec une certaine sévérité.

— Comment, tu ne sais pas qui?

— C'était sur la route…

— Tu n'as pas vu ton mari?

— Oh non!… Non!… Je jure que non…

Et Maigret, inquiet, regardait tour à tour les trois femmes, puis regardait la grand-place où Leduc n'arrivait pas encore. Qu'est-ce que cela signifiait? Le commissaire avait voulu s'assurer que le chirurgien resterait à sa disposition. Il avait chargé Leduc de le surveiller et, de préférence, de l'accompagner jusqu'à l'hôtel.

Il ne faisait pas attention à sa femme. Il regardait les souliers poussiéreux de Mme Rivaud, qui avait dû courir sur la route, puis le visage tiré de Françoise.

Soudain Mme Maigret se pencha sur lui, murmura:

— Donne-moi ta pipe…

Il allait protester. Mais non ! Il s'apercevait qu'elle laissait tomber sur les draps un petit papier. Et il lut :

*Mme Rivaud vient de passer un billet à sa sœur, qui le tient dans le creux de sa main.*

Le soleil, dehors. Tous les bruits de la ville dont Maigret connaissait l'orchestration par cœur. Mme Beausoleil qui attendait, bien droite sur sa chaise, en femme qui sait se tenir. Mme Rivaud, au contraire, incapable d'adopter une contenance et faisant penser à une écolière sournoise qu'on vient de prendre en faute.

— Mademoiselle Françoise… commença Maigret.

Elle tressaillit des pieds à la tête. L'espace d'une seconde, son regard croisa celui de Maigret. Le regard dur, intelligent, de quelqu'un qui ne perd pas la tête.

— Voudriez-vous vous approcher un instant et…

Brave Mme Maigret ! Devinait-elle ce qui allait se passer ? Elle esquissait un mouvement tournant pour atteindre la porte. Mais Françoise avait déjà bondi. Elle courait dans le corridor, s'élançait dans les escaliers.

— Qu'est-ce qu'elle fait ? s'effarait Joséphine Beausoleil.

Maigret ne bougeait pas, ne pouvait pas bouger. Il ne pouvait pas non plus envoyer sa femme à la poursuite de la fugitive.

— Quand votre mari vous a-t-il remis le billet ? se contenta-t-il de demander à Mme Rivaud.

— Quel billet ?

À quoi bon commencer un interrogatoire pénible ? Maigret appela sa femme.

— Va donc à une fenêtre donnant sur le derrière de l'hôtel…

Ce fut le moment que le procureur choisit pour faire son entrée. Il était guindé. Parce qu'il avait peur, sans doute, il donnait à son visage une expression sévère, presque menaçante.

— On me téléphone pour me dire…

— Asseyez-vous, monsieur Duhourceau.

— Mais… la personne qui m'a téléphoné…

— Françoise vient de s'échapper. Il est possible qu'on mette la main sur elle. Mais le contraire est possible aussi ! Je vous en prie, asseyez-vous. Vous connaissez Mme Beausoleil, n'est-ce pas ?…

— Moi ?… Mais pas du tout !…

Et il essayait de suivre le regard de Maigret. Car on sentait que le commissaire parlait pour parler, en pensant à autre chose, ou plutôt en ayant l'air de suivre un spectacle qui n'existait que pour lui seul. Il regardait la place, tendait l'oreille, fixait Mme Rivaud.

Soudain il y eut un violent remue-ménage dans l'hôtel même. Des gens se mirent à courir dans les escaliers. Des portes claquèrent. On crut même reconnaître un coup de feu.

— Qu'est-ce… qu'est-ce… ?

Des cris. De la vaisselle cassée. Puis des bruits de poursuite encore, à l'étage supérieur, et une vitre volant en éclats, les débris tombant sur le trottoir.

Mme Maigret rentrait précipitamment dans la chambre, en refermait la porte à clef.

— Je crois que Leduc les a… haleta-t-elle.

— Leduc ? prononça soupçonneusement le procureur.

— La voiture du docteur était dans la petite rue de derrière. Le docteur était là, à attendre quelqu'un. Au moment où Françoise arrivait à la porte et allait prendre place dans l'auto, la vieille Ford de Leduc est arrivée. J'ai failli lui crier de se hâter. Je le voyais qui restait sur son siège... Mais il avait son idée et, tranquillement, il a crevé un pneu d'une balle de revolver...

» Les deux autres ne savaient plus où aller... Le docteur regardait en tous sens comme une girouette... Quand il a vu Leduc descendre de son siège, le revolver toujours à la main, il a poussé la jeune fille dans l'hôtel et il a couru avec elle...

» Leduc les poursuit dans les couloirs... Ils sont là-haut...

— Je continue à ne pas comprendre ! articula le procureur, livide.

— Ce qui a précédé ? C'est facile ! Grâce à une petite annonce, je fais venir ici Mme Beausoleil. Le docteur, qui ne désire pas cette rencontre, envoie Françoise à la gare afin qu'elle empêche sa mère de venir...

» J'avais prévu ça... J'avais posté Leduc sur le quai et, au lieu de m'en amener une, il me les amène toutes les deux...

» Vous allez voir combien tout s'enchaîne... Françoise, qui sent que les choses se gâtent, téléphone à son beau-frère pour lui demander de venir...

» Moi, j'envoie Leduc surveiller Rivaud... Leduc arrive trop tard à l'hôpital... Le docteur est déjà parti... Il est chez lui... Il rédige un billet pour Françoise et il force sa femme à venir ici le lui remettre discrètement...

» Comprenez-vous ?... Lui, avec sa voiture, est dans la petite rue, derrière l'hôtel... Il attend Françoise pour partir avec elle...

» Une demi-minute de plus et le coup réussissait... Seulement, Leduc, avec sa Ford, arrive à son tour, se doute que ce qui se passe n'est pas très catholique, crève le pneu et...

Pendant qu'il parlait, le vacarme qui régnait dans l'hôtel s'intensifiait l'espace de quelques secondes. C'était là-haut. Mais quoi ?

Et puis soudain un silence de mort ! Au point que tout le monde, impressionné, resta immobile.

La voix de Leduc donnait des ordres, à l'étage supérieur. Mais on ne comprenait pas ce qu'il disait.

Un heurt sourd... Un second... Un troisième... Enfin le fracas d'une porte défoncée...

On attendait de nouveaux bruits et cette attente était douloureuse. Pourquoi ne bougeaient-ils plus, là-haut ? Pourquoi ces pas lents, tranquilles, d'un seul homme sur le plancher ?

Mme Rivaud écarquillait les yeux. Le procureur tiraillait ses moustaches. Joséphine Beausoleil était sur le point d'éclater en sanglots d'énervement.

— Ils doivent être morts ! prononça lentement Maigret en regardant le plafond.

— Comment ?... Qu'est-ce que vous dites ?...

Mme Rivaud s'animait, se précipitait vers le commissaire, le visage décomposé, les yeux fous.

— Ce n'est pas vrai !... Dites que ce n'est pas vrai...

Des pas encore... La porte s'ouvrait... Leduc entrait, une mèche de cheveux sur le front, le veston à moitié arraché, la mine lugubre.

— Morts?

— Tous les deux!

Il arrêta, de ses bras tendus, Mme Rivaud qui voulait franchir la porte.

— Pas maintenant...

— Ce n'est pas vrai! Je sais bien que ce n'est pas vrai! Je veux le voir...

Elle était à bout de souffle. Sa mère, elle, ne savait plus quelle contenance prendre.

Et M. Duhourceau regardait fixement le tapis. À croire qu'il était le plus ahuri, le plus bouleversé par cette nouvelle.

— Comment, tous les deux?... finit-il par balbutier en se tournant vers Leduc.

— Je les poursuivais dans l'escalier et dans les couloirs. Ils ont pu entrer dans une chambre ouverte et refermer la porte avant mon arrivée... Je ne suis pas de force à défoncer un pareil panneau... J'ai envoyé chercher le patron, qui est fort... Je pouvais les voir par la serrure...

Germaine Rivaud le regardait comme une démente. Quant à Leduc, il cherchait les yeux de Maigret pour savoir s'il devait continuer à parler.

Pourquoi pas? Ne fallait-il pas aller jusqu'au bout? Jusqu'au bout du drame, de la vérité!

— Ils s'étreignaient... Elle surtout, toute nerveuse dans les bras de l'homme... J'entendais qu'elle disait:

» — *Je ne veux pas... Pas ça!... Non!... Plutôt...*

» Et c'est elle qui lui a pris son revolver dans la poche. Elle le lui a mis dans la main... J'entendais:

» — *Tire... Tire en m'embrassant...*

» Je n'ai plus rien vu, parce que le patron arrivait et que...

Il s'épongea. On pouvait voir, malgré le pantalon, que ses genoux tremblaient.

— Pas plus de vingt secondes trop tard. Rivaud était déjà mort quand je me suis penché sur lui... Françoise avait les yeux ouverts... J'ai d'abord cru que c'était fini... Mais, au moment où je m'y attendais le moins...

— Eh bien? sanglota presque le procureur.

— Elle m'a souri... J'ai fait mettre le panneau en travers du passage... On ne touchera à rien... On a téléphoné à l'hôpital...

Joséphine Beausoleil ne devait pas avoir bien compris. Elle fixait Leduc avec hébétude. Puis elle se tourna vers Maigret et dit d'une voix de rêve :

— Ce n'est pas possible, n'est-ce pas?

L'action était partout à la fois autour de Maigret immobile sur son lit. La porte s'ouvrait. L'hôtelier montrait un visage congestionné. Et, tandis qu'il parlait, il envoyait devant lui une haleine chargée d'alcool.

Pour se remettre, il avait dû aller vider un grand verre à son comptoir. L'épaule de sa veste blanche était sale, déchirée.

— C'est le docteur... Est-ce que...?

— J'y vais! dit Leduc, à regret.

— Vous êtes ici, monsieur le procureur?... Vous êtes au courant?... Si vous voyiez ça!... C'est à vous tirer toutes les larmes du corps... Et ils sont beaux, tous les deux!... On dirait...

— Laissez-nous! cria Maigret.

— Est-ce que je dois fermer la porte de l'hôtel?... Les gens commencent à s'amasser sur la place... Le commissaire n'est pas à son bureau... Des agents arrivent, mais...

Quand Maigret chercha des yeux Germaine Rivaud, il la trouva étendue de tout son long, sur le lit de Mme Maigret, la tête dans l'oreiller. Elle ne pleurait pas. Elle ne sanglotait pas. Elle poussait de longs gémissements, lugubres comme la plainte d'une bête blessée.

Mme Beausoleil, elle, s'essuyait les yeux, se levait et demandait avec beaucoup d'énergie :

— Est-ce que je peux aller les voir ?

— Tout à l'heure... Quand le médecin aura terminé...

Mme Maigret tournait autour de Germaine Rivaud sans rien trouver à faire pour la soulager. Et le procureur soupirait :

— Je vous le disais bien...

Les bruits de la rue montaient jusqu'à la chambre. Deux agents qui arrivaient en vélo forçaient les curieux à s'écarter. Certains protestaient.

Maigret bourrait une pipe, en regardant dehors, en regardant exactement – sans s'en apercevoir d'ailleurs – la petite épicerie d'en face, dont il avait fini par connaître tous les clients.

— Vous avez laissé l'enfant à Bordeaux, madame Beausoleil ?

Elle se tourna vers le procureur pour lui demander conseil.

— Je... oui...

— Il doit avoir trois ans, maintenant ?

— Deux...

— C'est un garçon ?

— Une petite fille... Mais...

— La fille de Françoise, n'est-ce pas ?

Et le procureur, se levant d'un air décidé :

— Commissaire, je vous demande de...

— Vous avez raison... Tout à l'heure... Ou plutôt, à ma première sortie, je me permettrai de vous rendre visite...

Il lui sembla que son interlocuteur en était soulagé.

— À ce moment-là, tout sera fini... Que dis-je ? Tout est fini dès maintenant, n'est-ce pas ?... Ne croyez-vous pas que votre place est là-haut, où il faudra bien faire une descente du Parquet ?...

Le procureur, dans sa précipitation, oublia de prendre congé. Il fuyait comme un écolier dont on lève soudain la punition.

Et, la porte refermée, ce fut une autre intimité qui se créa. Germaine gémissait toujours. Elle restait sourde aux appels de Mme Maigret qui lui posait des compresses d'eau froide sur le front. Mais la malade les repoussait d'un geste nerveux et l'eau détrempait peu à peu l'oreiller.

À côté de Maigret, une autre femme : Joséphine Beausoleil, qui se rassit en poussant un soupir.

— Qui m'aurait dit ça !

Une brave femme, au fond ! D'une moralité foncière ! Toute sa vie, elle la trouvait normale, naturelle ! Pouvait-on lui en vouloir ?

Des larmes fluides commençaient à gonfler ses paupières plissées de femme mûre et bientôt elles roulaient sur les joues dont l'émail se diluait.

— C'était votre préférée...

Elle ne se gêna pas pour Germaine qui, il est vrai, ne devait pas écouter.

— C'est logique ! Elle était si belle, si fine ! Et tellement plus intelligente que l'autre ! Ce n'est pas la faute de Germaine ! Elle a toujours été malade. Alors, elle ne s'est pas très développée... Quand le docteur a voulu épouser Germaine, Françoise était trop jeune... À peine treize ans... Eh bien ! vous le croirez si vous voulez, je me suis doutée que cela ferait des histoires, plus tard... Et c'est ce qui est arrivé.

— Comment s'appelait Rivaud, à Alger ?

— Le docteur Meyer... Je suppose que ce n'est plus la peine de mentir... D'ailleurs, si vous avez fait tout ça, c'est que vous le saviez déjà...

— C'est lui qui a fait fuir son père de l'hôpital ?... Samuel Meyer...

— Oui... Et c'est même comme ça que les choses ont commencé avec Germaine... Il n'y avait que trois malades dans la salle des méningites... Ma fille, Samuel, comme on disait, et un autre... Alors, une nuit, le docteur s'est arrangé pour mettre le feu... Il a toujours juré que l'autre, celui qu'on a laissé dans les flammes et qui a passé ensuite pour Meyer, était déjà mort... Je veux bien le croire, parce que ce n'était pas un mauvais garçon... Il aurait pu ne plus s'occuper de son père, qui avait fait des bêtises...

— Je comprends ! L'autre a donc été inscrit sur les registres de décès comme Samuel Meyer... Le docteur a épousé Germaine... Il vous a emmenées toutes les trois en France...

— Pas tout de suite... Nous avons d'abord son passage en Espagne... Il attendait des papiers qui ne venaient pas...

— Samuel ?

— On l'avait envoyé en Amérique en lui recommandant de ne plus mettre les pieds en Europe. Il n'avait déjà plus l'air d'un homme qui a tous ses esprits.

— Enfin, votre gendre a reçu des papiers au nom de Rivaud. Il est venu s'installer ici avec sa femme et sa belle-sœur. Et vous ?

— Il me passait une petite pension pour rester à Bordeaux... J'aurais préféré Marseille, par exemple, ou Nice... Nice surtout ! Mais il voulait me garder sous la main... Il travaillait beaucoup... Malgré tout ce qu'on peut dire de lui, c'était un bon docteur qui n'aurait pas fait tort à un malade pour...

Afin d'échapper à la rumeur du dehors, Maigret avait fermé la fenêtre. Les radiateurs chauffaient. L'odeur de pipe emplissait la chambre.

Comme une enfant, Germaine gémissait toujours et sa mère expliquait :

— Depuis qu'elle a été trépanée, c'est encore pis qu'avant... Déjà elle n'était pas gaie... Pensez ! une enfant qui a passé toute sa jeunesse dans son lit !... Après, c'étaient des larmes pour un rien... Et elle avait peur de tout...

Bergerac n'avait rien deviné ! Toute cette vie trouble, dramatique, s'était greffée sur sa vie de petite ville et personne ne s'en était douté.

On disait : *la villa du docteur... l'auto du docteur... la femme du docteur... la belle-sœur du docteur...*

Et on ne voyait que la villa jolie et proprette, l'auto de bonne marque, au capot allongé, la jeune fille sportive, aux lignes nerveuses, la femme un peu lasse...

À Bordeaux, dans quelque appartement bourgeois, Mme Beausoleil finissait paisiblement une vie agitée.

Elle qui avait tant eu à s'inquiéter du lendemain, elle qui avait dépendu du caprice de tant d'hommes, pouvait enfin prendre des allures de rentière !

Elle devait être considérée dans son quartier. Elle avait des habitudes. Elle payait régulièrement les fournisseurs.

Et quand ses enfants venaient la voir, c'était dans une solide voiture...

Voilà qu'elle pleurait à nouveau. Elle se mouchait, dans un mouchoir trop petit, presque tout en dentelle.

— Si vous aviez connu Françoise... Tenez !... quand elle est venue accoucher chez moi... Car c'est chez moi que cela s'est passé... On peut parler devant Germaine !... Elle le sait bien...

Mme Maigret écoutait, épouvantée. Car, pour elle, c'était la découverte d'un monde affolant.

Des voitures s'étaient rangées sous les fenêtres. Le médecin légiste était arrivé, ainsi que le juge d'instruction, le greffier, le commissaire qu'on avait enfin trouvé à la foire d'un village voisin où il voulait acheter des lapins.

On frappa à la porte. C'était Leduc, qui regarda timidement Maigret pour savoir s'il pouvait entrer.

— Laisse-nous, vieux, veux-tu ?

Il valait mieux rester dans cette atmosphère d'intimité. Pourtant, Leduc s'approcha du lit, dit à voix basse :

— Si elles veulent encore les voir tels qu'ils sont tombés...

— Mais non ! Mais non !

À quoi bon ? Mme Beausoleil attendait le départ de l'intrus. Elle avait hâte de reprendre ses confidences.

Avec ce gros homme couché, qui la regardait avec bienveillance, elle se sentait en confiance.

Il la comprenait. Il ne s'étonnait pas. Il ne posait pas de questions ridicules.

— Je crois que vous parliez de Françoise...

— Oui... Eh bien! quand l'enfant est né... Mais... Sans doute ne savez-vous pas encore tout...

— Je sais!

— C'est elle qui vous l'a dit?

— M. Duhourceau était là!

— Oui! Je n'ai jamais vu un homme aussi nerveux, aussi malheureux... Il disait que c'était un crime de faire des enfants, parce qu'on risque toujours de tuer la mère... Il écoutait les cris... J'avais beau lui offrir des petits verres...

— Votre appartement est grand?

— Trois pièces...

— Il y avait une sage-femme?

— Oui... Rivaud ne voulait pas prendre tout seul la responsabilité... Alors...

— Vous habitez vers le port?

— Tout près du pont, dans une petite rue où...

Encore une scène que Maigret voyait comme s'il y avait assisté. Mais, en même temps, il en voyait une autre : celle qui se déroulait au même instant juste au-dessus de sa tête.

Rivaud et Françoise que le docteur, aidé des gens des pompes funèbres, séparait de force...

Le procureur devait être plus blanc que les formulaires remplis d'une main tremblante par le greffier...

Et le commissaire de police, qui, une heure plus tôt, au marché, ne s'occupait que de ses lapins!

— Quand M. Duhourceau a su que c'était une fille, il s'est mis à pleurer et, aussi vrai que je suis ici, il a mis sa tête sur ma poitrine... Même que je croyais qu'il allait se trouver mal... Moi, j'essayais de ne pas le laisser entrer, parce que...

Et elle s'arrêtait à nouveau, méfiante, regardait Maigret à la dérobée.

— Je ne suis qu'une pauvre femme qui a toujours fait son possible... Ce ne serait pas bien d'en abuser pour...

Germaine Rivaud avait cessé de gémir. Assise au bord du lit, elle regardait droit devant elle d'un air égaré.

C'était le plus dur moment à passer. On transportait les corps, étendus sur des civières, et on entendait celles-ci qui heurtaient les murs.

Et les pas lourds, prudents, des porteurs descendant marche par marche...

Et une voix qui disait :

— Attention à la rampe...

Un peu plus tard, on frappait à la porte. C'était Leduc, qui sentait l'alcool, lui aussi, et qui balbutia :

— C'est fini...

En effet, dehors, une voiture démarrait.

## 11

### *Le père*

— Vous annoncerez le commissaire Maigret !

Il souriait malgré lui, parce que c'était sa première sortie et qu'il était heureux de marcher comme tout le monde ! Il en était même fier d'une fierté d'enfant qui fait ses premiers pas !

Et pourtant il avait une démarche molle, vacillante. Le domestique ayant oublié de le faire asseoir, il dut attirer un siège à lui, car il sentait déjà une sueur inquiétante lui perler au front.

Le valet de chambre, à gilet rayé ! Une tête de paysan promu à un plus haut grade et qui en ressentait un orgueil insensé !

— Si monsieur veut se donner la peine de me suivre... Monsieur le procureur va recevoir monsieur tout de suite...

Le valet ne se doutait pas de ce qu'un escalier peut être pénible à gravir. Maigret tenait la rampe. Il avait chaud. Il comptait les marches...

Encore huit...

— Par ici... Un instant...

Et la maison était exactement telle que Maigret l'avait imaginée ! Il était dans le fameux bureau du premier étage, qu'il avait tant de fois évoqué !

Un plafond blanc, aux lourdes solives de chêne verni. Un âtre immense. Et surtout des bibliothèques qui couvraient tous les murs...

Il n'y avait personne. On n'entendait pas les pas, dans la maison, car tous les planchers étaient garnis d'épais tapis.

Alors Maigret, malgré sa hâte d'être assis, marcha vers le bas des bibliothèques, là où un treillage métallique et un rideau vert défendaient les livres contre les regards.

Il eut de la peine à passer son doigt dans une maille du treillage. Il attira le rideau. Derrière, il n'y avait plus rien, que des rayons vides !

Et quand il se retourna, il vit M. Duhourceau qui avait assisté à cette expérience.

— Voilà deux jours que je vous attends... J'avoue...

À jurer qu'il avait maigri de dix kilos ! Ses joues étaient ravagées. Et surtout les plis de la bouche étaient deux fois plus profonds.

— Asseyez-vous, je vous en prie.

M. Duhourceau était mal à l'aise. Il n'osait pas regarder le visiteur en face. Il s'assit lui-même à sa place habituelle, devant un bureau chargé de dossiers.

Alors Maigret jugea qu'il serait plus charitable d'en finir en quelques mots. Plusieurs fois le procureur lui avait manqué. Plusieurs fois aussi il s'était vengé de lui. Maintenant, il n'était pas loin de le regretter.

Un homme de soixante-cinq ans, tout seul dans cette grande maison, tout seul dans la ville dont il était le plus haut magistrat, tout seul dans la vie...

— Je vois que vous avez brûlé vos livres.

Il n'y eut pas de réponse. Rien qu'un peu de sang rose aux pommettes du vieillard.

— Permettez-moi d'en finir d'abord avec la partie judiciaire de l'affaire... Je crois, d'ailleurs, qu'à l'heure qu'il est, tout le monde est d'accord là-dessus...

» Samuel Meyer, qui est ce que j'appellerai un aventurier bourgeois, c'est-à-dire un commerçant patenté naviguant dans les eaux défendues, a l'ambition de faire de son fils un homme important...

» Études de médecine... Le docteur Meyer devient l'assistant du professeur Martel... Tous les rêves d'avenir lui sont permis...

» Premier acte : à Alger. Le vieux Meyer reçoit des complices qui le menacent... Il les expédie dans l'autre monde...

» Deuxième acte : à Alger toujours. Il est condamné à mort. Sur les conseils de son fils, il simule une méningite. Et le fils le sauve.

» Celui qui va être enterré sous son nom est-il déjà mort à ce moment-là? Nous ne le saurons sans doute jamais!

» Le fils Meyer, qui prend désormais le nom de Rivaud, n'est pas un de ces hommes qui ont besoin de s'épancher. Il est fort. Il se suffit à lui-même...

» C'est un ambitieux! Un être d'une intelligence aiguë, qui connaît sa valeur et qui veut en profiter coûte que coûte...

» Une seule faiblesse : il tombe vaguement amoureux d'une petite malade et il l'épouse, pour s'apercevoir, un peu plus tard, qu'elle est sans intérêt...

Le procureur ne bougeait pas. Pour lui aussi, cette partie du récit était sans intérêt. Il attendait la suite avec autrement d'angoisse.

— Le nouveau Rivaud expédie son père en Amérique. Il s'installe ici avec sa femme et sa jeune belle-sœur... Il installe enfin sa belle-mère à Bordeaux...

» Et, bien entendu, ce qui doit arriver arrive... Cette jeune fille qu'il a sous son toit l'intrigue, l'irrite, finit par le séduire.

» C'est le troisième acte. Car, à ce moment, le procureur de la République, par des moyens que je ne connais pas encore, est sur le point de découvrir la vérité sur le chirurgien de Bergerac.

» Est-ce exact ?

Et, nettement, sans une hésitation, M. Duhourceau répliqua :

— C'est exact.

— Donc, il faut le faire taire... Rivaud sait que ce procureur a une manie relativement inoffensive... Les livres érotiques, qu'on appelle par euphémisme : éditions pour bibliophiles...

» C'est la manie des vieux garçons qui ont de l'argent à dépenser et qui trouvent trop fade une collection de timbres-poste...

» Rivaud va s'en servir... Sa belle-sœur vous est présentée comme une secrétaire modèle... Elle viendra vous aider à certains classements... Et elle vous forcera peu à peu à lui faire la cour...

» Excusez-moi, monsieur le procureur... Ce n'est pas difficile... Le plus difficile, c'est ceci : Françoise est enceinte... Et il faut, pour vous avoir à merci, que vous soyez persuadé que l'enfant est de vous...

» Rivaud ne veut plus fuir à nouveau, changer de nom, chercher une autre situation... On commence à parler de lui... L'avenir est magnifique...

» Françoise réussit...

» Et, bien entendu, quand elle vous annonce qu'elle va être mère, vous marchez...

» Désormais, vous ne direz plus rien ! On vous tient ! Accouchement clandestin à Bordeaux, chez Joséphine Beausoleil, où vous continuerez à aller voir ce que vous prenez pour votre enfant...

» C'est la Beausoleil elle-même qui me l'a dit...

Et Maigret, par pudeur, évitait de regarder son interlocuteur.

— Comprenez-vous ? Rivaud qui est un arriviste ! Un homme supérieur ! Un homme qui ne veut pas être entravé par son passé ! Il aime réellement sa belle-sœur ! Eh bien ! malgré cela, le souci de l'avenir est plus fort et il tolère qu'une fois au moins, elle passe dans vos bras. C'est la seule question que je me permettrai de vous poser. Une fois ?...

— Une fois !

— Après, elle s'est dérobée, n'est-ce pas ?

— Sous divers prétextes... Elle avait honte...

— Mais non ! Elle aimait Rivaud ! Elle ne vous avait cédé que pour le sauver...

Maigret continuait à éviter de regarder vers le fauteuil de son interlocuteur. Il fixait l'âtre où flambaient trois belles bûches.

— Vous êtes persuadé que l'enfant est de vous ! Désormais, vous vous tairez ! Vous êtes reçu à la villa ! Vous allez à Bordeaux voir votre fille...

» Et voilà le drame. En Amérique, Samuel – notre Samuel de Pologne et d'Alger – est devenu complètement fou... Il a assailli deux femmes, aux environs de Chicago, et les a achevées d'un coup d'aiguille dans le cœur... Cela, je l'ai découvert dans les archives...

» Pourchassé, il arrive en France... Il n'a plus d'argent... Il gagne Bergerac... On lui donne des fonds pour disparaître à nouveau mais, en partant, dans une nouvelle crise, il commet un autre forfait...

» Le même !... Strangulation... Aiguille... C'est dans le bois du Moulin-Neuf, qui conduit de la villa du docteur à la gare... Mais soupçonnez-vous déjà la vérité ?...

— Non ! je le jure.

— Il revient... Il recommence... Il revient encore et il rate... Chaque fois, Rivaud lui a donné de l'argent pour s'en aller... Il ne peut pas le faire interner... Il peut encore moins le faire arrêter...

— Je lui ai dit qu'il fallait que cela finisse.

— Oui ! Et il a pris ses dispositions en conséquence. Le vieux Samuel lui téléphone. Son fils lui dit de sauter du train un peu avant la gare...

Le juge était blafard, incapable d'une parole, d'un mouvement.

— C'est tout ! Rivaud l'a tué ! Il ne tolérait rien entre lui et l'avenir pour lequel il se sentait fait... Pas même sa femme, qu'il aurait envoyée un jour ou l'autre dans un monde meilleur !... Car il aimait Françoise, dont il avait une fille... Cette fille que...

— Assez !

Alors Maigret se leva, simplement, comme après une visite quelconque.

— C'est fini, monsieur le procureur.

— Mais...

— C'était un couple ardent, voyez-vous ! Un couple qui n'admettait pas d'obstacles ! Rivaud avait la femme qu'il lui fallait : Françoise qui, pour lui, acceptait votre étreinte...

Il ne parlait plus qu'à un pauvre bonhomme incapable de réactions.

— Le couple est mort... Il reste une femme qui n'a jamais été bien intelligente, ni bien dangereuse : Mme Rivaud, qui recevra une pension... Elle ira vivre avec sa mère dans un logement de Bordeaux ou d'ailleurs... Ces deux-là ne parleront pas...

Il prit son chapeau sur une chaise.

— Moi, il est temps que je rentre à Paris, car mon congé est fini...

Il fit quelques pas vers le bureau, tendit la main.

— Adieu, monsieur le procureur...

Et, comme son interlocuteur se précipitait sur cette main avec une reconnaissance qui menaçait de se manifester par un flot de paroles, il trancha :

— Sans rancune !

Il sortit derrière le valet de chambre en gilet rayé, retrouva la place mijotant dans le soleil, atteignit non sans peine l'*Hôtel d'Angleterre* où il dit au patron :

— Pour aujourd'hui, enfin, des truffes en serviette, du foie gras du pays... Et l'addition !... On fout le camp !

FIN

*La Rochelle (Charente-Maritime), mars 1932.*

# Table

L'Ombre chinoise ............................................. 7

Le Fou de Bergerac ........................................... 159

Composition réalisée par Belle Page

Achevé d'imprimer en mai 2014 en France par
CPI BRODARD ET TAUPIN
La Flèche (Sarthe)
N° d'impression : 3005432
Dépôt légal 1re publication : juin 2014
LIBRAIRIE GÉNÉRALE FRANÇAISE
31, rue de Fleurus – 75278 Paris Cedex 06

54/7777/2